Y.

Yasmina Khadra, de son vrai nom Mohammed Moulessehoul, est né en 1955 dans le Sahara algérien. Écrivain de langue française, son œuvre est connue et saluée dans le monde entier. La trilogie *Les Hirondelles de Kaboul*, *L'Attentat* et *Les Sirènes de Bagdad*, consacrée au conflit entre Orient et Occident, a largement contribué à la renommée de cet auteur majeur. La plupart de ses romans, dont *À quoi rêvent les loups*, *L'Écrivain*, *L'Imposture des mots*, et *Cousine K*, sont traduits dans 40 langues. *L'Attentat* a reçu, entre autres, le prix des libraires 2006, le prix Tropiques 2006 et le grand prix des lectrices *Côté Femme*.
Ce que le jour doit à la nuit a été élu Meilleur livre de l'année 2008 par la rédaction du magazine *LIRE* et a reçu le prix France Télévisions 2008. Il a été adapté au cinéma par Alexandre Arcady et sort en salles en septembre 2012. L'adaptation cinématographique de *L'Attentat* aux États-Unis sortira à l'automne 2012. *Les Hirondelles de Kaboul* seront bientôt portées à l'écran en film d'animation.
Son dernier roman, *L'Équation africaine*, a paru en 2011 chez Julliard.

Retrouvez l'actualité de l'auteur sur :
www.yasmina-khadra.com

L'ÉQUATION AFRICAINE

DU MÊME AUTEUR
CHEZ POCKET

YASMINA KHADRA

L'ÉQUATION AFRICAINE

JULLIARD

Pocket, une marque d'Univers Poche,
est un éditeur qui s'engage pour la préservation
de son environnement et qui utilise du papier fabriqué
à partir de bois provenant de forêts gérées
de manière responsable.

© Éditions Julliard, Paris, 2011
ISBN 978-2-266-22934-0

I

FRANKFURT

Lorsque j'ai rencontré l'amour, je m'étais dit, ça y est, je passe de l'*existence* à la *vie* et je m'étais promis de veiller à ce que ma joie demeure à jamais. Ma présence sur terre se découvrit un sens et une vocation, et moi une singularité… Avant, j'étais un médecin ordinaire entamant une carrière ordinaire. Je grignotais ma part d'actualité sans réel appétit, négociant par-ci de rares conquêtes féminines aussi dénuées de passion que de traces, me contentant par-là de copains de passage que je retrouvais certains soirs au pub et le week-end en forêt pour une gentille randonnée – bref, de la routine à perte de vue avec de temps à autre un événement aussi fugace et flou qu'une impression de déjà-vu qui ne m'apportait rien de plus qu'un banal fait divers dans un journal… En rencontrant Jessica, j'ai rencontré *le* monde, je dirais même que j'ai accédé à la quintessence du monde. Je voulais compter pour elle autant qu'elle comptait pour moi, mériter la moindre de ses pensées, occuper jusqu'au cadet de ses soucis ; je voulais qu'elle devienne ma groupie, mon égérie, mon ambition ; je voulais tant de choses, et Jessica les incarnait toutes. En vérité, c'était elle la star et elle illuminait mon ciel en entier. J'étais au comble du bonheur. Il me semblait que les étés précoces naissaient dans le creux de ma main. Mon cœur battait la mesure des moments de grâce. Chaque baiser posé sur mes lèvres avait valeur de serment. Jessica était mon sismographe et ma religion, une religion où le côté obscur des choses n'avait pas sa place, où la prophétie se résumait à un seul verset : *je t'aime*... Mais depuis quelques semaines, même le vœu pieux s'était mis à douter de sa bonne foi. Jessica ne me regardait plus avec ses yeux d'antan. Je ne la reconnaissais plus. Dix ans de mariage pour m'apercevoir que quelque chose dysfonctionnait dans notre ménage ; quelque chose qui refusait de me livrer ne serait-ce qu'un bout de piste pour que je puisse remonter aux sources du malentendu. Quand j'essayais de lui parler, elle sursautait, et mettait une bonne minute avant de réaliser que ce n'était que moi, son mari, qui tentais de percer la carapace dans laquelle elle se verrouillait ; quand j'insistais, elle se barricadait derrière ses bras en prétextant que ce n'était pas le moment. Chaque mot, chaque soupir l'indisposait, l'éloignait un peu plus de moi.

Ma femme ne m'inquiétait pas ; elle m'épouvantait.

Je l'avais connue pugnace, souveraine dans ses combats et dans ses convictions, à l'affût de la moindre petite lueur pour éclairer notre vie... Jessica, avant, c'étaient les années bénies où tout nous réussissait. Dix ans d'amour débridé, d'ébats torrentiels et de tendres complicités.

Je l'avais rencontrée dans une brasserie des Champs-Élysées, à Paris. Elle participait à un séminaire ; j'assistais à un congrès. Je l'avais aimée à l'instant où je l'avais vue. Nous nous étions regardés en silence, elle au fond de la salle, moi à proximité de la baie vitrée. Puis nous nous étions souri. Elle était sortie la première, en compagnie de ses collègues. Je pensais ne plus la revoir. Le soir, nos chemins s'étaient croisés dans le hall de l'hôtel où se tenaient, à des étages différents, son séminaire et mon congrès. Le hasard faisait bien les choses, pourquoi ne pas en profiter ?... Quatre mois plus tard, nous étions mariés.

Qu'est-ce qui la rendait si distante ? Pourquoi ne me confiait-elle rien de ses angoisses, et rien de ses secrets ? En désespoir de cause, interprétant son attitude comme un cas de conscience, j'avais soupçonné une liaison extraconjugale, une aventure sans lendemain qui la poursuivrait dans un tumulte de remords – je divaguais. Jessica était à moi. Je ne me souvenais pas d'avoir surpris ses yeux posés sur un autre homme.

Tant de fois, dans la cuisine, après un repas sans écho, tandis qu'elle esquivait mon regard, ma main se tendait vers la sienne. Instinctivement, tel un escargot effarouché, Jessica repliait son bras et le dissimulait sous la table ; je gardais mon calme, de peur d'aggraver la fracture.

Elle était belle, Jessica. Je crevais d'envie de la prendre dans mes bras ; j'avais faim d'elle, de son corps généreux, de ses étreintes orgasmiques. L'odeur de ses cheveux, son parfum, le bleu de ses yeux, tout en elle me manquait. Je languissais d'elle alors qu'elle était à portée de ma main ; je la perdais de vue dès qu'elle me tournait le dos. Je ne savais plus comment la récupérer.

Notre maison évoquait un mausolée sous scellés dont j'étais et le captif et l'esprit frappeur. Je ne savais où donner de la tête. Je me sentais dispersé, superflu et tellement inutile. Il ne me restait que les yeux pour regarder mes soleils s'éteindre les uns après les autres, et la noirceur des coulisses entoiler la scène sur laquelle mon héroïne avait perdu le sens de la repartie. Jessica avait oublié son texte. Aucun rôle ne seyait à ses silences. Elle n'était plus qu'une enveloppe de chair aussi insaisissable qu'un souvenir orphelin de son histoire. À quoi pensait-elle ? Qu'est-ce qui la stressait ? Pourquoi était-elle toujours pressée d'aller se coucher, m'abandonnant au salon sous un éboulis d'interrogations ?

Je passais mes soirées à me morfondre, face à une télé qui ne me divertissait plus, zappant d'une chaîne à l'autre. De guerre lasse, la tête dans un étau, je regagnais la chambre et passais une éternité à *écouter* dormir Jessica. Elle était magnifique dans son sommeil. On aurait dit une offrande tombée du ciel, sauf qu'il m'était interdit d'y toucher. Libéré de ses hantises, son visage recouvrait sa fraîcheur, sa féerie, son humanité ; elle était le plus beau spectacle que je pouvais espérer au milieu de la nuit qui me confisquait le monde.

Le matin, elle était déjà partie. Je trouvais les traces de son petit déjeuner dans la cuisine, un mot sur le frigo : *Ne m'attends pas, ce soir. Je risque de rentrer tard...* et le rouge de ses lèvres sur le bout de papier en guise de signature.

Ma journée s'annonçait alors aussi dénuée d'attraits que mes veillées.

Médecin généraliste, j'exerçais au rez-de-chaussée d'un immeuble cossu, à quelques pâtés de maisons de la Henninger Turm, sur les hauteurs de Sachsenhausen, au sud de Frankfurt. Mon cabinet occupait tout le palier et disposait d'une salle d'attente assez vaste pour accueillir une vingtaine de personnes. Mon assistante s'appelait Emma, une grande fille aux jambes musclées d'une efficacité rare. Mère de deux enfants qu'elle élevait seule, suite à la défection de son mari, elle tenait mon cabinet aussi impeccablement qu'un bloc opératoire.

Deux patients m'attendaient dans la salle ; un vieillard livide serré dans un paletot, et une jeune dame avec son bébé. Le vieillard avait l'air d'avoir passé la nuit sur le pas de mon cabinet à guetter mon arrivée. Il se mit debout dès qu'il m'aperçut.

— Je souffre trop, docteur. Les comprimés que vous m'avez prescrits ne font plus d'effet sur moi. Qu'est-ce que je vais devenir si aucun médicament ne me convient ?

— Je suis à vous dans une minute, monsieur Egger.

— Je me fais un sang d'encre, docteur. C'est quoi, mon problème ? Vous êtes sûr de ne pas vous tromper de diagnostic ?

— Je me conforme aux indications de l'hôpital, monsieur Egger. Nous allons voir ça tout de suite.

Le vieillard reprit sa place et se ramassa sous son manteau. À la mère, qui le fixait d'un air outré, il dit :

— J'étais là avant vous, madame.

— Peut-être, lui rétorqua-t-elle, sauf que j'ai un nourrisson.

Durant les consultations, je songeais à Jessica. Je n'arrivais pas à me concentrer sur mon travail. Emma remarqua que je n'étais pas bien. À midi, elle me pria d'aller déjeuner et de me détendre un peu. Je me rendis dans un petit restaurant non loin de la place Römerberg. Il y avait un couple qui n'arrêtait pas de se chamailler à voix basse, à la table voisine. Puis, une famille avait débarqué avec des gosses turbulents et je m'étais empressé de demander l'addition.

Je me rendis dans un square à proximité du restaurant, pris place sur un banc jusqu'à ce qu'un groupe de jeunes touristes vienne me déranger. Au cabinet, trois malades se morfondaient ; ils consultèrent ostensiblement leurs montres pour me signifier que j'étais en retard de plus d'une heure.

Vers 17 heures, je reçus Mme Biribauer, l'une de mes plus anciennes patientes. Elle faisait exprès de prendre rendez-vous vers la fin de ma consultation afin de me livrer ses soucis de famille. C'était une octogénaire alerte, très polie, qui s'habillait avec soin. Ce jour-là, elle ne s'était pas maquillée et sa robe n'était pas repassée. Elle arborait une mine maussade ; ses petites mains flétries étaient striées de bleus. Elle commença par me faire comprendre qu'elle n'était pas venue pour une raison médicale, s'excusa de devoir encore et encore « m'ennuyer » avec ses histoires de vieille dame solitaire puis, après avoir réfléchi, elle s'enquit :

— C'est comment la mort, docteur ?

— Voyons, madame Biribauer…

Elle m'interrompit de la main :

— Comment c'est le grand sommeil ?

— Personne n'a ressuscité pour nous décrire à quoi cela ressemble, lui dis-je. Rassurez-vous, on n'en est pas là. Vous n'avez qu'une petite tumeur bénigne qui va disparaître au bout d'un bon traitement.

Elle se recula pour éviter ma main que je voulais poser sur son épaule et revint à la charge :

— Ce n'est pas à cause de cette chose monstrueuse qui pousse sous mon aisselle que je viens vous voir, docteur. Je me pose vraiment la question. Ces derniers jours, je ne pense qu'à ça. J'essaye d'imaginer comment c'est le grand saut, le grand noir, le grand néant, et je n'y arrive pas.

— Vous devriez songer à autre chose, madame. Vous avez une santé de fer, et de belles années devant vous.

— Les belles années sont celles que l'on partage avec les gens qu'on aime, docteur. Et puis, songer à quoi ? Qu'y a-t-il d'autre ?

— Votre jardin.

— Je n'ai pas de jardin.

— Votre chat, vos pots de fleurs, les fêtes, vos petits-enfants…

— Je n'ai plus personne, docteur, et mes fleurs au balcon ne me font plus de printemps. Mon fils, qui vit à vingt kilomètres de chez moi, ne me rend plus visite. Quand je l'appelle au téléphone, il dit que le boulot le bouffe cru, qu'il n'a pas une minute à lui… Et moi, j'ai tout le temps de me demander à quoi ressemble le grand vide…

Ses doigts s'entremêlèrent lorsqu'elle ajouta :

— La solitude est une mort lente, docteur. Je ne suis plus sûre d'être encore de ce monde.

Elle soutint mon regard durant un long moment avant de se détourner.

Je lui pris les mains ; elle me les abandonna comme si elle n'avait plus la force de les récupérer.

— Débarrassez-vous de ces mauvaises pensées, madame Biribauer, lui dis-je. Vous vous tarabustez inutilement. C'est dans la tête que ça se passe. Gardez le moral. Vous avez fait montre de courage et de lucidité. Vous n'avez aucune raison de céder aujourd'hui et, croyez-moi, avec ses joies ou avec ses peines, la vie mérite d'être vécue jusqu'au bout.

— Justement, docteur, justement. Il est comment, *le* bout ?

— Quelle importance ? Ce qui compte est de vous

occuper un peu plus de vos fleurs. Votre balcon n'en serait que plus gai. Maintenant, montrez-moi comment notre petite tumeur a réagi au traitement.

Elle retira ses mains et m'avoua dans un soupir :

— Je n'ai pas pris de traitement.

— Comment est-ce possible ?

Elle haussa les épaules, pareille à une enfant qui boude :

— J'ai brûlé l'ordonnance dès mon retour à la maison.

— Ce n'est pas sérieux, voyons.

— Rien n'est sérieux lorsque vous n'avez personne autour de vous.

— Il y a des endroits spécialisés, madame Biribauer. Pourquoi ne pas les solliciter, si vous vous sentez seule ? Vous aurez de la compagnie, des soins, des…

— Vous voulez parler des asiles pour vieilles gens finissants ? Ces mouroirs !… Très peu pour moi. Je m'imagine mal finir mes jours dans ces maisons lugubres. Non, je suis incapable d'accepter que l'on me mette au lit à des heures fixes, que l'on me sorte à l'air frais comme un légume et que l'on me pince le nez pour me faire avaler ma soupe. J'ai trop d'orgueil. Et puis, je n'aime pas dépendre des autres. Je m'en irai la tête haute, debout sur mes jambes, sans aiguilles dans les veines ni appareils respiratoires branchés sur la figure. Je choisirai moi-même le moment et la manière…

Elle repoussa mon bras et se leva, furieuse contre elle-même. Je tentai de la retenir, elle me pria de la laisser partir et quitta le cabinet sans un mot de plus, sans un regard sur qui que ce soit. Je l'entendis descendre le perron, ouvrir la porte de l'immeuble et la claquer derrière elle ; attendis de la voir passer dans la rue ; elle ne passa pas devant ma fenêtre, comme à son habitude, et dut prendre la direction opposée. Une profonde tristesse s'ancra en moi, et je me dépêchai de recevoir le patient suivant.

La nuit était tombée lorsque Emma vint me demander si elle pouvait disposer.

— À demain, lui dis-je.

Après le départ d'Emma, j'étais resté une petite demi-heure dans mon bureau, à ne rien faire de spécial. Jessica ne rentrant que tard, je ne voyais pas comment disposer du temps vacant qui me restait sur les bras. J'éteignis les lumières et me contentai de celle de la lampe de bureau. Cela me détendit un peu. J'aimais écouter le silence de l'immeuble, un silence imprégné d'ombre et d'absence qui semblait assainir les choses autour de moi. Des gens vivaient sur cinq étages aux couloirs feutrés, et je ne percevais aucun de leurs bruits. Ils s'enfermaient chez eux comme dans des tombeaux. C'étaient des gens d'un certain âge, argentés, voire bourgeois, mais d'une incroyable discrétion. J'en croisais un ou deux sur le palier, recroquevillés sur eux-mêmes, à peine perceptibles sous leur chapeau, pressés de disparaître de ma vue en s'excusant presque de se trouver sur mon chemin.

Ma montre affichait 20 heures. Je n'avais pas envie de rentrer chez moi retrouver le salon plongé dans le noir, et de rester là, face à une télé qui ne me dirait rien, à interroger toutes les cinq minutes l'horloge murale et à croire Jessica de retour dès qu'une voiture s'arrêtait dans la rue.

Je jetai un coup d'œil sur le portrait de ma femme dans son cadre ; une photo prise sur une plage italienne, deux années après notre mariage. Jessica est en train de se dorer au soleil, sur un rocher assiégé de vagues écumantes, ses cheveux blonds dégoulinant sur ses épaules réfractaires au bronzage tant elles étaient translucides. On aurait dit une sirène sur un nuage, riante, le visage radieux, les yeux plus grands que l'horizon… Qu'est-ce qui n'allait plus ? Depuis qu'elle avait accédé au poste de sous-directeur des relations extérieures au sein de sa multinationale, Jessica avait changé. Elle voyageait beaucoup, de Hong Kong à New York, de Scandinavie en Amérique latine, se défonçait au boulot, sacrifiant ses congés, ramenant ses dossiers par paquets à la maison pour vérifier ses fiches avec la perspicacité d'un fin limier ; parfois, elle s'emmurait des heures durant dans son cagibi, la porte fermée à double tour, comme si elle traitait des affaires classées top secret.

Je ramassai mon manteau, enroulai mon écharpe autour du cou, éteignis la lampe de table et sortis. Dans le hall de l'immeuble, l'ascenseur attendait patiemment un usager. C'était un bel ascenseur d'une époque révolue, encastré dans un boîtier en fer forgé peint en noir, étincelant de propreté.

Dehors, un vent glacial griffait les murs. J'enfilai mon manteau et remontai la rue jusqu'au snack sur la place. Toni le barman m'adressa un large sourire en me voyant arriver. Il actionna la poignée de sa pompe à bière et posa une chope débordante de mousse sur le comptoir, à mon intention. Je venais régulièrement goûter à son assiettée de fruits de mer lorsque Jessica *rentrait tard*. Toni était un brave gars du Sud, jovial et drôle, roux et ardent comme une torche. Il adorait amuser la galerie avec ses boutades toujours en retard d'une pertinence. Dans le quartier, on l'appelait le Sicilien à cause de sa bonne humeur et de sa spontanéité. Quelquefois, sa familiarité envahissante déconcertait certains clients, trop peu habitués aux camaraderies improvisées, mais, à la longue, on finissait par s'en accommoder. J'aimais beaucoup Toni, même si j'étais un peu trop réservé à son goût. Il avait le talent de me déstresser, et la correction de ne pas insister lorsque je ne réagissais pas à ses grosses tapes sur l'épaule.

— Tu as une petite mine, dis donc, Kurt.

— J'ai eu une journée chargée, aujourd'hui.

— Sacré veinard ! Tu devrais t'en réjouir.

— Je suis content.

— Ça ne se voit pas. J'espère que tu n'as pas laissé ton sourire sur ton stéthoscope.

Je lui souris.

— Voilà qui est rassurant. Tu vois ? Ça ne coûte pas grand-chose, un sourire.

Il donna un coup de torchon sur le comptoir et m'annonça :

— Hans vient juste de s'en aller. Tu ne l'as pas croisé dans la rue ?

— Non. Il est rentré quand ?

— Depuis trois jours. Il n'est pas passé te voir ?

— Non.

— Quoi ? Vous vous faites la gueule ?

— Pas du tout. S'il n'est pas passé me voir c'est qu'il a des problèmes à régler avant... Ça a été, son séjour en Amazonie ?

— Apparemment, oui. On n'a pas eu le temps d'en parler, mais il paraissait ravi de son expédition. En plus, il a bronzé, et a perdu quelques kilos, ce qui lui va à merveille.

Hans Makkenroth est un ami de longue date. Héritier de l'une des plus riches familles de Frankfurt, il gérait plusieurs grosses entreprises spécialisées dans les équipements hospitaliers. Mais sa fortune n'avait pas réussi à faire de lui un être inaccessible. Bien au contraire, on le voyait souvent dans des endroits ordinaires, à se noyer dans la foule et à fuir comme la peste les galas fastueux et les mondanités sophistiquées. Nous nous étions rencontrés, il y a une décennie, à Maspalomas, sur les îles Canaries. Hans fêtait ses vingt-cinq ans de mariage avec Paula ; Jessica et moi consumions notre lune de miel. Nos bungalows étaient mitoyens, à quelques encablures de la plage. Paula s'était familiarisée avec Jessica, malgré leur différence d'âge. Elles s'invitaient, le soir, autour d'une tasse de café et nous autorisaient, Hans et moi, à nous joindre à elles. Hans était passionné par les bateaux, les océans et les peuples lointains. Comme j'étais réceptif, Hans se passionna pour moi aussi. Nous ne nous quittions presque plus.

Paula fut emportée par une foudroyante congestion pulmonaire quatre ans plus tard, et, depuis son veuvage, Hans ne faisait que courir le monde, comme s'il tentait de semer son chagrin. C'était un navigateur hors du commun, fasciné par les horizons inconnus. Chaque année, il levait l'ancre en direction de territoires improbables, apportant son aide aux peuples démunis au fin fond des forêts amazoniennes, en Afrique ou dans les contrées reculées d'Asie.

— Tu veux autre chose ? me demanda Toni.

— J'ai un petit creux, mais je n'ai pas envie de fruits de mer ce soir.

— J'ai des calamars succulents.

— Je préfère de la viande. Une entrée suffirait.

Toni me proposa un carpaccio de bœuf.

Par-dessus le comptoir, un écran plasma retransmettait un match de foot. Au fond de la salle, une famille dînait en silence autour d'un vieillard aux gestes imprécis. Deux jeunes femmes palabraient à une table collée à la baie vitrée ; l'enseigne du snack les éclaboussait de lumière bigarrée, teintant leurs chevelures de reflets brasillants. L'une des deux jeunes femmes me dévisagea avant de se pencher sur sa compagne qui, à son tour, se retourna pour me reluquer. Je demandai l'addition et, malgré l'insistance de Toni pour un dernier verre, je sortis dans la rue où le froid s'était accentué.

Je comptais marcher un peu, aller du côté des cours d'eau me dégourdir les jambes et l'esprit, mais le ciel craqua sous le poids des nuages, et l'averse m'obligea à me rabattre sur le parking où était rangée ma voiture.

J'atteignis ma maison vers 22 h 30, à cause des embouteillages occasionnés par la pluie. J'osais espérer Jessica rentrée, mais les fenêtres de notre villa n'étaient pas éclairées.

Une veste de Jessica reposait sur la commode, dans le vestibule. Je ne me souvenais pas de l'avoir remarquée ce matin en me rendant à mon cabinet.

Dans notre chambre, le lit n'était pas défait.

Je me débarrassai de mon manteau, de ma veste et de ma cravate et filai dans la cuisine me chercher une bière. Je m'installai sur le canapé, croisai les pieds sur un pouf et m'emparai de la télécommande. L'écran s'ouvrit sur un débat politique. Je zappai plusieurs fois avant de tomber sur un documentaire aquatique. Des requins opéraient en groupes au milieu du corail. Les profondeurs océanes m'apaisèrent sans pour autant me permettre de me concentrer sur le sujet. L'horloge murale indiquait 23 h 11. Ma montre, aussi. Je me remis à zapper tous azimuts pour revenir finalement au documentaire aquatique. Incapable de m'intéresser à une émission en particulier, je décidai de prendre une douche avant d'aller me coucher.

En allumant dans la salle de bains, je faillis tomber à la renverse comme sous la charge d'une bourrasque. D'abord, je crus que j'hallucinais, mais ce n'était pas un vulgaire effet d'optique ; cela dépassait le cadre d'une simple impression. *Non*, m'entendis-je crier. Tétanisé, suspendu dans un vide sidéral, je m'agrippai aux lavabos pour me pas m'écrouler. Des frissons se déclenchèrent dans mes mollets, remontèrent vers mon ventre et se ramifièrent à travers mon être en une multitude d'étincelles électriques : Jessica était là, allongée dans la baignoire, tout habillée, l'eau jusqu'au cou, la tête ployée sur le côté, le bras ballant par-dessus le rebord de la cuve. Ses cheveux flottaient autour de son visage blême et ses yeux mi-clos fixaient tristement son autre bras replié sur son ventre… un spectacle insoutenable, cauchemardesque, surréaliste… L'horreur dans son incommensurable cruauté !

Ma maison grouillait d'intrus.

Quelqu'un m'apporta un verre d'eau et m'aida à m'asseoir. Il me parlait, mais je ne l'écoutais pas. Je voyais des inconnus s'affairer autour de moi, des policiers en uniforme, des brancardiers dans leurs blouses. Qui étaient-ils ? Que faisaient-ils chez moi ? Puis, cela me revint. C'est moi qui les avais appelés. Le temps d'une lucidité puis, le brouillard. De nouveau je ne comprenais pas, n'arrivais pas à me situer dans le désordre qui encombrait mon esprit : Jessica… Jessica s'était donné la mort en ingurgitant deux boîtes de somnifères. Deux boîtes… de somnifères… comment est-ce possible ?… Jessica est morte… Ma femme s'est suicidée… L'amour de ma vie s'est évanoui… D'un claquement des doigts, mon univers s'est appauvri…

Je me pris la tête à deux mains pour l'empêcher de se désintégrer. Impossible de me débarrasser de ce flash contracté dans la salle de bains, de ce *cadavre* dans la baignoire… *Jessica, sors de là, je t'en supplie*... Comment pouvait-elle sortir de *là* ? Comment pouvait-elle m'entendre ? Sa rigidité, sa pâleur marmoréenne, la fixité glaciale de son regard étaient sans appel, pourtant j'avais couru vers elle, l'avais prise dans mes bras, l'avais secouée, sommée de se réveiller ; mes cris tourbillonnaient dans la pièce, se fracassaient contre les murs, me vrillaient les tempes. Le médecin que je suis savait qu'il n'y avait pas grand-chose à entreprendre ; l'époux refusait de l'admettre. Jessica n'était plus qu'un tas de chair, une nature morte. Je l'avais allongée sur le sol et j'avais pratiqué sur elle toutes sortes d'exercices pour la ranimer. À bout, usé et terrifié, je m'étais replié dans un coin et je l'avais contemplée à travers une sorte de miroir sans tain. J'ignore combien de temps j'étais resté prostré, hagard, anéanti par le malheur qui venait de me frapper.

Les policiers se retirèrent enfin de la salle de bains, après avoir remballé leur arsenal professionnel. Ils avaient pris des photos et procédé à la collecte d'indices susceptibles d'expliquer les circonstances de la mort de ma femme. Les ambulanciers furent autorisés à lever le corps. Je les avais regardés sortir Jessica sur un brancard – Jessica réduite à une simple dépouille recouverte d'un drap blanc.

Un grand monsieur en costume sombre me prit à part. Il avait un visage rond, blanchi sur les tempes et frappé d'une sévère calvitie. Avec une courtoisie à la limite de l'obséquiosité, qui pour une raison inconnue m'agaça, il m'invita à m'entretenir avec lui dans le salon.

— Je suis le lieutenant Sturm. Je souhaiterais vous poser quelques questions. Je sais, le moment ne s'y prête guère, mais je suis obligé…

— Le moment ne s'y prête guère, lieutenant, l'interrompis-je. Ce n'est pas du tout le moment.

J'avais du mal à identifier ma voix tant elle semblait me parvenir à travers une interminable juxtaposition de filtres. J'étais furieux contre l'officier de police, trouvais son attitude inhumaine. Comment osait-il me poser des questions alors que je ne comprenais rien à ce qui m'arrivait ? Quelles réponses espérait-il de quelqu'un qui venait de perdre de vue ses appuis, ses facultés, son discernement. J'étais sous le choc, broyé par une tourmente qui m'aspirait vers je ne savais quel abîme…

Je n'avais qu'une seule envie : retrouver le silence de ma maison.

Le lieutenant revint me voir au lever du jour, flanqué de deux inspecteurs impénétrables qui me déplurent d'emblée. Il me les présenta sommairement et me pria de les laisser entrer. Je m'écartai pour leur céder le passage. À contrecœur. Je n'étais pas en mesure de recevoir des gens. J'avais besoin d'être seul, de fermer les volets de mes fenêtres, de m'emmurer dans le noir et de faire celui qui n'était pas là. Ma douleur n'en finissait pas de se substituer au temps, au monde, à l'univers entier. Je me sentais si peu de chose sous son emprise, tellement minuscule qu'une larme m'aurait noyé. Et puis, cette fatigue épaisse, disproportionnée, qui me disloquait méthodiquement !… Je n'avais pas fermé l'œil de la nuit. Plus la scène macabre de la salle de bains me rattrapait, moins je la cernais. C'était comme un rêve qui allait et venait, pareil à un mal de mer diffus et lancinant. Je crois avoir vomi à plusieurs reprises. Ou bien avais-je seulement été pris de nausées récurrentes. Je n'étais sûr de rien. Le suicide de Jessica était un effroyable mystère… En vérité, je ne voulais pas dormir. Le sommeil aurait été mon pire bourreau. Pourquoi dormir ? Pour constater, à mon réveil, que Jessica était morte ? Comment survivre au choc à répétition d'une aussi grave brutalité ?… Non, il ne me fallait surtout pas dormir… Après le départ de l'ambulance et des policiers, j'avais éteint les lumières, verrouillé les volets ensuite, je m'étais retranché dans un angle de ma chambre et j'avais tenu le sommeil à distance jusqu'au matin, conscient qu'aucun rayon de soleil ne m'aiderait à voir clair dans mon deuil.

Je conduisis les trois policiers dans le salon. Ils s'installèrent sur le canapé. Je restai debout, ne sachant quoi faire au juste. Le lieutenant me désigna un fauteuil et attendit que j'y prenne place avant de me demander si Jessica avait quelque raison de mettre fin à ses jours. Il m'avait posé la question du bout des lèvres. Je l'avais dévisagé, perplexe. Après avoir tourné et retourné la question dans ma tête, je lui répondis que j'avais du mal à croire que Jessica était morte, que j'attendais de me réveiller. Le lieutenant acquiesça de la tête, poliment, et me reposa la même question comme si mes propos étaient hors sujet et qu'il souhaitait que je m'en tienne strictement aux faits, aux raisons susceptibles d'avoir amené une personne comme Jessica à se donner la mort. À sa manière de m'observer, je compris qu'il ne faisait que suggérer une hypothèse préliminaire avant de passer à une autre, plus calibrée, car pour lui, rien ne prouvait, pour l'instant, qu'il s'agissait d'un suicide. Se rendant compte de son indélicatesse, il rajusta sa cravate et me demanda, avec simplicité, comment était Jessica ces derniers temps. Je lui répondis qu'elle était anxieuse, fuyante, secrète, mais qu'à aucun moment je ne l'aurais crue capable d'une réaction aussi désespérée. Le lieutenant ne parut pas satisfait de ma déclaration qui, manifestement, ne l'avançait pas à grand-chose. Après s'être lissé l'arête du nez, il passa la main sur sa calvitie, sans me quitter des yeux, et me demanda si mon épouse avait laissé une lettre expliquant son geste… « Une lettre ? – Ou bien un enregistrement, ajouta-t-il, ou quelque chose dans ce genre – Je n'ai pas vérifié », lui dis-je. Le lieutenant voulut savoir si notre couple traversait des « turbulences ». Il avait détourné les yeux en me posant cette question. Je lui certifiai que nous nous entendions très bien, ma femme et moi, et qu'aucun litige ne compromettait nos rapports. Je me mis à frémir, gêné de devoir parler de mon intimité à des étrangers. Il y avait, dans l'interrogatoire, somme toute d'usage, une vague impudence que je ne tolérais pas. On aurait dit que les trois policiers me suspectaient, qu'ils cherchaient à me piéger. Leur pédagogie froide et résolue m'exaspérait. Le lieutenant griffonna des notes dans son calepin. Après s'être raclé la gorge en portant son poing à sa bouche, il m'informa que, d'après le médecin légiste, la mort de mon épouse se situerait entre 10 heures et 14 heures et me pria de lui relater ma journée de la veille. Je lui dis que j'avais quitté la maison à 8 h 30 pour être à mon cabinet à 9 h 15, que j'avais ausculté mes patients jusqu'à 13 heures, que j'étais allé déjeuner avant de retourner à mon travail… Subitement, j'eus peur. Et si on m'interrogeait sur ce que j'avais entrepris entre

13 heures et 15 h 30, comment prouver ma présence dans le square, seul sur un banc, sans témoin probant, pendant que mes patients se morfondaient dans la salle d'attente de mon cabinet ?

Les deux inspecteurs recueillaient mes déclarations avec un faux détachement, insensibles au désastre qu'ils provoquaient en moi. Je leur en voulais de me persécuter ainsi, d'ignorer mon chagrin et de continuer de me larder de questions en fouillant sans vergogne les replis de ma vie conjugale. J'attendais stoïquement qu'ils s'en aillent, qu'ils disparaissent de ma vue. À la fin de l'entretien, le lieutenant rangea son calepin dans la poche intérieure de son trench-coat et me demanda s'il pouvait m'être utile à quelque chose. Je ne lui répondis pas. Il opina du chef, me tendit sa carte, m'indiqua son numéro de téléphone au cas où un détail susceptible de l'éclairer me revenait en mémoire.

Une fois les policiers partis, je repris ma tête à deux mains et tentai de ne penser à rien.

Emma m'appela au téléphone pour m'annoncer que mes patients ne tenaient plus en place. Je la priai de m'excuser auprès d'eux et d'annuler les rendez-vous pour les jours à venir. Intriguée, elle chercha à comprendre.

— Jessica est morte, lui fis-je d'une voix atone.

— Mon Dieu ! s'exclama-t-elle.

Elle resta un long moment silencieuse au bout du fil avant de raccrocher.

Je considérai le combiné dans ma main, ne sachant quoi en faire.

Quelques voisins débarquèrent chez moi. Le manège de la veille ne leur avait pas échappé. L'arrivée de l'ambulance et des voitures de police aux gyrophares activés les avait peut-être empêchés de dormir. Maintenant que le jour s'était levé, ils venaient aux nouvelles.

Vers midi, alerté par Emma, Hans Makkenroth me rendit visite. Il était abattu par le drame qui me frappait. « Quel malheur ! » dit-il. Et il me prit dans ses bras.

Nous nous étions attablés dans la cuisine et nous avions écouté la pluie tambouriner sur la vitre. Sans un mot. Sans un mouvement.

Emma nous rejoignit à son tour. Elle portait un tailleur noir pour la circonstance. À ses yeux rouges, je devinai qu'elle avait pleuré. Elle eut la gentillesse de ne pas trop m'indisposer avec l'étalage, souvent maladroit, de la compassion et se contenta d'aller nous chercher à boire.

La nuit nous surprit tous les trois si profondément perdus dans nos pensées qu'aucun d'entre nous n'avait songé à allumer dans la pièce. Nous n'avions rien mangé de la journée, et nos verres étaient encore pleins.

Je priai Emma de rentrer chez elle.

— Mes enfants sont avec ma mère, me rassura-t-elle. Je peux rester.

— Ce n'est pas nécessaire.

— Vous êtes sûr que vous n'avez pas besoin de moi ?

— Ça va aller, Emma.

Avant de s'en aller, elle me rappela que j'avais le numéro de son mobile et que je pouvais l'appeler à n'importe quelle heure. Je lui promis d'y penser.

Puis, je me tournai vers Hans.

— Je ne te laisserai pas seul, se dépêcha-t-il de m'annoncer sur un ton péremptoire.

Et il appela Toni pour commander notre dîner.

Il bruinait sur le cimetière que la grisaille habillait d'une obscure mélancolie. La cérémonie se déroulait sur un carré gazonné, quadrillé d'allées caillouteuses. Les amis venus accompagner Jessica à sa dernière demeure se pelotonnaient devant la tombe brune, les uns sous des parapluies, les autres serrés dans leurs paletots. Wolfgang Brodersen, le père de Jessica, fixait intensément le cercueil où reposait sa fille. Il était arrivé le matin même de Berlin et avait préféré s'adresser aux pompes funèbres au lieu de me contacter. À sa façon de se tenir distant et taciturne, je compris qu'il m'en voulait. Le courant ne passait pas entre nous. Ancien militaire, forgé dans l'austérité, il parlait peu et gardait ses opinions pour lui. Il avait beaucoup hésité avant de consentir à ce que Jessica me prenne pour époux. D'ailleurs, il n'était pas resté longtemps à notre mariage. Je ne me souvenais pas de l'avoir aperçu au banquet. Veuf, solitaire et buté, il fuyait comme la peste les noces et les fêtes. Les rares fois où Jessica et moi nous rendions à Berlin, il donnait l'impression que nous le dérangions. J'ignorais pourquoi il ne me portait pas dans son cœur. Peut-être que les militaires étaient ainsi faits ; contraints de vivre loin de leur foyer, ils auraient développé une cuirasse qui les rendait peu réactifs aux joies de la famille. Ou peut-être, possessif et esseulé, vivait-il mal de me voir lui ravir l'unique parent qui lui restait. J'avoue ne lui avoir pas tenu rigueur ou cherché d'excuses. Cela n'aurait pas changé grand-chose à nos relations. C'était dommage, et c'est tout. Il aimait Jessica. Bien qu'il répugnât à manifester ses sentiments, il me suffisait de le voir regarder sa fille pour mesurer l'étendue de la tendresse qu'il nourrissait pour elle. Jessica l'adorait. Malgré la pudeur excessive de son père, elle ne se gênait pas pour lui sauter au cou chaque fois qu'elle le retrouvait. Pendant qu'elle l'embrassait, il tenait les bras collés à ses flancs et bataillait en son for intérieur avant de l'étreindre à son tour.

Parmi les amis présents aux funérailles, il y avait Hans Makkenroth. De temps à autre, il m'envoyait un signe de soutien. Derrière lui, Emma grelottait sous son parapluie, le bout du nez rouge de froid. À côté d'elle, Toni disparaissait sous le col de son manteau. À sa droite, Klaudia Reinhardt, une collègue de Jessica, se mouchait dans un Kleenex, les yeux miroitant de larmes. Elle était très amie avec ma femme et passait plus de temps chez nous que parmi les siens. Klaudia était une fille enthousiaste et amusante. C'est elle qui avait pressé Jessica de s'inscrire dans un gymnase où elles suivaient des séances d'aérobic. Elle m'adressa un petit sourire triste auquel je répondis par un léger hochement de tête puis elle replongea le nez dans le Kleenex et ne le releva pas.

Après la cérémonie, les gens se dispersèrent. Les portières se mirent à claquer ensuite, les unes après les autres, les voitures quittèrent le cimetière. Je ne percevais que le crissement des pneus sur le cailloutis. Lorsque le silence reprit ses droits dans cette partie du monde, Hans Makkenroth me murmura :

— C'est fini, Kurt. Allons-nous-en maintenant.

— Qu'est-ce qui est fini ? lui fis-je.

— Ce qui a commencé un jour.

— Tu penses que c'est aussi simple que ça ?

— Rien n'est simple dans la vie, Kurt, mais il faut savoir faire avec.

Je jetai un dernier regard sur la tombe.

— Tu as peut-être raison, Hans, sauf que ça ne dit pas comment *faire avec*.

— Le temps s'en chargera.

— Je ne te crois pas...

Hans porta ses mains à hauteur de ses épaules en signe de reddition. En réalité, il manquait de repartie et comprenait que sa maladresse n'allait que compliquer davantage les choses. Il regrettait de n'avoir pas trouvé les mots justes pour me réconforter et s'en voulait de ne pas s'être tu.

Je retrouvai Emma, Klaudia et quelques voisins à la maison. À ma grande surprise, Wolfgang Brodersen, mon beau-père, était là, prostré sur une chaise près du balcon. Je le croyais déjà parti pour Berlin. Il se leva, posa son verre sur une commode et attendit que je vienne vers lui pour ouvrir la porte-fenêtre ; il me suggéra de le suivre sur le balcon. Il commença par contempler le ciel cuivré, comme s'il cherchait à mettre de l'ordre dans ses idées, ensuite il porta ses yeux perçants sur moi :

— Comment avez-vous pu la laisser aller aussi loin dans le désespoir ? me fusilla-t-il à bout portant.

— Je vous assure que je n'ai rien vu venir.

— Justement, déplora-t-il, justement... Vous auriez dû faire attention. Si vous n'aviez pas l'esprit ailleurs, vous auriez pu éviter le drame. Il y a des signes qui ne trompent pas. On ne se donne pas la mort sur un coup de tête. Jessica avait du caractère. Elle n'aurait pas cédé à une vulgaire petite tracasserie. C'était ma fille. Je la connaissais mieux que personne. Elle savait se battre et se relever... Qu'est-ce qui a bien pu la pousser à une solution aussi absurde et violente ?

— Je ne sais pas.

— Ce n'est pas la réponse que j'attendais d'un époux. Vous étiez la personne la plus proche d'elle. Elle avait dû vous alerter, d'une manière ou d'une autre. Certes, ce n'était pas la fille qui paniquerait pour n'importe quoi, mais elle était assez intelligente pour se confier à son mari. Si vous n'avez rien vu venir, c'est parce que Jessica souffrait seule. Vous aviez la tête ailleurs, je présume, et c'est ça qui l'a conduite à un geste aussi monstrueux.

— Qu'en savez-vous ? lui dis-je, outré par ses insinuations.

— J'ai été marié, moi aussi. Ma femme n'avait pas besoin de me faire un dessin.

— Ça suffit ! l'interrompis-je. Jessica était ma femme et je l'aimais plus que tout au monde. Je comprends votre chagrin, et le mien n'est pas moindre que le vôtre. J'ignorais ce que Jessica me cachait. Jusqu'à maintenant, je ne sais pas ce qu'elle avait. Il ne se passe pas une minute sans que je me demande pourquoi elle a fait ça.

Wolfgang me considéra en silence. Sur le balcon, sa respiration supplantait le bruissement de la pluie. Il décrispa son poing et se tint en face de moi, les yeux agrippés aux miens.

— Est-ce que je peux vous poser une question indiscrète ?

— Allez-y, puisqu'on y est.

— Vous me répondriez franchement, d'homme à homme ?

— Je n'ai aucune raison de vous mentir.

Il respira un bon coup et lâcha :

— Trompiez-vous Jessica ?

Sa brutalité me foudroya. Mais ce qui me brisa le cœur, c'était le ton sur lequel il me livra ses soupçons ;

on y décelait une telle souffrance, un tel désarroi, une telle frayeur que j'avais pitié de lui. Le Wolfgang que je connaissais, l'ancien militaire taillé dans un bloc d'airain, s'effritait sous mes yeux, là, sur le balcon qui, soudain, prit la dimension d'un champ de bataille. J'étais certain que si j'avais posé le doigt sur lui, je l'aurais traversé de part et d'autre.

J'attendis qu'il recouvre un semblant de couleurs et lui dis :

— Non… Je ne trompais pas Jessica… Je n'avais aucune raison de chercher ailleurs ce que j'avais à portée de main.

Ses yeux s'embuèrent. Il s'appuya contre la rampe et lutta pour retenir ses larmes. Reprenant son souffle, il hocha la tête et fit, d'une voix écorchée :

— Merci.

Il rentra dans le salon, traversa le vestibule. Du balcon, je le vis sortir de la maison et remonter la rue, sans se soucier de la pluie. Il marchait d'un pas accablé, en traînant les pieds. C'était la première fois que je le voyais anéanti, lui qui, malgré ses soixante-quinze ans, mettait un point d'honneur à se tenir droit dans ses bottes, et à donner, en toutes circonstances, l'impression de pouvoir résister aux drames et aux ouragans.

Les voisins et les collègues se mirent à prendre congé. Quelqu'un me souffla : « Je suis de tout cœur avec vous, docteur. » C'était gentil, mais improbable. Que savait-il de ma solitude ? Ma douleur était trop personnelle pour être partagée ; elle me rendait insensible aux témoignages de sympathie, à ces usages qui ne reposent sur rien de concret. C'est un univers parallèle, le chagrin, un monde abominable où les mots les plus doux, les gestes les plus nobles s'avèrent dérisoires, inappropriés, gauches, mortels d'inanité. J'étais excédé par ces petites tapes compatissantes que l'on m'assenait et qui résonnaient en moi comme des coups de massue. *Je suis de tout cœur avec vous, docteur…* Pour combien de temps ? Mes convives partis, ma maison se refermera sur moi tel un poing ; je tendrai la main à droite à gauche, en quête d'un support ou d'une épaule amie, et ne rencontrerai que le vide.

Le soir arriva. Dans le salon noyé d'obscurité, il ne restait que Hans, Emma, Klaudia et moi. Les deux femmes finissaient de ramasser les verres et les assiettes en carton laissés un peu partout par les convives. Elles remirent de l'ordre dans le salon, rangèrent la vaisselle, sortirent les poubelles tandis que je passais d'une pièce à l'autre sans savoir pourquoi. Les propos de Wolfgang explosaient contre mes tempes… *Trompiez-vous Jessica ?… Trompiez-vous Jessica ?…* Maintenant que Jessica n'était plus là, nos chemins se recroiseraient-ils un jour ? Finirions-nous par faire la paix ? Étions-nous en guerre pour prétendre à une quelconque paix ? J'avais le sentiment d'avoir manqué à mon devoir de gendre, d'être passé à côté d'une opportunité qui nous aurait peut-être réconciliés, Wolfgang et moi… Je me ressaisis. Qu'étais-je en train de m'infliger encore ? Pourquoi greffer sur mon chagrin de veuf une culpabilité chimérique ? Quand bien même j'aurais fauté vis-à-vis de Wolfgang, j'estimais qu'il y avait d'autres priorités dans mon deuil.

Je retournai sur le balcon. Je manquais d'air frais. Le froid me fouetta le visage. Je me penchai sur la rampe et contemplai les ruisseaux déferlant le long des trottoirs. De temps à autre, une voiture passait.

En la regardant s'éloigner, j'avais l'impression qu'elle emportait avec elle un peu de mon âme.

Klaudia me rejoignit, un verre à la main.

— Bois un coup, me dit-elle. Ça te remontera.

Je lui pris le verre et le portai à mes lèvres. La première gorgée me fit l'effet d'une traînée de lave, la deuxième me secoua de fond en comble.

— Tu devrais manger un morceau, m'apostropha Klaudia. Tu n'as rien avalé depuis notre retour du cimetière. Je me demande comment tu fais pour tenir debout.

— Je marche sur la tête.

— J'imagine.

— Penses-tu ?

Elle posa sa main sur la mienne, geste qui me mit mal à l'aise.

— Je suis sincèrement désolée, Kurt. Ça fait des nuits que je n'ai pas fermé l'œil.

— Ce n'est que maintenant que je commence à ouvrir les miens. Pourtant, je vois de moins en moins clair.

Sa main accentua son étreinte autour de mes doigts.

— Tu sais que tu peux compter sur moi, Kurt.

— Je n'en doute pas. Merci. Tu as été formidable avec les invités.

— C'est la moindre des choses.

Elle retira sa main et s'adossa contre la balustrade. Elle dit dans un soupir :

— On croit s'attendre à n'importe quoi, et quand ça arrive, on s'aperçoit qu'on avait tout faux.

— C'est la vie.

— Je n'arrive pas à admettre que Jessica ait fait une chose pareille. Pour une promotion… Tu te rends compte ! Pour un poste… Un poste qu'elle aurait fini par obtenir un jour ou l'autre.

Un électrochoc ne m'aurait pas secoué autant !… Promotion ?… Poste ?… Que me racontait-elle ? De quoi parlait-elle ? La voix étouffée de Klaudia me dégrisa d'un coup.

— Quel poste ? C'est quoi, cette histoire de promotion ?

Klaudia leva sur moi des yeux ahuris.

— Elle ne t'en avait pas parlé ?

— Me parler de quoi ?

— Mon Dieu ! Je croyais que tu étais au courant.

— Va au fait, je t'en supplie.

Klaudia était désarçonnée. Elle savait qu'elle était allée trop loin pour se rétracter. Ses yeux s'affolèrent, cherchèrent un support ; je les traquai, exigeai des explications. Je la saisis par les épaules et la secouai avec hargne. J'eus conscience que je lui faisais mal, mais je ne lâchai pas prise.

— Éclaire ma lanterne, pour l'amour du ciel.

Elle raconta, sur un ton qui paraissait émaner d'une douve :

— Le conseil d'administration de l'entreprise lui avait promis la direction des relations internationales. Jessica postulait pour ce siège depuis deux ans. Elle le voulait à tout prix. Et elle le méritait haut la main. Notre P.-D.G. l'avait même citée lors d'une réunion extraordinaire. Jessica était la cheville ouvrière de la société. Elle se dépensait sans compter. C'est elle qui avait négocié les plus importants contrats de ces dernières années, avec grand succès. L'ensemble de nos collègues s'accordaient à reconnaître son efficacité… Je croyais que tu étais au courant.

— Continue, s'il te plaît.

— Il y a trois mois, notre chargé des marchés s'est mis à briguer, lui aussi, la direction des relations internationales. C'est un arriviste ambitieux et sans scrupules, pressé de brûler les étapes. Il savait que Jessica avait une longueur d'avance sur lui et faisait des pieds et des mains pour la rattraper, allant jusqu'à torpiller certains projets pour la disqualifier. Une guerre sans merci s'est déclarée entre Jessica et Franz Hölter, le directeur des marchés. Au début, Jessica gérait la concurrence avec sérénité. Elle connaissait son sujet. Mais Franz avait réussi à séduire le P.-D.G. et commençait à gagner du terrain.

— C'est pour ça que Jessica était mal, ces dernières semaines ?

— Oui, elle était très préoccupée. Franz avait les coudées franches. Un vrai requin opérant dans les eaux troubles. Les peaux de banane pavaient ses passages. Forcément, Jessica a fini par craquer. Lors de la dernière négociation, avec un groupe chinois, elle a échoué à cause d'un dossier qui aurait disparu. La direction générale était hors d'elle. Et Jessica a compris qu'elle venait de commettre l'erreur fatale. Il y a une semaine, la sanction est tombée, et Franz s'est vu attribuer le poste tant convoité. Quand je suis allée réconforter Jessica, je l'ai trouvée effondrée dans son bureau. Elle n'avait plus une seule goutte de sang au visage. Elle m'a dit de la laisser tranquille et elle est sortie prendre l'air. Il était environ 9 heures. Elle n'est plus revenue. J'ai tenté de la joindre sur son mobile, je tombais régulièrement sur son répondeur… mon Dieu !… C'est trop injuste.

Les ultimes appuis sur lesquels reposaient le peu de lucidité qui me restait rompirent. Ma gorge se contracta ; impossible d'articuler une syllabe. Suspendu entre l'indignation et la colère, incrédule et groggy, je ne sus où donner de la tête. Jessica s'était donné la mort pour une promotion que sa direction générale lui avait refusée ! Inconcevable, inexcusable. C'était comme si Jessica venait de se suicider pour la deuxième fois.

Ma maison alors me devint une urne pleine d'une nuit qui se voulait les cendres de ma terre brûlée, de mes espérances consumées, de mon point d'ancrage parti en fumée.

Le temps semblait s'être arrêté. Tout s'était imbriqué autour de moi. Je me levais le matin, bâclais mes journées et, le soir, je rentrais chez moi comme dans un labyrinthe semer mes absents et leurs fantômes. Je n'éprouvais même pas la nécessité d'allumer. Que pouvait un lustre ou une lampe contre les ténèbres qui m'aveuglaient ?

Au cabinet, j'avais du mal à me concentrer sur mon travail. Combien de fois avais-je prescrit des traitements inappropriés avant de m'en rendre compte ou d'être rappelé à l'ordre par mes clients ? Emma comprenait que cela ne pouvait pas durer ainsi… Je dus confier mon cabinet au docteur Regina Hölm, qui me remplaçait lors de mes congés, et rentrer à la maison faire mes valises. Je pensais qu'un séjour à la campagne, où j'avais une résidence secondaire, me permettrait de remonter la pente. Je n'avais pas parcouru cinquante kilomètres que je fis demi-tour pour retourner à Frankfurt. Non, je n'aurais pas la force de m'isoler dans cette maisonnette en pierre taillée juchée en haut d'une colline verdoyante – le nid de notre intimité, à Jessica et à moi, notre repaire de citadins en rupture de ban, notre retraite d'amants éblouis qui désertaient la ville, sa pollution et ses bruits, ses contraintes et ses angoisses, et qui venaient là, l'espace d'un week-end, se ressourcer et s'aimer avec une fougue d'adolescents. C'était un joli coin camouflé sous de grands arbres où de rares randonneurs s'aventuraient et où le vent chantant dans les feuillages dissipait nos soucis. Il y avait une cheminée dans le salon, et un canapé sur lequel nous nous oubliions, enlacés et comblés, en écoutant crépiter le bois au fond de l'âtre. Non, je ne pouvais pas me rendre là-bas bousculer tant de merveilleux souvenirs.

Pendant deux jours, je me cloîtrai dans ma villa. Les stores baissés. Les lumières éteintes. Le téléphone décroché. N'ouvrant à personne. À me demander sans relâche comment une femme belle, chérie, promise à une carrière mirifique pouvait faire fi de son aubaine et se donner la mort… *Si vous n'aviez pas l'esprit ailleurs, vous auriez pu éviter le drame*, me fustigeait Wolfgang. Ses reproches inversaient les rôles, permutaient le coupable et la victime, confondaient la faute et la sanction. Jessica m'aurait-elle lancé un signe que je n'aurais pas capté ? Aurais-je modifié le cours des événements si j'avais fait preuve de vigilance ?…

Une nuit, sous une pluie battante, je sortis errer dans les rues. J'étais allé sur les boulevards où les feux rouges se singeaient aux intersections et j'avais pourchassé les trottoirs, les squares, les enseignes aux néons, les panneaux publicitaires qui se faisaient et se défaisaient dans le noir, les bancs publics nus, et le bruit de mes pas qui me devançait. Fatigué de marcher, trempé jusqu'aux os, je m'arrêtai sur une berge du Main et me noyai dans la contemplation des reflets frissonnants que les lampadaires projetaient sur le fleuve. Et là encore, au détour d'un oubli, tandis que je croyais avoir semé ma peine, l'image de Jessica inerte dans la baignoire jaillit des flots et réduisit en miettes l'hypothétique répit que j'espérais m'accorder.

J'étais rentré chez moi, grelottant et lessivé, et, collé à ma fenêtre, une couverture sur les épaules, j'avais attendu que le jour se lève. Et le jour s'était levé, tout de blanc drapé, comme s'il n'était que le fantôme de la nuit.

— Tu dois te reprendre en main, m'intima Hans Makkenroth, et vite.

Il était venu plusieurs fois frapper à ma porte. Comme je refusais d'ouvrir, il avait menacé d'alerter la police. L'état dans lequel il me trouva le choqua. Il se précipita sur le téléphone pour appeler une ambulance, mais je l'en dissuadai. Il me poussa dans la salle de bains en pestant. Ce que je découvris dans la glace m'effara : j'étais un mort vivant.

Hans m'entraîna dans le salon et m'obligea à l'écouter.

— Lorsque j'ai perdu Paula, je pensais que j'étais fini. Elle était tout pour moi. Mes joies, c'est à elle que je les devais. Elle était ma fierté, ma gloire, mon bonheur. J'aurais donné n'importe quoi en échange d'une année, d'un mois, d'un jour de plus avec elle. Mais il est des choses avec lesquelles on ne négocie pas, Kurt. Paula est partie, comme meurent tous les jours des milliers de personnes honnies ou vénérées. La vie est ainsi faite. Chagrin ou pas, deuil ou banqueroute, le jour continue de se lever et rien ne saurait retarder la nuit... Paula est morte depuis cinq ans et trente-deux semaines déjà, et chaque matin, lorsque je me réveille, je m'attends à la trouver blottie contre moi. Puis, je réalise que je suis seul dans mon lit. Alors, je jette au loin mes draps et je cours vaquer à mes occupations.

J'ignore si ce furent les propos de Hans ou les vibrations de sa voix qui m'atteignirent au plus profond de mon être car, subitement, mes épaules s'affaissèrent et les larmes roulèrent sur mes joues. Je ne me souviens pas d'avoir pleuré depuis ma plus tendre enfance. Curieusement, je n'avais pas honte de ma faiblesse. Mes sanglots semblaient évacuer la noirceur qui viciait mon âme telle une encre vénéneuse et putride.

— C'est ça, m'encouragea Hans.

Il m'obligea à prendre un bain, à me raser et à me changer. Puis, il me bouscula dans sa voiture et m'emmena dans un petit restaurant hors de la ville. Il m'expliqua qu'il était rentré en Allemagne régler des contentieux avec la chambre de commerce et lancer un projet qui lui tenait à cœur, que ces opérations prendraient deux ou trois semaines et qu'après, il repartirait en haute mer jusqu'aux Comores où il comptait équiper un hôpital au profit d'une organisation caritative dont il était membre.

— Pourquoi ne pas venir avec moi ? Mon voilier m'attend dans un port chypriote. On prendra l'avion jusqu'à Nicosie puis on lèvera l'ancre droit sur le golfe d'Aden…

— Je ne peux pas, Hans.

— Qu'est-ce qui t'en empêche ? Le large est une formidable thérapie.

— N'insiste pas, je t'en prie. Je n'irai nulle part…

II

BLACKMOON

1

Hans n'exagérait pas. En haute mer, dépouillés de leur symbolique, les repères se réduisent à leur stricte configuration pour que chaque chose recouvre sa juste mesure. J'ai recouvré la mienne : je ne suis qu'une goutte d'eau parmi des milliards de trombes d'eau. Tout ce que je croyais être ou représenter s'éveille à son inconstance. Ne suis-je pas semblable aux vaguelettes qui naissent d'un remous avant de s'y confondre, une illusion qui ne surgit d'un rien que pour y retomber sans laisser de traces ?

J'ai pensé à ma patiente, Mme Biribauer. *C'est quoi le grand sommeil ?...* Si ça ressemblait à la mer, on serait tenté de tout pardonner. Puis, j'ai pensé à Jessica, et je me suis surpris à sourire.

Je me sens un peu mieux, lavé de mes blessures. Comme au sortir d'un bain après une journée d'affrontement. Ma douleur m'accorde un semblant de répit ; elle doit se sentir à l'étroit au milieu de ces territoires de naufrage où les chagrins se noient sans susciter d'effroi.

Cela fait deux semaines que nous filons, le vent en poupe, à bord d'un voilier de douze mètres. Nous avons quitté Chypre aux aurores, par un temps splendide, traversé la Méditerranée aux eaux lustrales, tantôt pourchassés par des mouettes euphoriques, tantôt escortés par des escouades de dauphins. Chaque jour naît comme une bénédiction, et lorsque la nuit nous soustrait au désordre du monde, je ferme les yeux et respire poumons grands ouverts les odeurs qui émanent des abysses comme autant de réminiscences remontant de la nuit des temps. Je me sens rendu à ma paix intérieure.

J'aime m'asseoir d'une fesse sur le rebord du bateau et scruter l'horizon. Au bout d'une inlassable contemplation, je me délivre de mes angoisses ; j'ai l'impression de ressusciter, au forceps certes mais avec résolution. La mer démonte mon chagrin comme les vagues les récifs. Bien sûr, lorsque l'eau se retire, les *rochers* émergent parmi l'écume, cependant je fais avec. Je me cramponne à l'étai du foc et offre ma poitrine au vent. Il m'arrive de rester des heures entières sans penser à quelque chose de précis. Le clapotis des flots contre la coque du bateau berce mon âme. Parfois, un paquebot passe au large, et je le suis des yeux jusqu'à ce qu'il s'estompe dans l'embrun ; parfois encore, au fin fond de la brume, j'entrevois des rivages subreptices – sont-ce les îles Farasan, ou l'archipel des Dahlak, ou bien un mirage ? Quelle importance, puisque seule compte l'émotion que cela procure ?

Hans ne me dérange plus. Quand il me rejoint sur le pont et me trouve dans une sorte de communion extatique avec la nudité du ciel et de la mer, il se retire.

Deux semaines à glisser sur les flots rassérénés. Une seule fois, une tempête s'est inspirée de la brise de midi pour entrer en transe, ensuite une houle épaisse a ralenti notre course ; le lendemain, la Méditerranée a déroulé devant nous un tapis nacré sur lequel scintillaient les premiers reflets du jour. Vers le soir, des zébrures frémissantes ont vergeté la surface de l'eau et, avec le couchant et ses incendies, nous avons assisté à un spectacle époustouflant où le rouge et le noir ont fusionné en une fresque boréale. Pour ajouter à ces féeries une touche suprême, des dauphins ont jailli d'entre les éclaboussures, aussi rapides que les torpilles, fiers de leur fuselage parfait qui les propulsait dans les airs telles des fulgurances cristallines. Par moments, fasciné par leur chorégraphie somptueuse de synchronisation et de magie, j'ai eu l'impression que mon pouls s'accordait aux ondes qu'ils déclenchaient pour réguler sa cadence.

Grisé par tant de générosité, je rejoins Hans dans le réduit qui tient lieu de salle à manger. Au-dessus d'un canapé en cuir enchâssé dans du bois rutilant, le portrait de Paula. Je suppose qu'il y en a d'autres un peu partout sur le bateau… Comment fait-il pour cohabiter avec un fantôme et garder la tête froide ?… Hans me sourit comme s'il lisait dans mes pensées. Il repousse ses lunettes sur son front et s'agite sur son siège, content d'avoir enfin de la compagnie. Je suis gêné de le contraindre à observer une prudence excessive quand il me parle. On dirait qu'il retourne dans tous les sens le moindre mot avant de le risquer, de peur d'égratigner ma susceptibilité, persuadé que le seul nom de Jessica pourrait me replonger dans mon malheur, ce qui n'est pas forcément exact.

— Terre en vue ? me demande-t-il.

— Je n'ai pas vérifié, lui dis-je.

— Viens, assieds-toi… Un petit verre avant le souper ?

— Je suis déjà ivre d'espace et de vent.

47

— Tu devrais mettre un chapeau. Ce n'est pas raisonnable de rester longtemps tête nue sous le soleil.

— La brise m'a volé le mien, hier matin.

— J'en ai d'autres, si tu veux.

— Non, merci, ne te fais pas de souci pour moi. Je t'assure que je suis bien.

— Content de te l'entendre dire.

Il tambourine sur la table, à court d'idées. Il a dû épuiser ses sujets de prédilection. Depuis notre départ de Chypre, chaque soir après le dîner, il me raconte ses expéditions humanitaires. Il connaît par cœur les tribus primitives de l'Amazonie. Il avait jeté son dévolu sur ces petites gens spoliés et sans défense, chassés de leurs terres à cause de la déforestation outrancière et du braconnage sauvage, et forcés de nomadiser dans la jungle en quête d'un point de chute d'où ils seront délogés encore et encore jusqu'à ce qu'ils périssent de misère et de dépaysement. Pour illustrer ses récits, il me montre les photos qu'il avait prises sur les « lieux du crime ». On le voit, en chemise et en short, poser avec des enfants et des femmes nus au milieu de paillotes ; tenir un vieux chaman dans ses bras ; montrer du doigt un gigantesque anaconda mort de ne pouvoir digérer un crocodile ; partager un calumet antique avec un chef tribal aux allures de totem ; s'opposer à de monstrueux engins en train de dévaster une clairière ; protester contre des administrateurs locaux… Hans voyage sans répit. Depuis la mort de Paula, il délègue la gestion de ses entreprises à ses deux fils et traque la misère humaine d'un bout à l'autre de la planète. Selon lui, la maturité est dans le partage car la vraie vocation de l'homme est d'être utile à quelque chose.

Tao, le cuisinier, nous a préparé un plat asiatique

d'une rare succulence. Il nous sert à 8 heures pile et s'éclipse aussitôt. C'est un quinquagénaire au teint de coing blet, assez petit de taille, discret et efficace. Des cheveux d'un noir de jais, coupés court, auréolent son visage ascétique aux pommettes hautes et protubérantes. Furtif, il apparaît et disparaît sans bruit, attentif au moindre signe de son employeur. Hans l'aime beaucoup. Il l'a rencontré, il y a cinq ans, dans un hôtel à Manille, et l'a engagé sur-le-champ. Tao est père d'une famille nombreuse à laquelle il destine la totalité de son gain. Il ne parle jamais des siens, ne se plaint de rien, sempiternellement retranché derrière un vague sourire aussi quiet que son âme. D'ailleurs, c'est à peine si je l'ai entendu dire quelque chose depuis que nous sommes sur le bateau.

Après le souper, nous remontons sur le pont. Un brouillard haillonneux tente d'emmitoufler le voilier, mais ses étreintes filandreuses s'effilochent sous le vent de la course et forment une sorte de voûte instable et spectrale par-dessus nos têtes. Dans le ciel bleuté, par intermittences, on peut apercevoir les étoiles qui scintillent doucement, pareilles à des lucioles en train de rendre l'âme. Hormis le clapotis des flots, on n'entend rien. Le silence semble faire corps avec l'obscurité.

Hans s'appuie contre le cabestan et allume sa pipe avec un briquet. Il observe le rougeoiement dans le fourneau d'où s'échappent de minuscules flammèches et me demande si je me suis déjà baigné dans les eaux internationales.

— Jamais à plus de cent brasses de la plage, lui réponds-je.

— Toujours cette phobie des crampes ?

— Exactement. Ça me prend dès que je n'ai plus pied.

— Traumatisme d'enfance, je suppose.

— Pas forcément.

— C'est quoi, alors ?

— Je n'aime pas prendre de risques inutiles.

Il opine du chef, tire sur sa pipe, un lointain sourire sur les lèvres.

— Vivre, c'est courir des risques tous les jours, Kurt.

— Ça dépend dans quel sens on court.

La tournure de la conversation me gêne. Ma situation ne se prête guère aux questions existentielles. Hans s'en rend compte. Il feint de vérifier la fermeté d'un cordage puis, après une bouffée appuyée, il confie :

— Quand j'étais jeune, je venais souvent par ici m'adonner à la plongée sous-marine. Mon père adorait ça. Je me souviens, il enfilait sa combinaison plus vite qu'une chaussette et se jetait à l'eau avant le moniteur. Il était d'un flegme inflexible, pourtant. Intraitable à la ville comme au travail. Mais dès qu'il reniflait l'odeur de la mer, il devenait aussi fébrile qu'un mioche affamé devant une gaufre chocolatée.

— J'imagine.

— Il me faisait honte tant il ne tenait pas en place. Et quand il plongeait, souvent, il fallait que le moniteur aille le supplier de remonter. Mon père était capable de suivre une raie ou d'épier une murène dans son trou jusqu'à tomber en syncope. Ma mère se faisait un sang d'encre pour lui. Elle lui interdisait de m'emmener voir de près les coraux... J'en ai la chair de poule rien que d'y penser. C'était une époque fantastique... Plus tard, avec Paula, j'étais revenu convoquer les souvenirs par ici. Mais Paula n'avait pas la fibre aquatique. Elle était claustrophobe et ne restait pas plus de trente secondes sous l'eau.

J'ignore pourquoi je lui dis :

— J'envie ton enfance dorée. Mon père ne nous a jamais emmenés sur une plage, ma mère et moi. Il détestait l'eau, y compris celle du robinet.

Je l'ai embarrassé. J'ai conscience du caractère déplacé de mes propos, pourtant, mû par je ne sais quel besoin d'être désagréable, je n'ai pas réussi à les contenir. Hans considère le fourneau de sa pipe, lisse de l'autre main sa barbe soignée, médite quelques secondes avant de lever les yeux sur moi.

— C'est vrai, j'ai eu une enfance de rêve, et surtout le privilège de connaître mon grand-père. C'était un être exceptionnel qui a eu ses heures de gloire dans les années 20 comme auteur de théâtre. J'avais douze ans et, à cet âge de tous les caprices, je voulais devenir romancier. Un jour que nous nous promenions dans les bois, tous les deux, je lui avais demandé comment on fait pour devenir écrivain. Mon grand-père m'avait montré une ruine et m'avait dit : « Tu vois cette dalle ? Elle doit peser combien, d'après toi ? Au moins une tonne, n'est-ce pas ? Eh bien, c'est un nain qui l'a transportée sur son dos de la carrière, là-bas, jusqu'ici. » Je lui avais dit que c'était impossible, qu'il faudrait au moins une vingtaine d'hercules forains pour déplacer la dalle d'un centimètre. Et mon grand-père de me dire : « La littérature, c'est à peu près ça. Trouver une histoire à chaque chose et faire en sorte qu'elle suscite de l'intérêt… »

Il se tait pour voir si j'ai compris où il voulait en venir. Hans a toujours été pudique ; lorsqu'il veut remettre quelqu'un à sa place, il privilégie la subtilité à la riposte frontale.

Constatant que je ne voyais pas le rapport, il conclut :

— Je ne suis pas devenu romancier, Kurt, mais j'ai appris à trouver une histoire et un sens à chaque chose.

— Je ne te suis pas.

— Ce n'est pas moi que tu dois suivre, mais ta propre voie. Le plus probant des points d'appui est en chacun de nous. Tu peux soulever n'importe quelle dalle avec n'importe quel levier si tu arrives à te convaincre que cette dalle n'existe que dans ta tête. Car tout se trame et tout se consolide là-dedans, ajoute-t-il en tapant du doigt sur sa tempe.

— De quelle dalle parles-tu à la fin, Hans ?

— Tu sais très bien à quoi je fais allusion.

Là, j'ai compris. J'ai tout fait pour éviter le sujet qui dérange mais, par ma faute, je tombe dedans la tête la première. Hans attendait probablement cette opportunité depuis qu'on avait quitté Chypre. Il ne voulait pas la provoquer, par correction, mais il l'avait espérée, et c'est moi qui la lui offre sur un plateau. Je fais mine de scruter les quelques échancrures que le brouillard consent à tailler dans ses écrans et, pour changer de sujet, je m'enquiers :

— On est où, exactement ?

Hans consulte sa montre :

— Le col de Bab el-Mondeb est loin derrière et, normalement, avant l'aube, nous aurons quitté la mer Rouge pour le golfe d'Aden. Si tu veux, nous pourrons faire escale dans un petit port que je connais, au sud de Djibouti. Pas seulement pour nous ravitailler.

— C'est toi, le capitaine.

— C'est comme tu le souhaites, Kurt. Si tu n'en

as pas envie, ce n'est pas grave. Nous avons de quoi tenir une bonne dizaine de jours… J'aime bien les petits ports de pêcheurs de cette région, et leurs bazars encombrés jusqu'au plafond de vaisselle en plastique et d'attrape-nigauds aussi faussement chromés qu'inutiles. Les gens sont plaisants par ici même lorsqu'ils essayent de te fourguer des pacotilles à des prix exorbitants. Pour eux, tout touriste est riche comme Crésus et niais à lui faire prendre une vieille théière rouillée pour la lampe d'Aladin. Tu verras, leur esbroufe est si sympathique qu'on a presque envie de les laisser nous délester de nos derniers centimes avec plaisir.

Je fais non de la tête :

— Pour être franc, Hans, je n'ai pas apprécié nos escales à Charm el-Cheikh ni à Port-Soudan.

— Pourquoi ?

— Trop de monde, et trop de bruit.

Hans éclate de rire.

— Je vois… Tes désirs sont des ordres : pas d'accostage avant les Comores.

Nous avons longuement bavardé sur le pont. Nous avons parlé de tout et de rien sans effleurer les thèmes qui indisposent. Depuis que nous avons embarqué à bord du voilier, c'est Hans qui mène la conversation. Je me contente de l'écouter, ne l'interrompant que pour le relancer, surtout lorsqu'il s'étale sur les questions maritimes. Je suis profane en la matière, ne sais ni tenir une barre ni lire une boussole, encore moins me situer sur une carte. Fort de ses connaissances encyclopédiques, Hans adore disserter sur la mer et sur les navires, des nefs antiques aux vaisseaux ultramodernes. Il est très fier de son bateau qu'il a décoré lui-même. Quand il s'empare des commandes, il donne l'impression de prendre en main son propre destin. Les premiers jours, terrassé par le mal de mer, et après avoir vomi mes tripes par-dessus l'écubier, je m'affaissais sur un siège et, les bras enroulés autour du pavois, j'observais Hans à travers la baie vitrée de la cabine de pilotage. Il se tenait droit tel un conquérant, la barbe blanche haut perchée, rappelant un capitaine Achab chenu mais assagi. Au début, il m'invitait à la barre, m'expliquait le fonctionnement des différents cadrans sur le tableau de bord, me montrait la radio, le radar, le GPS, les instruments de navigation, ensuite, s'apercevant que je n'assimilais pas grand-chose, il cessa de m'« importuner ». J'avais la tête ailleurs et sa pédagogie m'ennuyait. Je préférais passer le plus clair de mon temps à scruter les horizons et à écouter les voiles claquer dans le vent.

Si on évitait de mentionner Jessica, Paula revenait sans cesse dans les évocations. Hans parlait d'elle comme s'il l'avait quittée au petit matin, certain de la retrouver le soir en rentrant. Je comprenais qu'elle lui manquait, mais il avait le don de s'arranger pour la maintenir omniprésente quelque part dans son cœur et dans son esprit.

— Il commence à faire frisquet, lui dis-je en me frottant énergiquement les bras.

Il acquiesce.

— Un dernier verre ? me propose-t-il.

— Je ne pense pas.

Je prends une douche avant de me mettre au lit. Comme les nuits précédentes, j'éteindrai les lumières et j'interrogerai l'obscurité pendant une heure ou deux. J'ai commencé à lire Musil dans l'avion qui nous transportait à Nicosie. Ce soir, je me rends compte que j'en suis encore au premier chapitre. Incapable de me concentrer sur le texte, je le reprends depuis le début. Comme la veille, et les nuits d'avant. Je mets un peu de musique, le même morceau de Wagner puis, au détour d'une phrase ou d'une métaphore, le livre s'efface et je me surprends à errer à travers mes absences. Et là, dans le silence feutré de ma cabine enrobée d'acajou, parmi les assemblages platinés et les tableaux joliment accrochés sur les parois, le fantôme de Jessica me rattrape. Je ferme les yeux pour le congédier, sans succès… Ce que je redoute par-dessus tout, c'est le réveil – la première chose qui me viendra à l'esprit est la mort de Jessica –, car chaque réveil portera en lui l'exact émoi qui m'a accueilli dans la salle de bains où l'amour de ma vie m'a faussé compagnie. C'est terrible. Finirai-je par surmonter le drame ?… Je me demande surtout comment j'arrive à me lever, à me doucher, à me raser, à boire mon café et à retourner sur le pont voir la mer se substituer au temps… Le jour n'étant qu'une trêve, la nuit me retrouverait au lit, étendrait sa noirceur jusque dans mes pensées et me chuchoterait à l'oreille, juste avant que je m'assoupisse, si j'étais prêt ou non à affronter le réveil qui se tenait en faction, à l'affût du matin.

Je prends un comprimé pour dormir.

Comme tous les soirs.

Un bruit en cascade me réveille. L'effet du comprimé ayant ramolli mes sens, j'ai du mal à me situer. Je cherche ma montre, ne réussis pas à mettre la main dessus, consulte celle incrustée à même la table de chevet : 4 h 27. Quelqu'un braille après Hans dans la pièce d'à côté. Brusquement, la porte de ma chambre s'ébranle, et une torche électrique m'envoie son fuseau sur le visage. Je n'ai pas le temps de réagir ; une ombre s'élance vers moi et me pose quelque chose de métallique sur la tempe. Une deuxième silhouette investit la pièce, cherche le commutateur et allume. Le plafonnier dévoile deux Noirs frénétiques. Le premier est un trentenaire bien charpenté au crâne rasé et aux épaules d'haltérophile ; une brute nue jusqu'à la ceinture, avec des amulettes autour des bras et du venin dans le regard ; il me hurle des sommations dans une langue inconnue. L'autre intrus est un adolescent filiforme, la figure tailladée, les prunelles éclatées comme celles d'un drogué. Il pointe sur moi une arme à feu inclassable, peut-être un fusil de chasse à canon scié ou bien un mousqueton artisanal.

Le géant est trop fort pour que je lui oppose une quelconque résistance. Son bras m'arrache du lit et m'envoie contre une paroi. Je suis à peine debout que je reçois dans le ventre un coup de crosse qui me plie en deux. Le deuxième intrus me saisit par les cheveux et m'oblige à m'agenouiller. Ses yeux rouge sang courent sur moi comme deux fourmis carnivores. Je n'en ai jamais croisé de semblables de ma vie. À croire que le gamin n'attend qu'un prétexte, n'importe lequel, pour m'abattre… Le géant farfouille dans les tiroirs, retourne le matelas pour voir ce qu'il y a en dessous, décroche les tableaux en quête d'un coffre-fort camouflé. Lorsqu'il tombe sur un objet intéressant, il le jette dans un petit sac en jute maculé de salissures. C'est ainsi qu'il rafle ma montre, mes somnifères, mon portefeuille, mon téléphone mobile, mon ceinturon, mes lunettes de soleil et mes livres. La fouille terminée, le géant revient sur moi, traque mon regard dans l'espoir d'y déceler un détail qui lui aurait échappé, me relève le menton avec la pointe de sa kalachnikov et me crie quelque chose dans son jargon. Il répète trois fois la même question, d'une voix gutturale qui fait frémir les veines de son cou. N'obtenant pas de réponse, il me cogne et me pousse devant lui dans le corridor.

Quatre hommes armés tiennent en joue Hans et Tao dans la cabine de pilotage en gueulant tous à la fois ; un cinquième barre l'escalier qui mène sur le pont. Ce dernier passe et repasse la lame d'un sabre sur la paume de sa main, aussi sinistre qu'un bourreau s'apprêtant à décapiter sa victime. Ses yeux brillent d'un éclat malsain, et son rictus figé me glace le sang. Malingre, le visage osseux et les bras démesurément longs, il donne l'impression de ne pas avoir toute sa tête avec les grotesques lunettes sans verre qu'il porte avec désinvolture.

Nos agresseurs sont jeunes, certains à peine sortis de la puberté, mais ils paraissent savoir avec exactitude comment gérer la situation. Après nous avoir déconcertés à coups de cris et d'éclats de bave, ils nous ordonnent de mettre les mains en l'air. Hans, qui n'a eu que le temps d'enfiler un pantalon et une chaussure, tente de calmer les esprits ; il est sommé de se taire et de rester tranquille.

Un grand échalas à la peau cuivrée s'adresse à l'adolescent venu me chercher :

— Pas d'autres passagers ?

— Non, chef.

Le chef se tourne vers moi, s'attarde sur mon caleçon, mes jambes nues. Avec son revolver, il me plaque contre la paroi. Ma pomme d'Adam racle ma gorge tel un grattoir. J'ai du mal à ne pas fermer les yeux, m'attendant à une détonation imminente. Une peur panique s'empare de moi ; je crispe les poings pour la contenir.

— C'est toi le timonier ? me fait-il en anglais.

— C'est moi, intervient Hans. Qu'est-ce que vous nous voulez ?

Le chef ricane, dévoilant une dent en or, et, sans me quitter des yeux, il rétorque :

— Ces sacrés Blancs ! Il leur faut toujours un dessin.

Il s'approche de Hans, le dévisage :

— C'est ton rafiot ou bien tu l'as loué ?

— C'est mon bateau.

— *Great !*... Français, Américains, Britanniques ?

— Allemands…

— Vous êtes dans les affaires ou dans les magouilles ?

— Ce sont des espions, fait le colosse aux amulettes.

— C'est faux, s'en défend Hans. Mon ami est médecin. Et je suis dans l'aide humanitaire. J'ai un hôpital à équiper aux Comores…

— Comme c'est touchant, ironise le chef en se dirigeant sur Tao. Et le jaune d'œuf ?

— Il est philippin.

— La bonniche, je présume. Il fait le ménage, prépare à manger, vous torche le cul et veille sur votre confort… Ça pèse combien sur le marché, un cuistot philippin, Joma ?

— On le braderait qu'on ne lui trouverait pas preneur, dit le colosse.

— En somme, un mauvais placement, déduit le chef en tournant autour de Tao.

Tao ne bronche pas. Il se tient droit, le visage fermé, ne laissant rien transparaître de ses émotions.

— Désolé, lui dit le chef, il va me falloir me passer de tes services. J'espère que tu sais nager.

Aussitôt, le colosse aux amulettes ceinture Tao. Hans essaie de s'interposer. Un coup de crosse l'étend sur le parquet. Tao ne se débat pas. Il ne comprend pas ce qu'il lui arrive. Son petit corps est englouti par celui du géant noir. Je suis dépassé par la tournure de la situation. Pétrifié, sonné, je regarde le colosse conduire Tao sur le pont. Pas un muscle ne m'obéit.

— Kurt, ne les laisse pas faire ça, me hurle Hans à terre.

Ses cris me dessoûlent. Je me rue vers l'escalier, balaie le garçon au sabre. Quelque chose fulgure en moi... puis, le trou.

On déverse un jet d'eau sur moi. J'émerge d'un brouillard. Il y a du sang sur mon tricot, sur mon caleçon et sur ma cuisse. Je porte mes doigts à ma tempe meurtrie ; c'est moi qui saigne.

Le colosse aux amulettes repose un seau sur le parquet et m'enfonce sa godasse dans le flanc :

— On n'est pas à l'hôtel.

Le chef s'accroupit devant moi. Il est jeune, la trentaine, plutôt beau garçon, les traits fins et le nez droit. Il porte son treillis comme un banquier son costume, avec une contenance qui tiendrait aussi bien de la séduction que de l'intimidation. À ses airs apprêtés, on devine le garçon issu de la bourgeoisie locale, le notable en devenir qui aurait mal tourné.

Tenant nos passeports d'une main, il attend que je reprenne mes sens et dit :

— Excusez nos méthodes, docteur. Nous fonctionnons à l'ancienne, par ici. Avec les moyens du bord.

Je cherche Hans. Il est derrière moi, dans un angle de la cabine de pilotage. Son œil a disparu sous une boursouflure violacée.

— Je vous explique le topo, dit le chef dans un anglais parfait. La balle est dans notre camp, mais les règles du jeu vous appartiennent, à votre ami et à vous. Vous vous conduisez bien, nous vous traiterons bien. Vous essayez de jouer aux marioles, je ne me porterai garant de rien.

— Pourquoi avez-vous jeté Tao à la mer ? hurle Hans, hors de lui.

— Vous parlez du bridé ?... Problème de logistique.

— Vous avez assassiné un homme, bon sang !

— On meurt tous les jours. Ce n'est pas ça qui empêchera Dieu de dormir sur ses deux oreilles.

Hans est écœuré par les propos du chef. Son visage tressaute de colère et son souffle cafouille. Il se mordille la lèvre pour se retenir.

— J'ai dit une connerie ? lui fait le chef, cynique.

— Vous voulez me faire croire que vous n'avez ni regret ni remords ? s'indigne Hans avec dégoût.

Le chef émet un rire atone, considère Hans comme s'il le voyait pour la première fois. Après un silence, il écarte les bras d'un geste théâtral et dit :

— Le regret est un état d'âme. Le remords est un cas de conscience. Et je n'ai ni l'une ni l'autre.

Révulsé, Hans ne rajoute pas un mot.

— Qu'allez-vous faire de nous ? demandé-je.

Le chef pince les lèvres pour réfléchir à ma question. Il dit :

— Je vais être franc avec vous. Pour moi, votre vie ne compte pas plus que votre mort. Vous voulez rentrer chez vous sains et saufs ou finir dans un fossé avec une balle dans la trogne, c'est à votre convenance... Sachez qu'à partir de maintenant, vous êtes mes prisonniers. Ce que vous possédez m'appartient désormais, à l'exception de vos photos de famille. Vous pouvez d'ores et déjà dire adieu à votre rafiot. Il va renflouer mon butin de guerre.

— C'est mon bateau, proteste Hans. Je ne suis en guerre contre personne. Je ne fais que passer. Vous n'avez pas le droit...

— Cette région est un espace de non-droit, monsieur Makkenroth, tranche le chef. Et il n'y a qu'une loi : celle des armes. Et les armes, ce soir, sont de mon côté.

— Qu'est-ce que vous allez faire de mon voilier ? Le brader ? Le désosser ?...

— La vraie question est : qu'est-ce qu'on va faire de vous ? Dois-je comprendre que le sort de votre rafiot vous importe plus que le vôtre ?...Vous êtes mes otages, mes tickets de tombola. Ni les conventions de Genève ni les résolutions de l'ONU ne m'empêcheront de vous traiter comme bon me semble. À partir de maintenant, votre dieu, c'est moi. Votre sort est étroitement lié à mes sautes d'humeur, et vous n'avez pas intérêt à la ramener.

On nous oblige à nous rhabiller ensuite, on nous attache les poignets et on nous enferme dans la pièce qu'occupait Tao, au fond de la cale. Le garçon aux lunettes sans verres vient se poster sur le pas de la porte. Il s'appuie d'une épaule contre le chambranle, penche le cou sur le côté et se met à nous observer d'une drôle de façon. La grimace débile virgulant son faciès me fait froid dans le dos.

— Ça va ? me demande Hans.

— Je crois que oui. Et toi ?

— Ça peut aller... Tu te rends compte ? Ils ont jeté Tao par-dessus bord.

— Tu penses qu'il a une chance de s'en tirer ?

— Il ne sait pas nager.

— Ils nous ont à leur merci. Ils n'avaient pas besoin de faire ça.

— C'est leur manière de prendre les choses en main. Les mentalités sont différentes, par ici. La vie d'un homme ou celle d'un moustique, c'est pareil, pour eux. Ces gens sont de notre temps, mais d'un autre âge.

Le gardien passe et repasse une langue grisâtre sur ses lèvres. L'immobilité de ses yeux accentue mon malaise.

— D'où sortent-ils ?

Hans hausse les épaules :

— Je l'ignore... J'ai entendu s'approcher un moteur. J'ai d'abord pensé aux gardes-côtes, mais ils n'ont pas le droit d'opérer dans les eaux internationales. Tao est venu me signaler qu'une felouque se dirigeait sur nous. Quelque chose a heurté la coque. En une fraction de seconde, ces énergumènes sont passés à l'abordage. Je n'ai rien pu faire.

— Qui sont-ils ?

— Aucune idée. Cette zone est infestée de prédateurs : rebelles, mercenaires, pirates, terroristes, contrebandiers, marchands d'armes. Jamais je n'ai imaginé qu'ils étaient capables de s'aventurer si loin de leurs bases. J'ai fait deux fois ce trajet, le dernier il y a à peine six mois, sans être inquiété...

Il marque une pause pour souffler, ensuite, sa voix revient, accablée :

— Je suis désolé, Kurt. Tu ne peux pas mesurer combien je regrette de t'avoir embarqué dans cette histoire après ce que tu viens de subir.

— Ce n'est pas de ta faute, Hans. C'est dans la logique des drames : un malheur n'arrive jamais seul.

— Je suis sincèrement navré.

— Chuuuuuut ! nous intime le gardien d'une voix sifflante en portant un doigt à sa bouche.

De nouveau, son regard vitreux me remue de fond en comble.

On nous a balancés, Hans et moi, sur la felouque. Sans ménagement. Sous la garde du colosse aux amulettes et de trois de ses acolytes. Le chef et le reste de la bande sont restés à bord du voilier. Pendant que notre nouvelle embarcation mettait le cap sur notre destin, nous avons regardé le bateau procéder à une série de manœuvres maladroites avant de s'éloigner vers une destination à l'opposé de la nôtre. Hans a les larmes aux yeux ; je perçois le dépit sourdre en lui. Lorsque le voilier s'est dissipé dans les ténèbres, Hans a posé le menton sur ses poings ligotés et s'est recroquevillé sur lui-même.

La felouque tangue sur les flots, nous ballottant d'un bord à l'autre. Dans le silence de la nuit, le bruit du moteur évoque le râle d'un pachyderme en train d'agoniser. Le mal de mer me gagne et ma migraine s'intensifie. Je vomis sur mes genoux.

La traversée n'en finit pas de se prolonger. Très loin, les premières saignées de l'aube aspergent l'horizon. La brise me gèle les bras et les genoux. Des démangeaisons se déclarent dans mon dos. Je ne peux ni me gratter ni me frotter contre le bois vermoulu de la barque qui, par endroits, pointe des éclats aussi mortels que des poignards. De temps à autre, le colosse m'envoie sa godasse dans le tibia pour m'empêcher de dormir. En face de moi, le garçon aux lunettes sans verre me surveille sans relâche, un sourire bizarre sur sa face de granit.

Cris de mouettes… Je m'étais assoupi. Le soleil s'est levé ; la felouque se faufile à travers les échancrures d'un récif en dents de scie, glisse le long d'un corridor aux méandres vaseux, remonte le cours de la lagune jusqu'à une minuscule plage graveleuse. Le colosse nous jette à terre. Les autres tirent l'embarcation hors de l'eau et la traînent dans un angle mort avant de la couvrir d'une bâche de camouflage. Nous nous mettons aussitôt en route. Un thalweg nous conduit dans une crique que nous contournons pour avancer à l'intérieur du pays. Après une heure de marche, nous atteignons une cuvette envahie de broussailles où un adolescent armé monte la garde. C'est un garçon rabougri, court sur pattes, au front criblé de pustules. Il porte un pantalon sale et un tricot de peau déchiré. Le colosse s'entretient avec lui dans une langue locale, lui montre une colline et le congédie. Nous rebroussons chemin sur plusieurs kilomètres. Par endroits, nous apercevons la mer. Je m'applique à mémoriser les sites que nous traversons car je n'ai qu'une idée en tête : profiter de la première occasion qui se présenterait à Hans et moi pour nous évader… Le pauvre Hans ! Il claudique devant, les épaules tombantes, le visage déformé par son œdème oculaire. Une traînée de sang lui colle la chemise au dos. Il avance d'un pas somnambulique, le menton sur la poitrine.

Nous débouchons sur une caverne suintante d'humidité et souillée de déjections et de traces de repas. C'est un trou fétide, lugubre, avec des voûtes dentelées que dévorent des nids de chauves-souris et des bosses recouvertes de traînées de cire comme si des milliers de cierges avaient fondu dessus. Des anneaux en fer rouillent sur les parois ; certains gardent encore leurs chaînes séculaires que le temps et le sel de la mer ont rongées aux jointures. Çà et là, des restes de nourriture ont noirci au milieu de boîtes de conserve broyées, de torchons en lambeaux et de détritus. Un remugle doucereux émane des encoignures, appauvrissant l'air, tandis que, dérangées par notre arrivée, les mouches se soulèvent dans une furie bourdonnante et se mettent à nous charger par contingents compacts.

Le colosse ordonne à ses hommes de nous attacher aux chaînes. Trop épuisé, Hans se laisse faire. Il ne tient plus sur ses jambes. J'essaie de résister aux bras qui me broient ; rapidement des espèces de menottes se referment sur mes poignets et je suis jeté à terre.

— C'est désormais votre palace, nous annonce le colosse.

— Vous n'allez pas nous laisser ici, protesté-je.

— Et pourquoi pas ?

— Mon ami est blessé. Cet endroit est insalubre et risque d'aggraver son cas. Vous ne pouvez pas nous mettre ailleurs ?

— Si… je peux vous ficeler à un arbre, ou vous planter dans le sable, mais vous ne trouverez pas meilleure loge pour voir de plus près l'Afrique. C'est ce qui vous amène par ici, n'est-ce pas ? L'exotisme, les espaces sauvages et la nostalgie des empires perdus…

— Nous ne sommes pas des touristes…

— C'est évident. En Afrique, il n'y a pas de touristes ; il y a uniquement des voyeurs.

Il ordonne à ses hommes de le suivre dehors. Aussitôt, les mouches reprennent possession des lieux ; leur bourdonnement accentue les relents de la grotte. J'ai la nausée, mais mon ventre vide n'a plus rien à évacuer.

Hans s'allonge sur le sol maculé de fientes et tente

de dormir. Son renoncement me préoccupe autant que son œil.

— Tu as du sang sur le dos, lui dis-je.

— J'ai reçu un coup de sabre pendant que j'essayais de monter sur le pont. Je voulais lancer une bouée à Tao.

Sa figure se froisse à l'évocation de la scène sur le voilier. Il ajoute dans un crachotement :

— Quand je pense à Tao ! Tu ne peux pas savoir combien je m'en veux.

— Ça ne sert à rien de culpabiliser… Gardons le moral. La mer n'est pas loin. Il nous faut savoir où nous sommes. Je n'ai pas l'intention de moisir ici.

— Chuuuut ! nous fait le garçon aux lunettes sans verres en faction à l'entrée de la grotte.

La nuit tombe comme un couperet. Je m'étais endormi. Dehors, pas un bruit ; le garçon qui montait la garde a disparu. Je tends l'oreille ; hormis la rumeur de la mer, rien. À cet instant précis, tandis qu'une sueur froide me verglace le dos, je prends conscience de la gravité de la situation.

— Ils sont partis ? je demande à Hans.

Hans ne me répond pas. Je le secoue avec mon genou ; il ne réagit pas. Un moment, j'ai cru qu'il était mort. Je me penche sur lui, colle mon oreille à son flanc ; il grogne et se ramasse sur lui-même.

La faim et la soif me tenaillent, je n'en ai cure. Une tension inouïe m'asphyxie. En moi, il n'y a que pensées funestes et effroi. Je me sens en danger. Je ne veux pas me rendormir ; je veux regarder dans le noir et supposer que c'est la nuit, une nuit sans lune et sans étoiles comme j'en ai connu à Frankfurt en hiver ; je veux garder les yeux grands ouverts et me familiariser avec ce que je ne vois pas ; c'est peut-être la dernière fois que je m'accroche à quelque chose qui me retient en vie... Hans a baissé les bras. Je le dérange quand je lui parle ; il me répond du bout des lèvres, par correction. Je l'imagine en prise avec le fantôme de Tao. Moi, j'ai besoin de parler, de dire n'importe quoi, de poser des questions auxquelles je n'exigerai pas de réponses ; le mutisme de Hans me dégarnit les flancs. Le silence est le plus cruel support de la panique ; il fait du doute une hantise, de l'obscurité une claustrophobie. Que va-t-on faire de nous ? La mort rôde, tout près ; je pourrais la toucher mais je crains de la provoquer. Je tends l'oreille à l'affût d'une voix ou d'un cri de bête qui crèverait ce maudit silence qui m'anéantit... peine perdue. Dehors, la nuit évoque un sarcophage ; elle pue le renfermé et la chair putrescente. J'ai peur...

Au matin, un adolescent nous apporte à manger : une sorte de soupe épaisse et grumeleuse. Rien qu'à l'odeur, mon cœur se soulève.

— C'est quoi ? je demande.

— Ici, on mange et on ne pose pas de questions. Ce n'est pas tous les jours qu'on a quelque chose à se mettre sous la dent.

Le garçon paraît blasé, comme s'il était forcé de satisfaire à des corvées détestables. Il est très grand, les omoplates proéminentes et le visage anguleux, avec une touffe de cheveux crêpelés taillée en losange au milieu de son crâne tondu. Un tatouage représentant le visage d'une fille et frappé de la lettre F orne son épaule droite. Je me tourne et lui tends mes bras pour qu'il me détache. Il recule, sur ses gardes.

— Comment voulez-vous qu'on mange avec les mains derrière le dos ? lui dis-je.

— Monsieur a besoin d'un chariot ? maugrée le colosse en surgissant d'un coup comme s'il sortait de la pierre. Un chariot chromé, avec des napperons blancs brodés sur les bords, des couverts en argent et des verres en cristal ?

Il chasse le garçon qui s'exécute sans empressement, ensuite, de son pied, il pousse la casserole dans ma direction.

— Si tu tiens vraiment à sentir l'Afrique dans ce qu'elle a de plus authentique, tu n'as qu'à renifler ton repas. Certes, il a l'aspect d'un vomi, mais n'est-ce pas déjà l'avant-goût du grand voyage initiatique ?

— Comment voulez-vous qu'on mange avec nos chaînes ?

— En lapant dans la gamelle, comme des bêtes.

Il s'approche de Hans toujours couché sur le flanc.

— Il a reçu un coup de lame, lui dis-je.

Le colosse se penche sur Hans, lui retrousse la chemise pour estimer l'état de la plaie.

— J'ai vu pire, grommelle-t-il. Il s'en remettra.

— Je suis médecin. Il faut que je l'examine.

— Je te dis que ce n'est pas grave.

— Et moi, je vous dis que sa blessure va s'infecter si…

Sa main m'attrape par la gorge, écrasant le reste de ma protestation.

— Ne hausse pas le ton devant moi, me fait-il en écarquillant d'énormes yeux blancs. J'ai horreur de ça.

Ses doigts se referment sur ma carotide ; leurs vibrations atteignent mes tempes.

— Tu es en Afrique… tu es *chez moi*, et ici, je suis le maître. Quand on parle à Joma, on veille scrupuleusement à ce qu'aucun mot ne dépasse l'autre…

Et arrête de me reluquer comme ça sinon je t'arrache les yeux avec un cure-dent.

Mon cerveau commence à manquer d'air.

— Est-ce que tu as compris ?

Les éclaboussures de sa bave me criblent le visage. Il me repousse avec dédain.

— Je ne t'aime pas, m'avoue-t-il en s'essuyant la bouche sur le revers de sa main.

Il feint de quitter la grotte, revient sur ses pas en frémissant d'une rage hypertrophiée comme si une rancœur ancienne, tue depuis des siècles, le rattrapait, et le dépassait. Dans son visage massif, d'un noir de charbon, ses narines papillonnent, cadençant les spasmes qui se sont déclenchés sur ses pommettes.

— Tu dois te demander quel genre d'énergumène je suis, pas suffisamment primate pour être domestiqué ni assez humain pour être attendri.

— Je ne comprends pas ce que vous insinuez.

Sa main s'abat sur ma joue, si fort que mon crâne rebondit sur la roche. Dans un sursaut d'orgueil et de révolte, je me redresse pour l'affronter. Nos souffles se heurtent. Il lève le bras. Je le nargue, le cou tendu à rompre. Ne parvenant pas à me faire fléchir, il renonce à me cogner et quitte la grotte tel un démon désertant le corps d'un possédé.

Le deuxième jour, c'est le garçon aux lunettes sans verres qui nous apporte à manger. Encore cette foutue mêlasse rance et gluante qui laisse sur le palais un arrière-goût avarié et qui nous fait éructer des heures durant. Au début, je ne pensais pas avaler une bouchée sans la rendre, mais la faim masque les horreurs nutritives comme les épices l'insipidité des mets… Le garçon accuse un soubresaut lorsque je repousse du pied la casserole. Ne saisissant pas le sens de mon geste, il ne lui accorde pas d'importance ; il est seulement surpris que je puisse renoncer à un repas. Il s'assoit sur une bosse et, le sabre entre les cuisses, il me considère avec curiosité. Depuis l'attaque du voilier, ce garçon m'intrigue. Son regard est une énigme ; pas moyen de deviner ce qui se trame derrière. Ses yeux sont petits – d'un marron clair, cernés d'un blanc sablé, les abords de l'iris grignotés par de minuscules boulettes laiteuses – mais insaisissables, si fascinants qu'ils occultent presque le reste du visage. On ne remarque qu'eux par-dessus un corps chétif, assorti de deux bras à peine plus gros qu'un manche à balai et de deux jambes sans relief, semblables à des béquilles... Des yeux aussi troublants qu'une angoisse soudaine et inexplicable.

— Joma n'est pas commode, m'avertit-il de but en blanc. Il ne faut pas le chambrer. Pour un oui ou pour un non, il disjoncte.

Ignorant sur quel terrain il cherche à m'entraîner, je m'abstiens de réagir. Le voir là, son sabre en exergue, avec Hans et moi sans défense, ne me dit rien qui vaille.

— Vous êtes de vrais Allemands ?

— ...

Mon silence le froisse. Ses mâchoires se crispent. Il a du mal à contenir un accès de colère. Après avoir rajusté ses lunettes sans verres et scruté ses ongles, il renifle et maronne :

— Est-ce que j'ai une tête de barbouze ?

— Qu'est-ce que vous voulez ?

— Est-ce que j'ai une tête de barbouze ?

— Je n'ai pas dit que vous en étiez un.

— Alors, pourquoi tu ne me réponds pas ? Je ne suis pas en train de te cuisiner.

Je me tais. J'ai peur qu'une maladresse de ma part ne heurte sa susceptibilité. Son regard, sa façon de tripoter ses lunettes et de se préoccuper de ses doigts, les expressions qui défilent sur son visage, tantôt vagues, tantôt prononcées, trahissent en lui une profonde instabilité.

— Joma avance que vous êtes ou des mercenaires ou des espions.

— …

— Bien sûr, les autres ne le croient pas. Joma lit trop de bouquins, il voit le mal partout. En plus, il est allergique aux Blancs.

— Si les autres ne sont pas d'accord, pourquoi ils ne nous relâchent pas ? demande Hans couché en chien de fusil, sans se retourner.

— C'est pas eux qui commandent. C'est pas Joma, non plus. C'est le chef Moussa qui décide.

— Il est où, le chef Moussa ? lui dis-je.

— J'sais pas.

— Il va rentrer quand ?

— Quand il en aura envie. Il lui faut se débarrasser du bateau, d'abord…

Il se gratte le dos avec son sabre, gêné. Il a envie de parler, mais il est à court d'idées. J'ai besoin qu'il parle, de savoir qui sont ses complices, ce qu'ils comptent faire de nous, où nous sommes ; j'ai surtout besoin de mesurer notre chance de nous en sortir, d'y croire avec la force du désespoir comme croit au miracle le condamné qui a épuisé tous les recours et qui refuse de renoncer à son combat. Le garçon me paraît accessible. Qui sait ? Il n'est point de criminel totalement réfractaire à l'émotion ; tant qu'il dispose d'un ersatz d'âme, aussi enfoui soit-il dans sa bestialité, il est toujours possible de l'atteindre pourvu que l'on décèle une rainure dans sa cuirasse.

— Vous aussi, vous êtes allergique aux Blancs ? je lui demande pour l'encourager à poursuivre.

— Pas spécialement, se libère-t-il en plaquant ses lunettes contre ses sourcils. Je ne les fréquente pas. La première fois que j'ai vu un Blanc en chair et en os remonte à trois ans. C'était un gars de la Croix-Rouge. Pour Joma, la Croix-Rouge est une version moderne des missionnaires, tu sais ? Ces types en soutane qui propageaient la bonne parole dans les tribus, autrefois. Joma est persuadé que c'est le même nid d'espions, sauf que les pères blancs, ils avaient la Bible, et les toubibs, ils ont des vaccins.

— N'importe quoi, objecté-je. Comment peut-il affirmer une ineptie pareille ? La Croix-Rouge est un organisme non gouvernemental. Elle intervient aussi bien chez vous que chez nous. Beaucoup de ses militants ont payé de leur vie le secours qu'ils portaient aux autres. Ils sont partout où les gens souffrent, sans distinction de couleur de peau ou de religion. Ni la guerre, ni les dictatures, ni les épidémies, ni les pénitenciers ne les découragent. Votre ami est injuste et complètement à côté de la plaque. S'il est incapable de reconnaître l'une des plus belles générosités de notre époque, c'est qu'il est aveugle et sans cœur.

— Personnellement, je m'en fiche. Espions ou mercenaires, ce n'est pas ça qui va changer quelque chose à ma vie. Et puis, je ne fais pas de politique…

— Joma, c'est le géant aux amulettes ?

— Ce sont de vraies amulettes de chez un grand marabout. Chacune a sa propre vertu. Ça le protège contre la peur, contre le mauvais sort, contre la traîtrise et contre les balles.

— N'empêche, Joma a tort. Il devrait porter une amulette contre les préjugés.

— C'est dans sa nature. Il est comme ça, point barre.

Il tend l'oreille, va s'assurer que personne n'est à proximité de la grotte et revient s'asseoir à côté de moi. Son regard se tempère.

— Pourquoi portez-vous tout le temps ce sabre sur vous ? essayé-je de l'amadouer. Nous sommes enchaînés et nous ne voulons pas nous battre.

Il dodeline de la tête, ébauche une moue circonspecte :

— Ce n'est pas un sabre, c'est une machette.

— C'est une arme redoutable.

— C'est un bout de ferraille. C'est l'usage qu'on en fait qui est redoutable.

Dehors, le colosse se met à brailler après ses hommes. Le garçon ébauche un sourire énigmatique et contracte ses épaules anguleuses.

— Vrai de vrai, vous êtes allemands ?

— Oui.

— Waouh !… Et tu connais Beckenbauer ? oblique-t-il tout de go, m'obligeant à me demander, pendant quelques secondes, si j'ai bien entendu tant le changement de sujet m'a paru incongru.

— Frantz Beckenbauer ?

— Ouais… Tu l'as rencontré ?

— Non.

— Tu n'habites pas en Allemagne ?

— Si.

— C'est pas possible. Tu ne peux pas habiter le même pays que lui sans le rencontrer.

— C'est la vérité. Il y a des gens qui résident dans le même immeuble sans croiser leurs voisins de palier.

— C'est dingue. Chez nous, tout le monde se connaît... Mon père aurait donné n'importe quoi pour rencontrer Beckenbauer. Il était fan de lui. Le seul poster qu'on avait à la maison, c'était celui de Beckenbauer dribblant un adversaire, le bras dans un bandage. Il était punaisé au mur bien avant que je vienne au monde. Et mon père, quand il se tenait devant le poster, il tremblait de ferveur... Il n'y avait pas d'autres portraits à la maison. Ni celui de grand-père qui est mort dans un puits, ni celui de grand-mère que je n'ai pas connue...

Je n'arrive pas à le suivre.

Il se mordille les ongles, à la manière d'un rongeur.

— Je crois avoir entendu le nom de Beckenbauer avant tout autre, s'enthousiasme-t-il. Mon père voulait qu'on l'appelle le Kaiser, mais au village, tout le monde, grands et petits, l'appelait Beckenbauer. C'est vrai qu'il avait de la classe, mon père. Il était grand et calme, et il jouait dans le club local. Enfin, ce n'était pas tout à fait un club, plutôt une bande de désœuvrés courant à longueur de journée derrière un ballon crevé sur un terrain vague plein de poussière. Quand l'un marquait, il sautait très haut en boxant l'air avant d'aller saluer la « tribune ». La tribune, c'était une poignée de mioches et quelques chèvres broutant dans la broussaille... Mon père était arrière central. Il portait un brassard de capitaine alors qu'il n'était pas le capitaine de l'équipe, et un tricot blanc au dos duquel il avait tracé un large numéro 5 au stylo feutre. Pour le short, il l'avait taillé dans un pantalon et plongé pendant des jours dans une teinture de sa fabrication pour le noircir. Il adorait porter les couleurs de l'équipe nationale allemande, tricot blanc et short noir. Pour le tricot, ça passait, mais pour le short noir, mon père s'était trompé de formule et de dosage lors de la fabrication de la teinture. Après le match, il a commencé à avoir des boutons sur les fesses et autour des parties génitales. Et le lendemain, il avait un mal de chien et il marchait comme s'il avait fait dans son froc.

J'ai du mal à réaliser que l'on puisse raconter des histoires attendrissantes de cocasserie dans cette partie du monde où l'on jette un homme à la mer comme on balance un mégot dans la nature.

— Et vous, vous êtes fan de qui ? lui dis-je.

Il hausse les épaules, peu emballé :

— Il y a Messi, Ronaldo et beaucoup d'autres, sauf que Joma trouve qu'une idole n'est pas forcée d'être un Blanc. Alors, j'ai opté pour Drogba, Eto'o et Zidane.

— Zidane est blanc.

— De peau, seulement. Il est africain de cœur.

— Vous jouez au foot ?

— Comme un pied.

Il contemple ses orteils qui dépassent de ses espadrilles pourries, les tortille. Une tristesse insoupçonnable s'installe sur son visage :

— J'ai jamais été fichu d'être bon à quelque chose, se plaint-il dans un soupir.

— Vous auriez dû rester chez vous.

— Y avait rien, chez moi. J'étais comme un vieux rafiot dans un port désaffecté. Je prenais l'eau en attendant un acquéreur. Sauf que tout le monde crevait la dalle, dans les parages. On n'avait même pas de quoi s'offrir une corde pour se pendre. J'en ai eu marre de prendre l'eau. Au bout d'un moment, je me suis dit, couler pour couler, autant couler au large. Au moins, personne ne le verrait. Alors, j'ai levé l'ancre et mis les voiles.

— Vous vous êtes trompé de large.

— Peut-être que ça n'existe pas, le large, que c'est juste un mirage. En tous les cas, je ne vois pas la différence. Ici ou ailleurs, c'est du pareil au même.

— Ce n'est pas pareil.

— Pour moi, si.

— Je suis sûr que vous êtes quelqu'un de bien. Votre place n'est pas parmi ces individus. Ce qu'ils sont en train de faire est grave, et ils ne s'en rendent pas compte. Ils nous ont enlevés. Il s'agit d'un rapt. C'est sévèrement puni par la loi.

— Ils n'en ont rien à branler, des lois. Ils ignorent ce que c'est. Ils savent tuer et piller, et ça a l'air de les amuser.

— Vous n'êtes pas d'accord avec ce qu'ils font ?

— J'ai pas d'opinion. D'ailleurs, personne ne me demande mon avis.

— Alors, pourquoi les avoir rejoints ?

— C'est des choses qui arrivent.

— On a toujours le choix.

— C'est pas vrai.

— Mais si… Vous n'êtes pas obligé de traîner avec cette bande de… d'inconscients… C'est quoi, votre nom ?

Ma question le déroute. Il réfléchit, les sourcils froncés, tire sur la pointe de son nez qu'il a fin et droit puis, relevant le menton, il dit avec amertume :

— C'est quoi, un nom ? Une marque déposée, sans plus. Celui de ma famille n'a même pas de sens. J'ai appris à me démerder sans lui. Puis, je l'ai oublié… Ici, on m'appelle « hé ! toi, là-bas ». (Il retire ses lunettes pour s'essuyer le visage dans un pan de son tricot.) Ça ne fait pas de moi une personne à part entière, non plus… Mais, je suis patient. Un jour, on finira par me donner un nom de guerre. Y a pas d'raison. J'suis un guerrier et je risque ma peau comme les autres… Tout le monde a un surnom, pourquoi pas moi ? (Il se remet à se mordiller les ongles.) Ça me botterait d'avoir un surnom, ajoute-t-il dans un souffle fiévreux. Ça ferait de moi quelqu'un… Un surnom qui sonne bien, qu'on ne risque pas d'oublier… Blackmoon, par exemple… Ça m'irait bien, Blackmoon. En plus, ça me ressemble.

— Eh bien, Blackmoon, vous n'êtes pas un bon à rien.

— Tu ne me connais pas.

— On n'a pas besoin de fréquenter longtemps les gens pour mieux les connaître. Je suis sûr que vous êtes quelqu'un de raisonnable.

— C'est vrai, je ne suis pas méchant. Le mal que j'ai commis, c'était pour me défendre. C'est pas que je regrette ou que je cherche à me dédouaner. J'aurais aimé que ça se passe autrement, mais ce qui est fait est fait, et ça ne sert à rien de la ramener.

— Je suis d'accord, sauf qu'on peut aussi se racheter.

— C'est-à-dire ? fait-il en défronçant les sourcils.

— Vous pouvez nous être utile. Vous pouvez nous aider à nous échapper.

Il secoue la tête comme s'il venait de recevoir un uppercut sous le menton.

— Quoi ? s'étrangle-t-il. Vous aider à vous échapper ? Qu'est-ce tu me chantes ? Tu me prends pour qui ? Je te fais un brin de causette, et tout de suite, tu crois que tu m'as mis dans ta poche. J'ai juste cherché à bavarder avec toi. Ici, à part Joma, personne ne m'adresse la parole. Et encore, Joma, il ne me parle pas, il m'engueule… Pourquoi me prends-tu pour un cave ?

— Ne le prenez pas mal. Ce n'est pas ce que…

— Ta gueule ! tonne-t-il en se redressant, le sabre en position d'assaut. J'essaie d'être sympa avec toi, et toi, tu cherches à m'entuber. Pourquoi tu veux que je vous aide à vous tailler d'ici ? Où est mon intérêt ? Je vais faire quoi, après ? Et qui m'aidera, moi, quand les gars me mettront le grappin dessus ? On est en Afrique, putain ! Là où tu te planques, on finit par te dénicher. Et puis, est-ce que j'ai l'air d'un traître, moi ?

Il est hors de lui. Son sabre plane par-dessus ma nuque.

Pris de court par la violence de sa volte-face, je ne sais plus quelle attitude adopter. Ses cris retentissent dans la caverne comme des déflagrations. J'ai peur que les autres ne l'entendent et viennent voir de quoi il retourne. Soudain, de la même façon qu'il s'est énervé, il se calme. En un tournemain, il redevient le garçon du foot. J'en suis stupéfait. À qui ai-je affaire, finalement ? Qui sont ces gens qui passent de la bourrasque à l'accalmie d'un claquement de doigts, sans crier gare. Éberlué, je surveille le garçon, le sabre qu'il vient de baisser, son regard qui recouvre son acuité dérangeante, celle-là même qui me mettait mal à l'aise.

Il me déstabilise davantage lorsqu'il dit, sur un ton modéré, presque conciliant :

— Faut pas me prendre pour une pioche. C'est pas bien. Je ne paie pas de mine, c'est vrai, mais j'ai de l'amour-propre.

— Excusez-moi. Je ne cherchais pas à être désagréable…

— Boucle-la. Ce n'est pas parce que je ne crie pas que je ne suis pas en colère. T'amuse plus à me prendre pour une cloche. Joma dit que pour les Blancs, les Africains ont de la boue dans le crâne. C'est qu'ils se gourent, les Blancs… Nous sommes aussi intelligents que vous, même si vous êtes plus calculateurs que le diable.

Il se rassoit, pose son sabre sur le côté, ramène ses genoux contre sa poitrine, croise les bras dessus et ne bronche plus. Seules ses mâchoires continuent de rouler dans son visage. Je me demande s'il a toute sa tête ou s'il est un formidable comédien.

Après un long silence, il relève le menton et me dit :

— Tu penses qu'il est encore vivant, Beckenbauer ?

Je juge prudent de ne pas relancer la conversation.

Le jour suivant, c'est un autre garçon qui nous apporte à manger. Blackmoon, lui, ne remet plus les pieds dans la caverne. Je le vois, de temps à autre, passer et repasser devant la grotte ; pas une fois, il n'a levé les yeux dans ma direction.

Dans l'après-midi, Hans sort enfin de sa léthargie. Debout sur ses jambes branlantes, grelotant de fièvre et de faim, il tente désespérément de se défaire de ses chaînes.

— Qu'est-ce qu'il y a ? lui dis-je.

Il ne parvient pas à libérer un son. Il considère avec effroi un repli de la grotte tandis que sa pomme d'Adam s'affole dans sa gorge. Dans une giclée de trémolos, sa voix fuse, méconnaissable :

— Un serpent… il y a un serpent, là-bas…

J'ai pensé qu'il hallucinait puis, en suivant son regard, j'aperçois une ombre remuer à quelques pas de nous. Mon sang se glace. Une tête conique, de la taille d'une main, glisse sur un caillou ; un serpent de plus de trois mètres, replet et hideux, s'extirpe d'une lézarde, les prunelles luisant dans la pénombre. Hans se met à hurler pour qu'on vienne à notre rescousse.

— Ne bougez surtout pas ! nous intime un gardien alerté par les appels au secours de Hans.

Le serpent coule sur une bosse et, attiré par les cris, il se dirige sur nous, la langue frétillante. Je suis pétrifié d'horreur. Le reptile redresse la gueule jusqu'à la ceinture de Hans, se recule ; je ferme les yeux, le cœur sur le point de rompre... Il ne se passe rien. Je rouvre les yeux ; le serpent rampe vers une crevasse, s'y enfonce et disparaît.

— Emmenez-nous loin d'ici, hurle Hans à bout de nerfs. Sortez-nous de là...

Deux de nos ravisseurs s'approchent de la crevasse, à l'affût. Joma les rejoint. Tous les trois surveillent le trou par lequel le serpent s'est éclipsé.

— Nous ne resterons pas une minute de plus dans ce gouffre de cinglés, s'insurge Hans, épouvanté.

— Je n'ai pas d'autre endroit où vous caser, tranche Joma.

— Mais il y a un serpent, lui rappelé-je, hors de moi.

— Ce n'était pas un serpent, c'était l'esprit de la caverne, nous rassure-t-il avec un sérieux qui nous laisse pantois. Il est le gardien des lieux. S'il vous voulait du mal, il vous aurait gobés comme deux œufs frais.

Sur ce, il ordonne à ses hommes de boucher le trou en question et nous abandonne à notre sort sans un mot de plus.

2

Quatre jours à attendre le retour du chef Moussa !

La première nuit, j'ai fait un rêve : j'étais sur un arbre en train de couper une branche avec une scie. En bas, ma mère jouait avec un medecine-ball orange. Ce n'était qu'une petite fille aux cheveux d'or, mais dans le rêve, c'était ma mère. Elle courait après le ballon en fredonnant une ritournelle. Soudain, elle s'est arrêtée de taper dans le ballon. Il y a eu un silence bizarre. Ma mère avait du sang qui gouttait sur sa tête, sur ses épaules nues, à ses pieds. Elle a levé les yeux sur l'arbre, et elle a blêmi : *Kurt*, a-t-elle hurlé, *qu'est-ce que tu fais ?...* J'ai porté mon attention sur ce que j'étais en train de faire, et je me suis aperçu que ce n'était pas la branche que je sciais, mais mon bras... Une douleur fulgurante m'a réveillé : mes chaînes s'étaient enfoncées dans mes poignets à les cisailler.

La deuxième nuit, j'ai rêvé de Paula. Nous étions attablés sur la véranda de notre bungalow à Maspalomas. Hans se tordait de rire. Je ne comprenais pas pourquoi il riait. Paula exécutait un pas de danse aérien. Sa robe rouge virevoltait autour d'elle tel un coquelicot. Il y avait une porte close dressée contre le vide. Paula l'a ouverte. Un flot de lumière aveuglante a inondé la véranda. Hans a couru vers la porte en criant à son épouse de rebrousser chemin. Paula a continué de marcher dans la lumière en s'y diluant pan par pan. Hans criait, criait ; la porte s'est refermée d'un coup de vent, si fort que j'ai cogné ma tête contre la roche…

La troisième nuit, j'ai rêvé de Jessica, mais je n'en ai gardé aucun souvenir.

Quatre jours !…

Quatre jours et quatre nuits plombés d'incertitudes et d'angoisse, à greloter le soir dans la fraîcheur de l'embrun et à suffoquer la journée dans la moiteur corrosive de la grotte… Quatre jours et quatre nuits interminables à me limer les os sur un sol rêche, contraint d'exécuter mille acrobaties pour me gratter, et mille autres pour me soulager ; à boire mes aigreurs jusqu'à la lie et à ruminer mon impuissance comme une herbe vénéneuse… Quatre jours blancs comme la nuit, quatre nuits aussi enténébrées que les desseins de nos ravisseurs, à me demander quand vais-je me réveiller pour de bon et sortir de ce rêve sordide qui a relégué au second plan mon chagrin de veuf… J'ai de la colère contre ces énergumènes surgis d'on ne sait quel sortilège et qui sont entrés par effraction dans ma vie, chamboulant mon deuil, anéantissant d'un trait la foi que j'avais dans les hommes. J'ai envie de hurler, de ruer, d'arracher l'anneau qui me retient si bas dans l'estime de moi-même et de cogner dans le tas à bras raccourcis. J'ai mal dans ma chair, et mal dans mon être, et mal partout où portent mes pensées. Pourquoi suis-je claustré dans une caverne pestilentielle, au milieu de nulle part, avec ces incessantes nuées de mouches qui s'abreuvent aux commissures de mes lèvres à me rendre fou ? De quel droit ces brigands nous ont-ils déviés et de notre route et de notre destin ? Je suis furieux. La haine lève en moi telle une lave en fusion, sécrète dans mon esprit une noirceur dont je ne me croyais pas capable. Plus j'observe nos ravisseurs, plus j'enrage. Tout en eux me dégoûte : leur langage ordurier, leur zèle, leur absence d'humanité ; et moi réduit à une vulgaire marchandise au sort incertain, enchaîné, dépersonnalisé et forcé de laper ma soupe froide dans une gamelle dégueulasse. L'univers entier me paraît dénué de logique, dépourvu de vocation, vil et absurde, à la limite de l'abjuration. Frankfurt me semble à des années-lumière, relevant d'une époque suspendue entre le mirage et l'insolation. Ai-je vraiment été médecin ? Si oui, était-ce hier ou dans une vie antérieure ?... Du jour au lendemain, je ne suis plus rien – pis, une camelote prohibée, un produit de contrebande que l'on négocierait à la sauvette, un otage qui joue son devenir à la roulette russe... Lamentable ! J'ai honte de mes gémissements, de mes tiraillements, de ma fureur creuse, sans point d'appui et sans résonance, qui tournoie dans le vide pareille à une éructation simulée, trop invraisemblable pour sortir à l'air libre... Et je m'en veux... Je m'en veux pour chaque douleur qui se déclare dans ma chair, pour chaque question qui m'interpelle, pour chaque réponse qui se refuse à moi... je m'en veux de subir le coup du sort sans pouvoir réagir, résigné et misérable comme un mouton sacrificiel...

Quatre jours et quatre nuits !... Comment ai-je pu tenir ?

Des phares illuminent la grotte. Je tords le cou pour voir ce qui se passe. Deux pick-up et une Jeep pétaradante viennent de se ranger dans la cour. Des hommes armés sautent à terre en s'interpellant à voix haute. Des ordres fusent çà et là. Nos gardiens accourent. Le feu du bivouac projette leurs ombres surexcitées sur le sable. Des portières claquent puis, les phares et les moteurs s'éteignent. Je distingue le chef à sa silhouette. Il porte un fusil-mitrailleur en bandoulière. Joma s'approche de lui, lui demande si tout était au mieux. Le chef lui désigne une masse étendue sur un brancard et rejoint le reste de ses hommes qui se sont engouffrés dans une guitoune.

Quelques minutes plus tard, on vient me chercher. Je peine à me redresser, les os en capilotade, les genoux ankylosés. On me conduit *manu militari* auprès d'un malade terrassé de fièvre. C'est un échalas au teint brouillé. Couché en position fœtale sur le brancard, le cou tiré vers l'arrière et les mains coincées entre les cuisses, il geint en grelottant, insensible au torchon gorgé d'eau qu'un garçon lui plaque sur le front. Aux odeurs qu'il dégage, je comprends qu'il a uriné sur lui.

Le chef arpente la guitoune, les mains sur les hanches. Il paraît très ennuyé. Un peu en retrait, Joma tient une lampe-tempête au bout de son bras. Il ne m'accorde aucune attention. Le chef consent enfin à se rendre compte que je suis là. Il frappe dans ses mains en signe d'embarras, s'approche de moi, s'étonne de me voir si amoché, cherche une explication du côté du colosse. Ce dernier demeure impénétrable.

— Vous êtes souffrant, docteur ?

Je trouve sa question saugrenue, à la limite du cynisme. Si j'avais un soupçon de force, je me jetterais sur lui.

Il me désigne le patient.

— Il a chopé le palu. Tâche de le soulager. C'est un gars formidable.

Dans mon esprit, je refuse d'approcher le malade, répugne à le toucher. Mon aversion remue en moi tel un reptile, exacerbant mes sens et mes restes d'agressivité. Je suis surpris, voire scandalisé que l'on me sollicite après ce qu'on nous a fait subir, à Hans et à moi. Je considère le chef, le trouve aussi pitoyable que son patient. Je n'ai pas peur de lui, n'éprouve que dédain pour son autorité de bandit, que dégoût pour l'espèce d'ogre paranoïaque retranché derrière sa lanterne, que haine froide pour l'ensemble de cette bande de dégénérés lâchés dans la nature comme les germes virulents d'une pandémie... Curieusement, par je ne sais quel réflexe professionnel, je m'accroupis, prends la main du malade, tâte son pouls, l'ausculte ; il est dans un sale état.

— Vous avez de la quinine ? je demande.

— Pas l'ombre d'une aspirine, me rétorque le chef.

— Et qu'attendez-vous de moi ?

— Que tu le soignes.

— Avec quoi ?

— Tu te débrouilles. C'est toi le médecin, non ?

Je me relève pour faire face au chef. De nouveau, sa suffisance, ses airs affectés attisent mon aversion. Nos nez se touchent presque ; mes yeux cherchent à crever les siens. Jamais je ne me suis cru capable d'une animosité aussi violente. Je recule d'un pas, à cause de son haleine avinée, et lui déclare, la voix vibrante de mépris :

— Je suis médecin, pas sorcier. Dans mon métier, il ne s'agit pas d'entrer en transe ou de convoquer l'esprit des ancêtres pour chasser le mal. Votre homme a besoin de médicaments, non d'une séance de vaudou.

— Attention à ce que tu dis, me menace Joma.

Le chef le remet à sa place d'une main expéditive. Après avoir médité mes propos, il se prend le menton entre le pouce et l'index et se détourne, au grand dam du colosse qui s'écrie, suffoquant d'indignation :

— Comment ? Il te parle sur ce ton et tu ne lui règles pas son compte ?

— Il a raison, Joma. Ewana a besoin de médicaments, et nous n'en avons pas.

— N'empêche ! proteste Joma. Ce blanc-bec n'a pas à nous snober. Il croit avoir affaire à des troglodytes ou quoi ? C'est quoi cette histoire de vaudou ? À ta place, je lui ferais ravaler son arrogance à coups de cric sur la gueule.

— Ça va, le calme le chef. Le voyage a été dur et je suis lessivé. Reconduis le docteur.

D'une main lasse, il nous congédie.

Une fois à l'extérieur de la guitoune, Joma m'assène un coup de crosse dans le dos pour me faire avancer plus vite.

— Tu es un dur à cuire, n'est-ce pas ?

Je ne lui réponds pas.

Il m'attrape par le col de ma chemise et me fait pivoter.

— Et moi, une vieille marmite. Un chaudron sorti droit des forges de l'enfer. Tu vas voir, je m'en vais te mijoter à petit feu jusqu'à ce que tu fondes sur le bout de ma langue.

Et il montre ses dents dans un rictus féroce.

Je le considère avec chagrin, me tourne vers le ciel blafard et cherche mon étoile parmi les milliers de constellations qui, cette nuit, paraissent, toutes, réfractaires à mes prières. Un obscur pressentiment s'ancre en moi : je viens de me faire un ennemi juré.

Au réveil, je découvre le chef accroupi à mon chevet. Il est en treillis, retranché derrière des lunettes de soleil. Il ne s'attendait pas à nous trouver, Hans et moi, dans un état aussi déplorable. Il se lève, arpente la grotte d'un pas courroucé, shoote dans une boîte de conserve qui s'en va tintinnabuler au fond de la pénombre puis, incapable de se retenir, il revient sur le colosse et lui hurle :

— Tu les as attachés comme ça pendant tout ce temps ?

— Je n'ai pas assez d'hommes pour les surveiller, se justifie le colosse du bout des lèvres.

— Je ne t'ai pas demandé de les enchaîner de cette façon.

Le colosse n'apprécie pas la manière dont on le tance ; il maugrée :

— Tu voulais que je les chouchoute comment, Moussa ? On n'a rien trouvé à bouffer, et le rigolo que tu avais chargé de veiller sur notre planque a gaspillé l'eau potable et a laissé les boîtes de ration tourner au soleil.

— Je te parle des otages, Joma. Ce ne sont pas des prisonniers de guerre, bordel.

— Y a-t-il une différence ?

— De taille ! s'écrie le chef que l'attitude de son subalterne exaspère.

Le colosse frémit avant de grogner :

— Si tu as des choses à me reprocher, Moussa, tu t'en entretiens avec moi en privé. Je n'aime pas qu'on me sermonne devant des étrangers…

— J'en ai rien à foutre de tes états d'âme, Joma, peste le chef en quittant la grotte.

Quelques minutes après, on vient nous détacher. Une multitude de décharges électriques m'aiguillonnent chaque fois que je remue un doigt ou un orteil. Des croûtes noirâtres recouvrent mes poignets, et mes mains sont d'une pâleur grisâtre. Hans doit procéder à une véritable rééducation accélérée pour parvenir à s'arc-bouter contre le sol et à se mettre debout. Ses articulations s'étant coincées, il ne parvient pas à ramener ses bras devant lui. La tache ensanglantée sur le dos de sa chemise s'est noircie. On nous traîne jusqu'à une retenue d'eau croupissante, non loin de la caverne, pour nous débarbouiller et laver nos vêtements qui sècheront sur nos corps. Hans se met à chavirer sur ses jambes raides, pris de convulsions ; il se plaint de maux d'estomac et de vertiges, mais nos ravisseurs m'interdisent de l'approcher. Après le bain de fortune, on nous reconduit dans la grotte et on nous donne à manger un bout de poisson et une tranche de galette. L'eau de la retenue, saumâtre et polluée, n'a fait que raviver nos blessures qui, maintenant, débarrassées de leurs croûtes, saignent et surexcitent les mouches.

Dans l'après-midi, Moussa ordonne à ses hommes de se préparer à évacuer le repaire. La guitoune est aussitôt démontée et le paquetage des pirates emballé et chargé avec des sacs de provisions sur les véhicules. On nous pousse, Hans et moi, chacun dans un 4 × 4, et le petit convoi démarre. Je suis tellement soulagé de quitter la caverne que je ne me pose même pas la question de savoir sur quelle galère on nous transfère.

Nous avons roulé des heures durant sans rencontrer âme qui vive. Vers le soir, nous faisons escale dans une gorge aux crêtes auréolées de broussailles. Les pirates appellent l'endroit « la station » – plus tard, j'apprendrai qu'il s'agit de planques disséminées dans la nature où les contrebandiers et les rebelles cachent des jerricans de carburant et des bidons d'eau pour se ravitailler lors de leurs déplacements. Les chauffeurs font le plein, vérifient l'état des pneus, le niveau de l'eau dans les radiateurs, ensuite, après un souper sommaire, nous reprenons la route une bonne partie de la nuit.

Le lendemain, très tôt, le convoi s'enfonce dans un maquis aux sentiers impraticables. Le sol est dur et accidenté ; les véhicules rebondissent dessus à s'esquinter. Les passages sont étroits, à fleur de ravins, bordés d'arbustes épineux dont les branches crissent sur la tôle et nous griffent au dos ; un caillou qui glisse, et c'est la chute fatale. Joma conduit sans se soucier de notre sort à l'arrière ; il ne sait qu'appuyer sur l'accélérateur, donner des coups de volant à tort et à travers et faire craquer le levier de vitesses ; le régime du moteur, le ballottement endiablé auquel il nous livre, la poussière qu'il nous balance par pelletées ne lui importent guère. Curieusement, ses maladresses amusent ses acolytes qui s'esclaffent chaque fois qu'une secousse trop forte les jette les uns contre les autres.

Les poignets ligotés, je m'agrippe tant bien que mal à la banquette ; le claquement des essieux se répercute jusque dans ma chair.

À en juger par la position du soleil, nous nous dirigeons plein ouest.

Le calvaire s'atténue au bout d'une centaine de kilomètres. Pas une ruine ne témoigne que des gens se soient installés dans les parages. Une vallée recouverte de brousse variqueuse s'encorde à l'infini, anonyme, désespérément indistincte – pour quelqu'un qui cherche un repère afin de se situer et, en cas d'évasion, à savoir au moins comment s'orienter, rien de plus déprimant !

Le convoi observe une halte au pied d'une montagne nimbée de poussière ; c'est le seul site à des lieues à la ronde susceptible de constituer un jalon probant. Au garçon qui m'apporte à manger je demande si la montagne est sacrée et s'il connaît son nom. Joma, que je n'avais pas vu derrière moi et qui a deviné où je voulais en venir, me rétorque que c'est le Kilimandjaro et qu'avec le réchauffement climatique, la neige a fondu et que c'est tout ce qu'il reste de la mythique éminence si chère à Hemingway : un vulgaire caillou dressé au cœur d'un cratère, tellement insignifiant qu'il n'inspirerait ni les griots en herbe ni les illuminés en rupture de ban. Le garçon éclate de rire, et le colosse me fait « pan ! » avec deux doigts, ravi de marquer un point.

Durant la pause, attaché à une racine, je n'ai pas réussi à entrevoir Hans.

Surgi d'on ne sait où, un homme loqueteux est accroupi au sommet d'une colline. À la vue du convoi, il ramasse son balluchon et dévale la pente en décrivant de grands signes de la main… Le pick-up se déporte sur le côté et se dirige sur l'auto-stoppeur qui, maintenant, a atteint le bord de la piste. Au lieu de ralentir, Joma accélère et fonce sur l'inconnu. Ce dernier, surpris par la déviation brutale du véhicule, a juste le temps de reculer pour éviter de se faire percuter. Il tombe à la renverse. Autour de moi, les pirates se tordent de rire en se tapant sur les cuisses… Le pauvre bougre se relève dans la poussière ; la Jeep, qui nous suit, sort de la piste à son tour et se rue sur lui. D'abord éberlué, le miraculé réalise qu'il n'est pas tout à fait sorti d'affaire et doit encore, dans un réflexe inouï, exécuter une acrobatie surhumaine pour esquiver les roues qui passent à quelques centimètres de sa tête. Déboussolé, il abandonne son balluchon et se met à courir sans se retourner droit sur la colline. Sa fuite débridée amuse mes ravisseurs qui redoublent d'hilarité. Il y a, dans leurs rires surfaits, une incongruité qui défie tout raisonnement. Ils rient avec fierté comme si l'impunité qu'ils s'autorisent leur insufflait un tonitruant sentiment de vaillance et d'invincibilité ; ils rient, aussi, parce qu'ils s'aperçoivent que leur attitude me choque autant que la manœuvre criminelle exécutée par les deux véhicules. À mon grand désespoir, je comprends que ces êtres qui me tiennent captif, que ces êtres qui vont décider de mon sort, que ces êtres dépourvus de conscience ne se contentent pas de banaliser la pratique délibérée de la mort, mais qu'ils la revendiquent comme un droit.

Mes yeux sautent des ravisseurs au pauvre hère escaladant à grandes enjambées la colline ; je suis incapable de distinguer l'horreur de la pitié. À cet instant précis, les pirates et le miraculé procèdent de la même misère humaine. Ma révolte s'en trouve disqualifiée d'office : il n'y a rien à dire... Je pense à ma vie d'autrefois, si captivante et facile qu'elle ressemble à une farce ; une vie aseptisée, chronométrée, réglée comme du papier à musique, qui commençait et se terminait tous les jours de la même façon : un baiser au réveil, un autre au retour du travail, un autre avant d'éteindre dans la chambre à coucher, avec des *je t'aime* au bout de chaque appel téléphonique et à la fin de chaque SMS – bref, le bonheur ordinaire que l'on croit définitivement acquis, aussi incontestable que le fait accompli... Ah ! ce bonheur-là, la pierre philosophale, le rêve domestiqué, le paradis terrestre dont on est à la fois le dieu délétère et le démon privilégié... ce sacré bonheur qui repose sur pas grand-chose et qui, pourtant, supplante toutes les ambitions et tous les fantasmes... ce bonheur qui, en fin de compte, n'a que son illusion pour abri et que sa candeur pour alibi... Avais-je douté de sa vulnérabilité ? Pas un instant... Puis, un soir, un soir *ordinaire*, un soir qui ne fait que se substituer aux milliers de soirs qui l'ont précédé, tout bascule. Ce que l'on a bâti, ce que l'on comptait conquérir, *pfuit !* s'évanouit d'un claquement de doigts. On s'aperçoit que l'on marchait sur un fil, en somnambule. Du jour au lendemain, le fringant Kurt Krausmann qui veillait jadis sur les plis de son costume comme sur la prunelle de ses yeux, le très sérieux docteur Krausmann se réveille à l'arrière d'un pick-up déglingué, entouré de tueurs hirsutes, perdu dans un pays inconnu où la mort d'un homme ne vaut pas plus que le geste qui la provoque... Quelle tristesse !

Le soleil commence à décliner, en ce troisième jour de route, lorsque nous atteignons un plateau sur lequel les rayons ricochent comme sur un miroir, éclaboussant les alentours d'oasis factices. C'est un territoire pierreux, anthracite, que la désertification ronge à satiété. Des lisérés de broussailles signalent l'endroit où coulait, jadis, une rivière ou un fleuve ; quelques arbres rachitiques titubent çà et là, les branches levées au ciel comme les bras d'un vaincu, mais toujours pas de villages en vue.

Nous passons la nuit dans un ravin et, le lendemain, très tôt le convoi met le cap plein ouest jusqu'à une nouvelle *station*. Cette fois, la cache semble avoir été découverte et profanée par d'autres bandits ; on n'y a trouvé que des jerricans vides et des sacs éventrés. Moussa ordonne que l'on continue sur-le-champ sur le prochain gîte d'étape, le coin n'étant plus sûr. Un soleil de plomb nous traque le long du trajet. Le pick-up évoque une chaudière ; je dégouline, le dos brûlé par les ridelles et les pieds par le plancher. Contraints de poursuivre la route sans boire ni manger, nos ravisseurs s'abandonnent aux secousses, exténués et dépités ; certains somnolent, la bouche ouverte, leurs armes entre les cuisses. Blackmoon, lui, reste en alerte, à me surveiller de près comme si j'étais la seule chose qui compte à ses yeux.

Au sortir d'un dédale caillouteux, la Jeep nous dépasse et oblige les deux pick-up à se ranger derrière elle. Le chef Moussa met pied à terre et porte ses jumelles à ses yeux. Il montre quelque chose au loin. Joma lui prend les jumelles des mains. Au bout d'une longue observation, il opine du chef. « Un village à neuf heures ! » signale Moussa en remontant dans sa Jeep. Les trois véhicules bifurquent plein sud et foncent sur le village qui n'est, en réalité, qu'un hameau déchiqueté.

Alertée par le vrombissement des moteurs, une tripotée de mioches jaillit des cahutes et se met à courir à toute vitesse vers une colonne rocailleuse pour se mettre à l'abri. Le plus petit, nu de la tête aux pieds, trébuche et tombe. Il a dû se faire très mal car il reste étendu sur le sol. Deux garçonnets s'arrêtent et lui crient de se relever avant de revenir sur leurs pas pour l'aider ; ils disparaissent rapidement derrière les rochers. Les trois véhicules des pirates investissent une placette cernée d'une demi-douzaine de paillotes dont la majorité est désertée. Moussa descend le premier ; il tire en l'air pour lever le gibier, sans succès. Ses hommes s'engouffrent dans les cahutes en hurlant comme des bêtes ; certains en ressortent bredouilles, d'autres avec des bouts de misères : une galette nidoreuse, un sachet de lait en poudre entamé ou bien une vieille couverture. Un vieillard est assis devant sa case, le corps arc-bouté contre une canne antique. Fagoté dans un pardessus aussi vieux que le monde, le crâne pelé et la mine opaque, il est là, tranquille sur le pas de sa porte, inattentif au raid des bandits comme s'il avait passé sa vie à se faire racketter. À côté de lui, sur une natte en lambeaux, une vieille femme regarde sans voir l'agitation qui s'opère autour d'elle. Dans son visage sans âge, deux yeux rongés par le trachome finissent de s'éteindre. Le pagne qu'elle porte arrive à peine à voiler sa nudité ; ses seins ratatinés, qui semblent avoir allaité des générations entières, pendent sur ses flancs squelettiques telles deux courges asséchées, et il y a, dans la pauvreté de leur configuration, comme une topographie du malheur. Deux pirates se ruent à l'intérieur de la case, en ramènent une chèvre bêlante. Les deux vieillards ne bougent pas, ne se retournent même pas ; ils demeurent immuables, pareils à deux êtres empaillés.

Je suis choqué par la liberté dévergondée avec laquelle les voleurs dépouillent des gens aussi miséreux, et doublement par le détachement des deux vieillards qui se voient délestés de leur unique chèvre, et probablement de leur unique bien, sans un mot et sans un geste comme s'il s'agissait de la moindre des infortunes, d'une simple formalité.

Moussa ordonne le repli. Les véhicules font un tour d'intimidation au milieu des cahutes vides ; quelques coups de feu célèbrent la razzia dérisoire, et le convoi reprend la route. J'ignore pourquoi, lorsque le pick-up est passé devant les deux vieillards interdits sur le pas de leur case, je leur ai montré mes poignets ligotés – peut-être ai-je cherché, par ce réflexe superflu, à me faire pardonner d'être le témoin malgré moi d'une muflerie aussi abjecte et triste. Un pirate, auquel mon geste n'a pas échappé, ébauche un rictus ironique, l'air de me dire : mais qu'est-ce que tu aurais pu faire si tu avais eu les mains libres, à part te voiler la face ?

Le quatrième jour, nous débouchons sur un plateau d'une virginité cosmique, sans un bout de verdure, sans une goutte d'eau, sans une tache d'ombre ; une étendue de rocaille ardente, aux réverbérations aussi tranchantes qu'un rasoir ; une terre d'après le big-bang, encore engorgée d'enfer, qui aurait gardé sa teinte originelle, ocre comme la première pellicule sédimentaire d'avant les premières pluies, les premières herbes, les premières pulsations de la vie.

Deux rapaces tournoient dans le ciel. La fausse majesté de leur ronde n'augure rien de bon. Sur un mamelon chauve, un groupe de vautours essaime autour d'une masse informe. Est-ce un animal ou un être humain ? Les vautours piochent dans leur proie à tour de rôle, sans se gêner ; ils ont l'air quiet de fêtards savourant un repas bien mérité. Le plus gros se tourne vers le convoi, nullement inquiété malgré la proximité de la piste. Je distingue avec netteté son cou pelé et son bec ensanglanté. Soudain, je crois voir un bras s'agiter au milieu des ailes.

— Il y a un homme, là-bas, crié-je au conducteur. Arrêtez-vous, il y a un homme qui se fait dévorer par les vautours, et il est encore vivant...

Mes ravisseurs se réveillent en sursaut, s'emparent instinctivement de leurs armes, s'attendant à une attaque ennemie. Joma, lui, continue de conduire.

— Arrêtez-vous, je vous en prie ! Je vous dis qu'il y a un blessé...

Joma me jette un coup d'œil dans le rétroviseur et tapote du doigt sur sa tempe.

— Je n'hallucine pas. Je l'ai vu bouger. Il est vivant... Arrêtez-vous tout de suite...

Sur le mamelon, les vautours agitent leurs ailes dans une danse macabre ; de nouveau, je crois voir le bras bouger. Je me rue sur l'arrière de la cabine, cogne dessus :

— Vous n'avez pas de cœur. Vous êtes des monstres. Arrêtez-vous, arrêtez-vous, bande de sauvages...

Joma freine si fort que la Jeep, derrière nous, manque de nous rentrer dedans... Le mot « sauvages » m'a échappé. Je ne peux ni le retirer ni le relativiser. J'ai eu conscience de son extrême gravité à l'instant où il a dominé le tintamarre du pick-up tant il porte en lui des siècles de drames et de traumatismes. Je ne l'ai pas pensé une seconde mais, par je ne sais quel mécanisme dormant, je l'ai prononcé. Et Joma l'a entendu... Ce dernier saute à terre, se rue sur le flanc du véhicule, m'attrape par le col de ma chemise et me renverse par-dessus la ridelle. Je tombe sur le ventre, face contre terre. Joma me prend par les cheveux et me soulève. Une haine farouche lui distord le visage.

Il me bouscule vers le mamelon, à coups de pied, sans rien dire.

— Qu'est-ce qui se passe, bordel ? Où est-ce qu'il l'emmène ? s'enquiert Moussa en se rangeant sur le bas-côté.

Lorsque nous arrivons à une vingtaine de mètres du mamelon, Joma me broie la nuque entre ses doigts :

— Où est-ce que tu vois un blessé ? Il est où, ton bonhomme que nous, les *sauvages*, abandonnons aux oiseaux ?

La masse informe en question est la carcasse d'un chacal ; quant au bras que j'ai cru voir bouger, ce n'est que sa patte qu'un rapace est occupé à lacérer.

— Alors, qui c'est qui a des visions ?

Joma tire un coup de feu en l'air ; les vautours battent de l'aile sur place, sans s'envoler, trop affamés pour renoncer à leur festin.

— Est-ce qu'il y a le corps d'un homme là-dedans, monsieur le toubib ?

— Non.

— J'ai pas entendu, fait-il en portant la main à son oreille.

— Je suis désolé. J'ai cru...

— Tu as cru quoi ? Qu'il y avait un homme qui se faisait bouffer par des oiseaux ou bien que tu étais entouré de sauvages sans cœur ?

— Je me suis trompé.

— Sur toute la ligne, blanc-bec, sur toute la ligne. Tu ne piges que dalle à notre continent... Tu es en Afrique, et en Afrique, le sauvage, c'est toi.

— Je suis désolé.

— Trop facile. Tes excuses, tu vas me les présenter à genoux. Je t'avais prévenu : si tu ne tiens pas à ce que je te marche dessus, rends-toi invisible. Maintenant, jette-toi à mes pieds et implore mon pardon.

Je ne m'exécute pas.

— À genoux, putain de ta race, ou je t'explose la cervelle.

La Jeep du chef quitte la piste et se dirige sur nous.

Le colosse m'enfonce le canon de son fusil sous le menton. Je ne cède pas. Je n'ai pas envie de céder. J'entends Moussa crier des ordres ; Joma ne l'écoute pas. Les yeux exorbités, la bouche en éruption, il trépide de rage. La Jeep s'immobilise à notre hauteur. Le chef saute à terre, les bras en avant pour calmer son homme.

— Ne fais pas le con, Joma.

— Il faut que ce fils de pute comprenne que le temps des colonies est révolu.

— Repose ta kalach.

— Pas avant qu'il s'aplatisse au sol.

Le chef n'ose pas risquer un pas de plus. Le colosse a le doigt sur la détente. La sueur cascade sur son front.

— À genoux !

— Fais ce qu'il te demande, me hurle Hans en allemand. Ce gars n'a pas toute sa tête.

Je ne peux ni ciller ni déglutir. Mais je n'ai pas peur. Je crois que mes nerfs ont lâché quelque part car je n'ai plus la perception du péril qui me guette. Qu'on en finisse, me résigné-je. Cette situation dépasse l'entendement, et je suis fatigué, persuadé que, tôt ou tard, ce fou furieux m'abattra. Tout en lui me condamne. Il avait promis de me mijoter à petit feu jusqu'à ce que je lui fonde sur le bout de la langue. Et il tiendra parole. Sa haine est un programme auquel il ne dérogera pas.

— Je t'en supplie, Kurt, s'affole Hans. Fais ce qu'il te dit.

Le chef tente de s'approcher, le colosse braque son arme sur lui et l'oblige à reculer.

— Te mêle pas de ça, Moussa. C'est entre lui et moi.

— Je te signale qu'il est mon otage.

— Rien à branler. J'ai pris les armes pour défendre des principes, pas pour m'en mettre plein les poches. Je te garantis que s'il ne se prosterne pas à mes pieds, je lui règle son compte sur-le-champ.

Le chef m'exhorte à obtempérer. Je fais non de la tête. Le canon, cette fois, vise mon front. Un silence abyssal s'installe sur le mamelon. Les hommes sur le pick-up sont debout ; ils attendent de voir mon crâne se désintégrer. Hans est pétrifié ; ses cris l'ont épuisé. Plus bas, sur la piste, le reste de la horde ne bouge pas. On devine que les choses sont en train de s'envenimer et on attend de voir comment ça va finir. Dans le ciel, les deux rapaces tournent en rond, au ralenti ; leurs ombres rasent le sol tel un mauvais présage.

— Je compte jusqu'à trois, tonitrue le colosse. Un… deux…

Blackmoon, que je n'ai pas vu arriver derrière moi, me donne un violent coup de pied sur les jarrets et me force à m'agenouiller. L'irrégularité de la procédure ne paraît pas contrarier le colosse. Ce qui lui importe est de me voir à terre.

— Tu vois ? me dit-il. Ce n'est pas compliqué.

— Mais qu'est-ce qui te prend, Joma, bon sang ! s'écrie Moussa.

— J'initie ce fumier à l'Afrique. Il faut qu'il sache que la donne a changé de main.

Il m'attrape par la gorge, m'étrangle très fort et me dit :

— Aucune race n'est supérieure à une autre. Depuis la préhistoire, c'est toujours le rapport de force qui décide de qui est le maître et de qui est le sujet. Aujourd'hui, la force est de mon côté. Et même si je ne suis à tes yeux qu'un taré de nègre, c'est moi qui mène la danse. Aucun savoir, aucun rang social, aucune couleur de peau ne pèse devant une vulgaire pétoire. Tu te croyais sorti de la cuisse de Jupiter ? Je vais te prouver que tu n'es qu'un avorton comme nous tous, sorti d'un trou du cul. Tes titres universitaires comme ton arrogance de Blanc n'ont pas cours là où une simple balle suffit à confisquer l'ensemble des privilèges. Tu es né en Occident ? T'as de la chance. Maintenant, tu vas renaître en Afrique et tu vas comprendre ce que ça signifie.

Il me repousse et regagne la piste tel un ogre les ténèbres de la nuit.

— C'est quoi ton problème avec cet homme ? lui crie Moussa.

— Je n'aime pas le bleu de ses yeux, répond le colosse en s'éloignant.

Des bras me ceinturent pour me relever. Je suis tétanisé. Tout me paraît inconsistant, grotesque, invraisemblable. Je suis passé à proximité d'une catastrophe, pareil à l'auto-stoppeur de l'autre jour, sauf que je n'ai pas l'impression d'en avoir mesuré l'extrême gravité. C'est une sensation bizarre qui m'effraie et m'échappe ; j'en ai l'esprit engourdi.

Moussa tire en l'air pour rétablir son autorité ; les détonations ne me dégrisent pas. On m'aide à rejoindre la piste et à remonter à l'arrière du pick-up. Pendant que l'on me hisse à bord, Blackmoon me chuchote dans l'oreille que s'il ne m'avait pas forcé à m'agenouiller, Joma m'aurait abattu... Abattu ? J'ai du mal à cerner ce mot. A-t-il un sens ? Si oui, lequel ? Et pour qui, pour l'agresseur ou pour l'agressé ? Comment se résoudre à l'idée que l'on puisse abattre une personne aussi simplement qu'un arbre ? Et pourtant, n'a-t-on pas jeté Tao à la mer comme on jette un mégot par terre ?... Oui, on se pose trop de questions quand on cherche à se convaincre que ce que l'on voit ne relève pas du délire, que le cauchemar que l'on vit est bel et bien réel. Les vérités que l'on éludait nous explosent à la figure ; les épreuves que l'on croyait prédestinées aux autres deviennent les nôtres avec une évidence telle que l'on a du mal à se supporter. Sont-ce les signes précurseurs de la Fin, l'effritement d'une époque où les âges obscurs et la modernité se croisent pour avorter d'androïdes exterminateurs et tracer ainsi, à l'humanité entière, le chemin le plus court vers son extinction ?

Mes ravisseurs ne rient plus. Ils me dévisagent en silence comme si je revenais de l'au-delà. Allergique à l'éclat de leurs prunelles, je me détourne, regarde par-delà les deux véhicules qui nous suivent, par-delà la poussière qu'ils soulèvent, loin, très loin, là où la terre et le ciel se confondent et forment une ligne aussi ténue et fragile que le fil qui me retient à la vie… La vie ?… Suis-je vivant ?… Suis-je encore de ce monde ?… J'ai soudain la certitude de n'être qu'un mort en sursis.

3

Les maquis et la brousse commencent à se raréfier et, au fur et à mesure que le convoi s'enfonce à l'intérieur du pays, le désert s'accentue, escamotant les touffes de végétation dans de furtifs tours de passe-passe. Hormis les rapaces et de rares fauves effarouchés par le vrombissement des pick-up, le territoire évoque une planète dépeuplée, mortelle de monotonie, livrée à la fournaise et aux érosions. Une enfilade de collines naines, grisâtres et pointues, dentelle la plaine, rappelant la colonne vertébrale d'un monstre préhistorique fossilisé. Au nord, un reg tavelé déroule ses cailloux à l'infini ; au sud, la terre s'affaisse brusquement, percheminée de rivières taries aux ramifications inextricables. Soudain, tapi à l'ombre d'un piémont, surgit un cantonnement en ruine entouré de barbelés. C'est la « base arrière » de nos ravisseurs. Ces derniers sont ravis de retourner au bercail, fourbus, encrassés, mais sains et saufs. Un portail démantibulé donne sur une place d'armes que veille un mât depuis longtemps renié. De part et d'autre, des chambrées trapues, les unes effondrées de fond en comble, les autres partiellement calcinées recouvertes de bâches trouées et de plaques en tôle ; un puits avec poulie, un seau en caoutchouc sur la margelle ; un enclos à bestiaux où se morfondent quelques chèvres ; une citerne rouillée sur les jantes ; un camion au capot arraché à côté d'un side-car droit sorti de la dernière guerre mondiale puis, en face d'un taudis grillagé, un trou à rat ingénument badigeonné sur le fronton duquel flotte un torchon inidentifiable que l'on fait passer pour un étendard : c'est le « poste de commandement ». Un ramassis de brigands nous attend sur le perron – sans doute, la garde prétorienne du maître des lieux ; une douzaine d'hurluberlus armés, figés dans un garde-à-vous qui se veut martial mais qui manque lamentablement de crédibilité. Certains arborent des tenues de paras avec godasses et bérets rabattus sur l'œil, d'autres des vêtements civils élimés, des baskets avachies, des espadrilles ou des sandales à sangles – tous portent la main à la tempe dans un salut réglementaire lorsqu'un officier cagneux sort du PC pour accueillir notre convoi.

Moussa fait descendre ses hommes des véhicules, les aligne en rang d'oignons face au PC et présente les armes à l'officier qui lui rend les honneurs avec fatuité. Il y a, dans ce protocole à la limite de la mise en scène, une obséquiosité outrancière qui m'aurait fait sourire si, devant moi, Hans ne venait de s'écrouler. Joma le relève d'un geste autoritaire et le maintient debout.

L'officier passe en revue ses sbires, sans nous accorder d'attention, à Hans et à moi, écoute d'une oreille distraite le rapport que Moussa lui présente dans une langue régionale. Tassé comme une borne, très noir de peau, enfaîté d'un crâne tondu vissé aux épaules, sans cou et sans menton, l'officier n'a pas l'air de s'intéresser au compte rendu de son subalterne. Son visage n'a presque pas de traits, juste une sphère cabossée aux narines dilatées qu'animent deux yeux globuleux aussi vifs que la foudre. La vareuse ouverte sur la bedaine, le ceinturon US en écharpe, il consent enfin à nous dévisager. Le chef Moussa lui remet nos passeports et recule de plusieurs pas pour s'aligner sur ses hommes. Le capitaine feuillette nos documents, passe de nos photos à nos physionomies, s'essuie les commissures de la bouche avec son pouce, ensuite, il vient nous toiser de plus près.

— Je suis le capitaine Gerima, nous annonce-t-il en se dandinant. Et ici, c'est mon royaume. Je dispose de la vie et de la mort comme d'un chéquier ; je n'ai qu'à signer... Le sort vous a mis sur ma route. Vous ne devez vous en prendre qu'à vous-mêmes. Quand un moucheron se fait piéger dans une toile, il ne peut en vouloir à l'araignée. Ce sont là les choses de la vie. Le monde a toujours fonctionné ainsi, depuis la nuit des temps. D'ailleurs, depuis la nuit des temps, c'est encore la nuit. L'aube de l'humanité n'est pas prête de se lever un jour...

Flatté par sa rhétorique, il s'assure que ses hommes le sont aussi et poursuit :

— J'ignore combien de temps vous allez rester parmi nous. Je tiens à vous avertir que l'on ne s'évade pas d'ici. Vous vous tenez peinards, vous serez bien traités. Dans le cas contraire, je vous passe les détails.

Il a fini. Brutalement. À court d'idées, ou peut-être a-t-il perdu le fil du discours qu'il a dû fignoler, la nuit, à notre intention.

Il pivote sur ses bottes cirées de frais et s'engouffre dans son repaire.

Deux hommes nous poussent dans le taudis grillagé en face du PC, nous détachent et se retirent en laissant la porte ouverte. Hans se traîne jusqu'à une natte étalée à même le sol et tente de se défaire de sa chemise, en vain. J'essaye de l'aider et m'aperçois que la plaie, en séchant, s'est refermée sur un pan de l'étoffe.

— Mettez-lui de l'eau dessus, nous suggère une voix. Ça va ramollir la croûte.

Un Blanc, que nous n'avions pas remarqué, émerge de sous une moustiquaire déployée dans une encoignure. Un jet de lumière dévoile son visage d'ermite ; c'est un quinquagénaire amaigri aux longs cheveux chenus qui lui dégringolent sur les épaules. Il porte une barbe effrangée et il est torse nu, les côtes proéminentes et le ventre collé aux vertèbres. Ses yeux miroitent comme ceux d'un malade.

— Français ?

— Allemands, lui dis-je.

Il fixe Hans avec commisération.

— Il est blessé ?

— Un coup de sabre. Il brûle de fièvre.

— Mettez de l'eau sur la plaie. Ça va le soulager.

— Je suis médecin, fais-je, lui signifiant que je suis en mesure de m'occuper de mon ami sans l'aide de personne.

Il retire une gourde en fer d'un tas d'objets hétéroclites et s'approche de nous.

— C'est ma ration d'eau, tient-il à préciser. Ici, tout est rationné, même les prières… Il est très amoché, votre camarade.

Sans attendre ma permission, il verse de l'eau sur la blessure de Hans, par petites quantités, laisse le tissu et la cicatrice s'en imprégner, ensuite, avec le doigt, il presse délicatement sur la plaie.

— Journalistes ou coopérants ?

— Nous ne faisions que passer. Ces pirates nous ont interceptés en haute mer... et vous ?

— Ethnologue... enfin, je crois.

— Vous êtes là depuis longtemps ?

— Depuis quarante ans... Je veux dire en Afrique. J'adore l'Afrique...

Hans courbe l'échine ; l'eau lui fait du bien. Par endroits, la croûte de la blessure se décontracte et commence à libérer quelques filaments de la trame.

— Ne remuez pas, lui recommande l'inconnu, sinon, ça va saigner...

Il verse encore un peu d'eau sur la partie coincée de la chemise.

— C'est malheureux de le dire, mais je suis content d'avoir enfin de la compagnie. Je commençais sérieusement à radoter... Vous l'avez trouvé comment, le gros tocard ? ajoute-t-il en faisant allusion au capitaine. Comme fanfaron, il n'a pas son égal... Il s'est autoproclamé officier et se croit à la tête d'une force de frappe avec ses dix chats de gouttière. Je le connais bien. Il était sergent-major dans l'armée régulière avant d'être traduit devant le tribunal militaire pour contrebande. Il piquait dans le stock de son unité des boîtes de ration qu'il écoulait au marché noir. Il a réussi à s'échapper de la prison en graissant des pattes et, depuis, il a rassemblé une bande de crétins autour de lui et mène son petit trafic sous couvert de la guerre civile.

— Qui sont ces gens ?

— De dangereuses girouettes. Des fois, ils se disent résistants, des fois révolutionnaires. De quelle cause ils se réclament ? Aucun d'eux n'est foutu de répondre. Lorsqu'un souffle idéologique leur flûte dans la tête, ils s'inventent un slogan et se soûlent avec jusqu'à en perdre le fil. En vérité, ces énergumènes ne savent où

donner de la tête, encore faut-il qu'ils en aient une.
Ils ne pensent pas, ils visent. Ils ne causent pas, ils
tirent. Ils ne bossent pas, ils pillent. Eux-mêmes ne
voient pas le bout du tunnel. Ils ont oublié comment
ça a dérapé pour eux et ignorent comment ça va se ter-
miner... Vous devez me trouver bien bavard, n'est-ce
pas ? Il ne faut pas m'en vouloir. Ça fait si longtemps que je n'ai pas d'interlocuteur, et le mur, avec
ses grandes oreilles, manque cruellement de repartie.

Il me tend brusquement la main :

— Pardon, je ne me suis pas présenté. C'est qu'on
perd très vite les usages par ici... Je m'appelle Bruno,
de Bordeaux, France.

— Lui, c'est Hans, et moi Kurt...

— Ravi de vous connaître, même si les circonstances et l'endroit ne s'y prêtent guère...

J'aide Hans à enlever sa chemise et l'allonge sur le
ventre. La coupure dans son dos est importante ; elle
lui parcourt la moitié de la hanche. Maintenant que la
croûte s'est ramollie, on peut voir le lit de la plaie ; il
est sérieux, hachuré de minuscules nervures suintantes
de pus, avec des lèvres d'un brun foncé cendrées aux
commissures et retournées vers l'extérieur ; le tissu qui
la borde a pâli et commence à s'amincir sur une bande
d'un bon centimètre pendant qu'une tache, tirant vers
un gris pourpre, se répand de part et d'autre de l'entaille, des vertèbres à la naissance de l'aine.

— C'est pas joli joli, constate le Français.

— J'ai besoin de nettoyer la plaie, et aussi de trouver de quoi faire baisser la fièvre.

Le Français retourne à sa paillasse chercher un petit
sachet en plastique et un flacon rempli d'un onguent
à l'aspect repoussant.

— Étalez-lui ça sur la blessure.

— Qu'est-ce que c'est ?

— Une poudre à base de plantes médicinales qui agit comme désinfectant et cicatrisant à la fois. Quant à la pommade, elle calme les démangeaisons.

— Il n'en est pas question. La plaie est suffisamment saturée de germes…

— S'il vous plaît, m'interrompt-il d'un ton calme. Ici, il n'y a pas de médicaments. On se débrouille avec les moyens du bord. Faites-moi confiance si vous tenez à épargner la gangrène à votre ami.

À contrecœur, presque humilié d'être contraint d'opter pour un *produit de charlatanerie*, je prends la bourse, tergiverse. Bruno me prie de le laisser faire et, sans attendre mon approbation, il se penche sur la blessure de Hans.

— Vous allez voir, ça va le soulager, promet-il pour pondérer son sans-gêne et ménager ma susceptibilité de médecin.

À peine Bruno en a-t-il fini avec les soins que Joma débarque. Il est éméché. Sa carcasse colmate l'embrasure de la porte qu'il doit franchir en baissant la tête. Il titube au milieu de la pièce, les mains sur les hanches, les muscles palpitants sur sa poitrine nue. Après m'avoir toisé, il embrasse les amulettes qui lui ceinturent les biceps – deux pochettes en cuir brodées de fils multicolores et retenues à ses bras par de fines lamelles.

— Tu ne m'as toujours pas présenté tes excuses, me lance-t-il en tordant le cou à la manière des lutteurs.

Le dégoût qu'il m'inspirait se mue tout d'un coup en un malaise irrépressible et débilitant.

— Eh oui, enchaîne-t-il, même les sauvages ont de l'amour-propre.

Bruno tente d'intervenir ; le colosse lui fait non du doigt.

— Tu restes en dehors, toi, sinon, je te ferai sortir tes hémorroïdes par le trou des oreilles.

Bruno remis à sa place, Joma écarte les bras, ravi de m'avoir pour lui tout seul :

— Qu'est-ce qui t'autorise à nous traiter de sauvages ? Nous aurais-tu décrochés d'une liane ou d'un baobab ? J'aimerais bien savoir ce qui fait de nous des sauvages ? La guerre ? Les vôtres sont pires que les cataclysmes. La misère ? C'est à vous que nous la devons. L'ignorance ? Qui te fait croire que tu es plus cultivé que moi ? Je suis certain d'avoir lu plus de bouquins que toute ta famille réunie, et toi en tête. Je connais à la virgule près Lermontov, Blake, Hölderlin, Byron, Rabelais, Shakespeare, Lamarck, Neruda, Goethe, Pouchkine, s'enflamme-t-il en les énumérant sur ses doigts tandis que son ton gagne en *crescendo*... Alors, docteur Kurt Krausmann, qu'est-ce qui fait de moi un sauvage et de toi un civilisé ?

Il renifle très fort et revient à la charge :

— Qu'est-ce que tu vois en moi ? Un morceau de ténèbres noir jusque dans le blanc des yeux ?

— Je suis désolé si je vous ai offensé, monsieur, lui dis-je. Ce n'était pas dans mes intentions. J'aurais dit sauvage à n'importe quel homme qui passerait à côté d'une détresse sans s'en émouvoir.

— Le problème est que je ne suis pas passé à côté d'une détresse, docteur Krausmann, mais d'un chacal crevé.

— Je comprends.

Je ne reconnais pas ma voix. Je suis hypnotisé par le regard meurtrier qui me transperce. Dans le doute ambiant, lorsque la raison et le tort se neutralisent, la peur devient la forme la plus exacerbée de la reddition. Sans que je le réalise vraiment, je me surprends à rendre les armes. Est-ce la fatigue, la faim, l'envie qu'on me fiche la paix ? Ou bien ces trois facteurs à la fois ? Cela m'importe peu. Je ne veux pas débattre avec cette brute. Et quel débat ? Pour quel enseignement ? On ne négocie pas avec des êtres rompus aux méthodes expéditives et parfaitement conscients de leur impunité. Avec ces gens-là, il faut faire des concessions. Ça ne sert à rien d'essayer de les raisonner ; leurs convictions sont ailleurs. Joma n'est qu'un bourreau, et pour le bourreau, quand bien même sa souveraineté ne serait que de substitution, il s'accommode volontiers de la soumission résignée de sa victime.

Joma est pris de court. Il était venu ruer dans les brancards ; ma capitulation spontanée le laisse sur sa faim. Il ne s'y attendait pas et est navré de devoir reporter ses péroraisons à plus tard. Pour sauver la face, il me vise avec son doigt et me dit :

— Tu progresses, docteur. Tu commences à comprendre ce qu'Africain signifie.

Et il s'en va.

— Ouf ! fait Bruno en agitant sa main en éventail devant sa figure. Il est rare que Joma ne cogne pas sur celui qui se met en travers de son chemin. Qu'est-ce que vous avez bien pu lui dire ?

Je préfère ne pas répondre.

Bruno n'insiste pas.

— En tous les cas, vous vous en êtes sorti de façon magistrale.

— Vous avez déjà eu affaire à cet homme ?

— Moi, non. Mais je l'ai vu à l'œuvre. Si vous voulez un conseil, évitez-le.

— Est-ce qu'il est rancunier ?

— Il est pire que ça, il est timbré. Personne ne l'aime, par ici. Ses compagnons d'armes pas plus que ses anges gardiens. C'est une sorte de concasseur déréglé lâché dans la nature. Il paraît qu'il puise tout ce qu'il dit dans les bouquins. Il adore discourir. Mais dès qu'il ouvre la bouche, tout le monde se débine sur la pointe des pieds.

— Vous pensez qu'il va me fiche la paix ?

— Je ne crois pas. Il s'ennuie tellement avec les autres.

Hans retire ses chaussures et présente ses pieds ecchymosés à un rayon de soleil. Indifférent à ce qui se passe autour de lui. Il remue ses orteils dans la lumière, se masse les chevilles ; ses gestes sont d'une mollesse anormale. Bruno voit bien que quelque chose ne tourne pas rond dans la tête de mon ami, mais, pudique, il s'abstient de s'attarder dessus.

— Vous êtes ici depuis quand ? je demande au Français.

— J'ai arrêté de cocher les jours, faute de crayon... Peut-être trois ou quatre mois...

— Quoi ? m'écrié-je, estomaqué.

— Ben, le marché des otages est saturé, ces derniers temps, m'explique-t-il. On attend que ça se tasse pour reprendre les négociations et revoir à la hausse les demandes de rançons... À ma connaissance, votre gouvernement a déjà cédé aux chantages des pirates pour libérer ses ressortissants. Ça va être difficile de le convaincre de verser d'autres sommes d'argent, du moins dans l'immédiat...

— Qui sont nos ravisseurs exactement ? Al Qaïda, des rebelles, des soldats ?

— Des sous-traitants.

— C'est-à-dire ?

— Ce que ça veut dire : ils sous-traitent. Comme ça se fait dans le commerce ordinaire. Il y a les grosses entreprises, et il y a les sous-traitants. En ce qui nous concerne, nous sommes entre les mains de vulgaires aventuriers. À tout casser, ils sont une vingtaine. N'étant ni assez puissants ni équipés pour faire cavalier seul, ils sous-traitent. Lorsqu'ils ont un otage sous la main, ils le proposent à un groupe plus costaud qui, à son tour, le vend à un autre plus coriace, et ainsi de suite jusqu'aux organisations criminelles ou terroristes assez bien charpentées pour négocier avec les gouvernements.

— Je n'ai pas compris, lui avoué-je, dépassé.

Le Français se gratte la tempe pour réfléchir :

— Tenez, j'ai été enlevé avec un grand reporter de la télévision italienne. Je connais l'Afrique subsaharienne et le Sahel sur le bout des doigts, et il m'arrive de servir de guide aux journalistes occidentaux. J'ai même réussi à leur arranger des interviews exclusives avec certains seigneurs de la guerre et patrons de la pègre locale. Un groupe de délinquants nous a interceptés à l'entrée de Mogadiscio. Ils nous ont vendus pour 5 000 dollars à un groupe de rebelles. Ensuite, des terroristes nous ont rachetés pour 12 000 dollars. Ils ont relâché le reporter parce que sa télé avait accepté de payer la rançon, et moi, j'ai été fourgué à des contrebandiers contre un caisson de munitions et trois mines antipersonnel. Puis le capitaine autoproclamé Gerima m'a troqué aux contrebandiers contre deux cents litres d'eau potable et un vilebrequin d'occasion et depuis, j'attends mon prochain acquéreur.

— C'est délirant.

— Je ne vous le fais pas dire.

— Chuuut ! nous ordonne Blackmoon qui vient

monter la garde devant notre geôle, son sabre à la main.

On nous apporte de la nourriture. Des galettes rances et des lambeaux de viande séchée.

Lorsque Hans s'est endormi, Bruno rejoint sa couche, chausse son nez d'une paire de lunettes esquintée, s'adosse contre le mur et ouvre un vieux livre racorni sur ses genoux.

— Vous avez tenté de vous évader d'ici ?

Sans relever la tête, il esquisse un petit sourire :

— Pour aller où ? Le plus proche point d'eau se situe à quatre-vingts kilomètres au sud. Derrière la colline, c'est le plat pays. Devant, c'est la vallée nue. On n'a pas plus de chance de passer inaperçu qu'une blatte sur de la toile cirée. Et puis, il y a des vigiles autour du camp, et ils ont la gâchette facile.

— On est où, exactement ?

Il repose son bouquin par terre et se tourne vers moi :

— Quelque part dans l'enfer des hommes. Somalie, Éthiopie, Djibouti, Soudan, je n'en ai pas la moindre idée. On se déplace sans arrêt, souvent de nuit. Ici n'est qu'un gîte d'étape. Au bout de trois, quatre semaines, on se rabat sur une autre planque. Non pour brouiller les pistes, mais pour éviter de se faire massacrer. Il y a pas mal de bandes de dégénérés qui opèrent dans les parages et elles ne s'entendent pas entre elles. Les zones d'influence ne sont pas délimitées, et chaque horde y nomadise au gré des conjonctures. La logistique est aléatoire ; si on n'a pas d'alliés, on est cuits. Cette région est livrée aux rebelles et aux brigands. L'armée régulière n'est pas assez costaude pour se hasarder loin de ses camps.

La preuve, ce cantonnement que nos ravisseurs squattent était un poste avancé. Il a été évacué à la suite d'une incursion rebelle et, depuis, il est abandonné aux quatre vents. Il y a un village à une centaine de kilomètres à l'est, comme il ne reste plus de garnisons dans le secteur, ses habitants se sont volatilisés.

Hans nous demande de nous taire.

Bruno obéit ; il enfonce sa tête dans un chiffon qui lui tient lieu d'oreiller et croise les doigts sur son ventre. Au bout de quelques minutes, sa respiration se stabilise et il se met à ronfler.

Dehors, trois gardes se racontent des histoires en rigolant. Ils palabrent dans leur patois, cependant je devine qu'ils parlent de razzias, d'échauffourées, de traquenards et de mort. Ils font « pan ! », et « ta-ta-ta ! » pour dire les rafales de mitraille, singent les supplications de leurs victimes et se marrent à gorge déployée de la frayeur d'un acolyte.

Puis, le silence s'abat. Tel un couperet.

Une brise se met à chuinter dans les interstices de la tôle. Hans a les yeux ouverts. Comment compte-t-il s'endormir en gardant les yeux ouverts ? Lentement, la fatigue me gagne, s'installe dans mes pensées, et je m'assoupis.

Tard dans la nuit, Hans me réveille. Il est assis sur son séant ; sa silhouette spectrale se dessine nettement dans la pénombre.

— Je crois que Tao s'en est tiré, me chuchote-t-il d'une voix détimbrée. J'en suis persuadé, maintenant. Tu te rappelles, lorsqu'on nous a mis dans la felouque ? J'ai bien regardé mon bateau, il n'y avait pas de bouée sur le pont. Tao a dû s'en emparer pendant qu'on le jetait par-dessus bord. J'en suis certain. Tao est agile. Il ne s'est pas laissé faire.

— Il faisait nuit noire, Hans. On voyait à peine le bateau.

Il fronce les sourcils et se recouche, les yeux grands ouverts.

La culpabilité est en train de l'enfoncer progressivement dans un déni total.

Le matin, par la porte grillagée, j'aperçois un ruban de poussière virevolter par-dessus un éboulis de pierres qui fut, un jour, le rempart du cantonnement. C'est le side-car qui rentre d'on ne se sait où. Il se range devant le PC. Le conducteur en descend et aide un homme à se soustraire de l'habitacle latéral. Le passager est un métis d'un certain âge, presque clair de peau, assez frêle et voûté, le crâne ovoïde dégarni sur le front ; il porte un costume froissé, des lunettes de vue et une sacoche élimée contre sa poitrine. Le capitaine Gerima lui serre chaleureusement la main et l'invite à le suivre à l'intérieur de son bureau. Quelques minutes plus tard, Joma vient chercher Hans. Je lui demande où il compte emmener mon ami ; il me rétorque « à l'infirmerie ». Je lui rappelle que je suis médecin ; le colosse ricane et me déclare, sibyllin, qu'en Afrique, un simple chaman suffit. Deux hommes soulèvent Hans et le traînent vers un taudis derrière le PC.

J'ai attendu le retour de Hans toute la matinée, et tout l'après-midi ; il n'est pas revenu. J'ai essayé d'avoir de ses nouvelles et n'ai eu droit qu'à des intimidations obscènes.

— C'est un bon docteur, me rassure Bruno. Il a soigné ma dysenterie. Au moins, lui, il a de vrais médicaments.

— C'est un vrai médecin ?

— Je crois que oui. J'ignore où il crèche, mais le

capitaine envoie souvent quelqu'un le chercher quand il y a un malade sérieux.

La nuit tombe sans que j'aie l'occasion de revoir Hans.

Le lendemain, et les jours d'après, aucune trace de Hans. Je commence à paniquer et demande à parler au capitaine. À défaut de me recevoir, l'officier charge Joma de me faire comprendre qu'un otage ferait mieux de se tenir à carreau s'il tient à rentrer chez lui en entier. Je balaie d'une main les menaces et exige des explications et des nouvelles de mon ami. Je n'ai droit qu'à un assortiment de sommations ordurières et de signes d'égorgement.

Le quatrième jour, le side-car quitte le cantonnement, avec le docteur à son bord. Hans reste à l'« infirmerie ». Ce n'est qu'au bout d'une semaine que je l'aperçois, un bandage autour du buste, escorté par Blackmoon jusqu'à une guérite en tôle qui fait office de latrines.

— Pourquoi l'isole-t-on ? demandé-je à Bruno, redoutant une infection grave que les pirates chercheraient à me cacher.

— C'est nous deux qu'on isole, monsieur Krausmann, me signale-t-il. Si on est aux petits soins avec votre ami, c'est que nos ravisseurs ont une touche le concernant.

Je ne saisis pas. Il se laisse choir à côté de moi et m'explique :

— Lorsque j'ai été intercepté avec le journaliste italien, on nous a enfermés avec un troisième otage dans une cave horrible pendant des semaines. Dans le noir. Ficelés comme des saucissons. Puis, on a transféré le journaliste dans une cellule à part et on a commencé à mieux le traiter en améliorant son ordinaire et en l'autorisant à se laver et à se raser. Quelque temps après, on l'a relâché. Je crois que votre ami ne va pas tarder à retrouver le monde libre. Il faut que vous sachiez comment ça fonctionne par ici : ces criminels, quand bien même ils ne paieraient pas de mine, sont très organisés. Ils ont des pions en ville et parmi les fonctionnaires qui leur communiquent tout ce qui pourrait les intéresser, en temps réel. Et puis, il y a Internet. Ils tapent le nom de leurs otages sur un serveur et, dans la seconde qui suit, ils ont les informations qu'ils veulent. C'est ce qu'ils ont fait avec vous et votre ami. Votre nom n'a pas dû leur révéler grand-chose. Celui de votre ami, probablement un tas de détails alléchants... Ça fait quatre mois que je suis prisonnier et j'ai appris à sentir à partir de quel moment le vent tourne. Le capitaine a l'air enthousiaste. C'est un signe qui ne trompe pas. D'habitude, il a une humeur de pitbull... Il fait quoi au juste, M. Makkenroth ?

— Il est dans l'humanitaire.

— Il y a sûrement autre chose.

Je tergiverse, m'assure qu'aucune oreille indiscrète ne traîne alentour et lui avoue :

— Hans Makkenroth est un éminent industriel en Allemagne, une très grosse fortune...

— Eh bien, voilà qui explique tout. Si ça se trouve, le capitaine Gerima est déjà en train de négocier avec plusieurs groupes intéressés par votre ami. En fonction de la rentabilité du « produit », les enchères atteignent parfois des sommets.

Mille questions s'imbriquent dans ma tête, mais je suis trop lessivé pour y mettre de l'ordre. J'ignore comment ce genre de tractations s'opère ni combien de temps il va durer et, franchement, je vois de moins en moins le bout du tunnel. En deux semaines de captivité, j'ai perdu mon discernement. Mes insomnies ont exacerbé mes angoisses, et chaque minute qui passe amenuise ma présence d'esprit. Je suis devenu quelqu'un d'autre. Ma voix s'est altérée et mes réflexes se sont avachis. J'ai maigri ; une mauvaise barbe me dévore le visage, et la nourriture immonde que l'on nous sert m'a rendu malade. À ce rythme, je suis certain de finir par craquer ou par me faire abattre comme un chien.

Le monde qui m'entoure m'enserre telle une camisole. C'est un monde de soif et d'insolation où, en dehors du cantonnement, il ne se passe jamais rien. Hormis les tourbillons de poussière que le vent déclenche et abandonne aussitôt, et les rapaces croassant dans un ciel aride, c'est le règne implacable du silence et de l'immobilité. Même le temps semble crucifié sur les rochers sinistres qui se dressent contre l'horizon pareils à de mauvais présages.

Je me dépêche d'aller reprendre mon souffle sur le pas de la porte que les gardes laissent ouverte pendant le jour. Nous avons le droit, Bruno et moi, de nous dégourdir les jambes dans la courette que clôt un rouleau de fil barbelé articulé sur des piquets ; c'est notre « solarium », une aire de moins de cent mètres carrés ornée d'un arbre mort au pied duquel il m'arrive d'égrener des heures entières à observer nos ravisseurs vaquant à leurs occupations ou bien s'exerçant, avec un entrain discutable, à la marche cadencée sous un soleil de plomb. Il est treize heures passées ; une bonne partie des pirates s'est retranchée dans les chambrées pendant que quelques *corvétaires* s'affairent çà et là. Du haut de son mirador, la sentinelle veille au grain, le doigt sur la détente. En retrait, à l'ombre d'une toile de zinc, semblable à un pestiféré en quarantaine, Blackmoon affûte son sabre sur une pierre ponce, ses grotesques lunettes sans verres scotchées sur la figure. Deux casquettes de base-ball vissées au crâne, une visière devant et l'autre plaquée contre la nuque, Ewana le paludéen tète un joint derrière un bourrelet de caissons vides ; sa crise passée, il n'apparaît qu'à l'heure de la sieste pour se terrer dans un coin et s'offrir ainsi une petite excursion virtuelle. Sur le perron du PC, un garçonnet est en train de laver le linge du capitaine ; c'est « l'ordonnance », il passe ses journées à rincer les caleçons de l'officier, à ravauder ses chaussettes, à cirer ses godasses, à fourbir ses armes et à briquer ses galons de pacotille… En détaillant ces énergumènes qui, parce qu'ils pratiquent la terreur avec une sagacité exaltée, se prennent pour des seigneurs de la guerre, en les écoutant s'interpeller dans un sabir inintelligible et rire à tue-tête à propos de n'importe quoi, je ne peux m'empêcher de me pincer. Sur quelle planète l'ironie du sort m'a-t-elle largué ? Quelle synthèse tirer de mon naufrage sur ces terres mortifères, moi l'époux qui entame à peine l'observance de son veuvage ?… Ce qui me dérange, chez mes ravisseurs, ce n'est ni leur désinvolture décatie ni la clochardisation à laquelle les voue leur statut de horde sauvage ; il y a dans leur façon d'exister au jour le jour une absence de conscience manifeste qui rend leur dangerosité aussi naturelle que la morsure d'un serpent, et rien qu'à les sentir autour de moi, je me sens naître et mourir dans un purgatoire où il n'est pas nécessaire d'avoir fauté puisque le seul fait d'y échouer constitue un crime.

Bruno me rejoint sur le pas de la porte. Il pose une

main compatissante sur mon épaule ; son geste m'irrite, mais je ne m'en écarte pas.

— Ça va s'arranger, me promet-il. Tout finit par s'arranger.

— Vous pensez qu'ils nous tueraient s'ils ne nous trouvaient pas preneur ?

— Ils m'auraient déjà liquidé. Personne ne me réclame et je n'ai pas la cote minimale sur le marché.

— Ils ne vous ont pas relâché, non plus.

— Je suis sûr qu'ils nous laisseront partir quand ils auront amassé assez d'argent pour rentrer chez eux. Gerima n'est qu'un filou. Il a hâte d'aller claquer son fric dans les bordels peinards, loin de ces pays en guerre où, et il le sait, tôt ou tard il se fera choper comme un gibier. C'est un malin. Il ne pense qu'à se remplir les poches. À la première occasion, il n'hésiterait pas à fausser compagnie à ces abrutis qui le suivent tête baissée droit dans le mur. Ça a toujours été ainsi, par ici. Je connais pas mal de brigands qui, après avoir écumé la brousse et défrayé la chronique, se sont volatilisés sans crier gare. Où sont-ils d'après vous ? Au Kenya ou bien au Tchad, ou encore dans des contrées paisibles où personne ne les connaît et où ils pourront se la couler douce en faisant fructifier leur magot. Ils graisseront quelques pattes par-ci par-là, s'offriront de nouvelles cartes d'identité, sans doute une virginité puisque tout s'achète dans cette région, y compris les dieux et les saints patrons, et ils recommenceront une nouvelle vie aussi honorable que celle d'un marabout.

Bruno récupère sa main ; il a dû sentir la contraction de mes muscles sous son étreinte.

— La traite des otages est devenue une industrie en Afrique, déplore-t-il. Avant, je bourlinguais du

Mali à la Tanzanie, les doigts dans le nez. Quand j'échouais quelque part, je n'avais qu'à frapper à une porte, n'importe laquelle, d'une maison en dur comme d'une paillote, et j'avais d'office le gîte et le couvert. C'était une époque bénie. Mais depuis les premiers dollars versés aux kidnappeurs, les cordonniers ont rangé leurs clous et leur glu, les portefaix ont renoncé aux couffins des ménagères et n'importe quel crève-la-dalle s'imagine à la tête d'un pactole dès lors qu'il croise un étranger sur son chemin... Les gouvernements n'auraient pas dû céder aux chantages des ravisseurs. Au début, il n'y avait que les djihadistes, et leurs rapts ciblaient de rares coopérants techniques. Maintenant, la chasse est permise à des olibrius de tout poil : repris de justice, désœuvrés, gamins endoctrinés venus d'horizons lointains mériter leur visa pour le paradis... Leurs groupes prolifèrent ; les uns ont des accointances avec les chabab, les autres roulent pour leur propre compte, et plus personne ne sait à quel diable se vouer.

Je prie Bruno d'arrêter et rejoins ma paillasse.

Le soir, les gardes posent une grille sur la porte de notre geôle et la cadenassent. L'enfermement ajoute au relent douceâtre de la pièce une couche de déprime supplémentaire. Je vais pomper un peu d'air à la fenêtre, un vulgaire trou creusé dans le mur et traversé de grosses barres de fer. J'ai envie de contempler le couchant, de me soustraire un moment aux idées qui me tourmentent. Il faut que je tienne le coup, me dis-je. Lorsque le soleil a disparu, l'obscurité se jette sur les ombres comme un prédateur sur sa proie, et une nuit sénescente, sans romance ni attraits, complètement usée par les âges, s'apprête à faire du désert son tombeau. Je ne connais pas grand-chose à la nuit africaine pourtant, je sais qu'elle demeurera, pour moi, aussi vide de sens que le hasard qui m'a conduit dans ce bled perdu. Je pense à mes nuits d'autrefois, à Frankfurt, Séville, Las Palmas, sur la Côte d'Azur et la Riviera, à Istanbul, à Salonique ; revois les terrasses aux balcons blancs, les vitrines rutilantes, les comptoirs de brasseries lambrissées de miroirs qu'une lumière tamisée couve de mystères, les sites qui m'ont émerveillé, les rues qui m'ont promené à travers mille petits bonheurs ordinaires, les squares où gambadent des enfants, les bancs à l'ombre des bouleaux sur lesquels les vieillards et les amants viennent s'entendre vivre, les touristes se prenant en photo au pied des monuments ; je perçois leurs voix au timbre chantant, les flopées de musique s'échappant des tripots, les autocars en partance pour le soleil, et ces nuits-là me paraissent aussi subliminales et pleines que les lunes. Il est stupéfiant qu'un homme privé de sa liberté, livré à des lendemains incertains, revisite sa vie confisquée avec une plus large clarté, et les petits détails auxquels il n'accordait pas d'attention remontent à la surface avec une précision inouïe et remplissent son cœur d'une nostalgie dont la splendeur n'a d'égal que l'ampleur de son chagrin. Aussi, je ferme les yeux et traque la moindre petite lueur susceptible de mettre un peu de lumière dans mon malheur ; un rire de crécelle, un pas de course, un visage furtif, un sourire, une poignée de main, enfin tout ce qui pourrait meubler mes solitudes carcérales d'indicibles présences. Bien sûr, Jessica est partout ; je distingue son parfum dans les relents de ma geôle, reconnais le friselis de sa robe dans les bruissements alentour ; je me languis d'elle au milieu de ces ténèbres en train d'inféoder mes pensées. Son absence me dénude, m'appauvrit, me mutile ; et là, contre cette maudite lucarne aux barreaux brûlants, face à cette nuit que rien ne raconte et à laquelle les rochers et les hommes tournent le dos, je me fais la promesse, la promesse solennelle, aussi inflexible qu'un serment, de ne pas fléchir et, quoi qu'il advienne, de m'en sortir et de retrouver une à une mes villes et mes rues, mes gens et mes chants, les endroits que j'ai aimés, les plages où reposent mes plus tendres souvenirs, tous mes péchés mignons et toutes mes habitudes, et l'ensemble de mes illusions à ne savoir où les engranger !

4

La troisième semaine de ma captivité s'achève avec un vent de sable qui aura sévi trois jours et trois nuits. J'ai cru que j'allais mourir asphyxié. Un chèche autour de la tête, les yeux bouffis d'irritations, j'ai eu l'impression que la poussière s'infiltrait par mes pores. Je n'avais jamais connu de tempête de sable avant, et je découvrais ce phénomène extraordinaire dans une sorte de délire. On aurait dit un déluge maléfique, comme si une boîte de Pandore déversait sur le monde d'incessantes bourrasques de colère et de sortilèges. Le ciel et la terre avaient disparu dans un pandémonium de fracas et d'opacités ; je ne distinguais plus le jour de la nuit. On n'entendait que le roulement des torrents de sable déferlant sur le désert et leurs complaintes élégiaques au fond des anfractuosités. Puis, la tempête est tombée d'un coup et, par enchantement, chaque chose a recouvré sa place. La fournaise a repris son bourdonnement obsédant et les horizons leur frustrante nullité.

Je n'ai entrevu Hans que deux fois depuis qu'on nous a séparés. Il tenait un peu mieux sur ses jambes. Blackmoon a laissé entendre que mon ami bénéficiait d'un régime spécial et que, le soir, on l'emmenait marcher derrière la colline pour qu'il retrouve des couleurs. Au cantonnement, l'ambiance est plutôt décontractée ; le capitaine est de bonne humeur et le chef Moussa, parti avec ses sbires rançonner les hameaux enclavés, est revenu, les deux pick-up débordant de vivres.

Bruno et moi sommes accroupis sur le pas de notre prison. Blackmoon enjambe la petite barrière et vient s'installer au pied de l'arbre mort. Un livre à la main. Sans son sabre. Il est rare que le pirate se montre sans son épée ; on jurerait qu'un membre manquait à son corps ; il m'a paru changé, un garçon ordinaire, tranquille et agréable à observer. Sans nous accorder un regard, il s'assoit sur une motte de terre et plonge dans son bouquin obstinément ouvert à la même page.

— Qu'as-tu fait de ton sabre, Chaolo ? lui demande Bruno.

Blackmoon feint de ne pas avoir entendu. Quand Bruno lui repose la même question, le pirate cherche autour de lui comme si le Français s'adressait à quelqu'un d'autre puis, le doigt sur la poitrine, il s'enquiert :

— C'est à moi que tu parles ?

— Ben, oui…

— Je ne m'appelle pas Chaolo.

— Et depuis quand, tiens ?

Blackmoon replonge dans son bouquin en haussant les épaules.

— C'est plus mon nom, maintenant, objecte-t-il après un silence, et il me décoche une œillade appuyée, l'air de m'inviter à éclairer la lanterne au Français.

— Il a un nom de guerre désormais, confié-je à Bruno. Et c'est Blackmoon.

— Impressionnant, admet Bruno en dissimulant un

sourire sous sa main. C'est pour ça que tu t'es débarrassé de ton sabre ?

— C'est pas un sabre, c'est une machette, corrige Blackmoon avec une pointe d'agacement. Je l'ai prêtée au cuistot. Il en a besoin pour dépecer la bête.

Bruno passe ses doigts boudinés dans sa barbe, se gratte la joue et, faisant fi des signes alarmants que je lui lance en catimini afin d'éviter que les choses ne tournent mal, hasarde :

— Maintenant que tu as un nom de guerre, on va sûrement t'affecter une mitraillette.

Blackmoon paraît se prêter volontiers au jeu du Français. Il plaque ses lunettes contre son front et avoue :

— La seule fois où l'on m'a mis une pétoire dans les pattes, le coup est parti tout seul, et la balle perdue a tué net le chien de chef Moussa. Le capitaine Gerima, qui est un peu sorcier, m'a dit que l'esprit des armes à feu est incompatible avec le mien. Depuis, je porte une machette.

Il se tait au passage d'un jeune pirate poussant une brouette.

Bruno attend la suite du récit qui ne viendra pas. Il relance la conversation :

— Qu'est-ce que tu lis ?

— Je ne sais pas lire.

— Comment ça, tu ne sais pas lire ? Ça fait une plombe que tu es plongé dans ton bouquin.

— J'aime reluquer les mots. Pour moi, c'est plus que des dessins. Ils ont tellement de mystères. Alors, je les regarde et j'essaye de décoder leurs secrets.

— Tu peux rester des heures plongé dans un bouquin juste pour regarder les mots ?

— Pourquoi, ça te pose problème ?

— Pas forcément.

— Moi, ça ne me dérange pas. Je prends place sous un arbre ou sur un caillou, j'ouvre mon bouquin, je regarde dedans et je suis bien... La seule chose que je regrette, c'est de n'avoir pas fait des études.

— Tu aurais opté pour quel métier, si tu en avais fait ?

— Instituteur, dit-il sans hésitation. Il y en avait un, dans mon village. Il était distingué, et les gens le traitaient avec respect. Chaque fois qu'il passait devant chez nous, je me levais par correction. Il avait de l'allure, l'instituteur. Mon père disait que c'était parce qu'il détenait le savoir, et que rien n'est au-dessus du savoir.

— C'est pour ça que tu portes des lunettes ? Parce que ça fait prof ?

— C'est pas interdit de rêver.

— Au contraire, c'est le seul droit qu'aucune loi ne peut t'interdire... Je présume que tu as suivi Moussa parce qu'il détient le savoir ?

Blackmoon esquisse un rictus dédaigneux :

— Moussa ne détient rien de rien. Joma dit que c'est un intello, et qu'un intello, c'est un beau parleur qui se la pète comme un cheval de cirque. Un frimeur, voilà ce qu'il est, Moussa. Il ne croit pas un traître mot des discours avec lesquels il nous bassine.

— Dans ce cas, pourquoi tu restes avec lui ?

— J'suis pas avec lui, j'suis avec Joma.

— C'est un parent à toi ?

— Joma n'a pas de famille. Il dit qu'il est venu au monde directement du ciel, comme une étoile filante.

— Et pourquoi tu restes avec Joma ?

— Je l'aime bien. Il n'est pas commode, mais il est

réglo. Je le connais depuis des années. Il était tailleur au marché de mon village, et moi, j'étais son boy.

— C'est quoi un boy ? je demande à Bruno.

— Un garçon à tout faire, me répond Blackmoon. J'entretenais sa mobylette, rangeais ses rouleaux de tissus, faisais ses courses. En échange, il s'occupait de moi… C'était bien, avant, laisse-t-il tomber dans un soupir. On était peinards. On ne demandait pas grand-chose. D'ailleurs, on ne savait même pas s'il y avait autre chose…

Il ploie la nuque, chagriné par l'évocation de cette période de sa vie.

— Que s'est-il passé ? le harcèle Bruno.

— Hein ? tressaute Blackmoon qui s'est un peu perdu dans ses souvenirs. Ce qui s'est passé ? Ce qui ne va plus s'arrêter, fait-il d'une voix rauque et ténébreuse : le bordel !… Une bombe a ravagé le marché. On n'a pas compris pourquoi. Peut-être parce qu'il n'y avait rien à comprendre. Joma a perdu son atelier et sa raison de vivre. Il a remis sa machine à coudre, ses rouleaux de tissus et ses ciseaux à ses créanciers et il est parti à la guerre. Je l'ai suivi…

Il est interrompu par Ewana qui revient des latrines.

— Faut pas l'écouter, nous lance ce dernier. Ce gars est un tocard. Il ferait chier un mort dans sa tombe rien qu'en priant pour le repos de son âme.

— Je t'encule, lui dit Blackmoon.

— Avec quoi, l'épouvantail ? T'as même pas de couilles.

Ewana disparaît derrière une ruine.

Blackmoon se met à respirer très fort. Sa pomme d'Adam monte et descend dans sa gorge avec la hargne d'un piston. Lentement, les tics sur son visage s'atténuent et son regard s'apaise.

— Et toi, non plus, tu n'as pas de famille ? hasarde encore Bruno.

Blackmoon fronce les sourcils, réfléchit puis, il dévisage le Français :

— Dis donc, toi, tu ne serais pas un psy, par hasard ? Comment ça s'fait que tu arrives à me tirer les vers du nez sans me forcer la main ? Tu ne serais pas en train de me voler mon âme comme les griots ?

— Je ne suis pas un griot.

— Alors, c'est quoi ton truc ?

— Je n'ai pas de truc. On discute, c'est tout. D'homme à homme. Sans arrière-pensée. Je t'écoute avec franchise et tu m'ouvres ton cœur.

Blackmoon médite les arguments du Français, les trouve recevables. Il dit :

— T'as peut-être raison. C'est pas que je n'ai pas confiance, mais ici, si tu ne te méfies pas, t'es un homme mort. Tu ne devines jamais d'où la foudre va te tomber dessus... Joma, il ne croit ni en Dieu ni en personne. Pourtant, il sait qu'avec moi, il peut dormir sur ses deux oreilles. S'il me demandait de mourir pour lui, je le ferais... Et avec tout ça, il ne me fait pas confiance.

— Tu as déjà tué pour lui ?

Blackmoon se raidit. Le petit rictus qui s'amusait sur ses lèvres tel un feu follet lui creuse violemment les coins de la bouche.

— T'as pas été flic, des fois ? dit-il à Bruno.

— Jamais.

— Alors, tu peux m'expliquer pourquoi tes questions me donnent envie de te pisser dessus ?

Sur ce, il se lève, nous toise et grogne :

— Tous les mêmes ! Tu essaies d'être sympa, et on cherche à t'entuber.

Et il s'en va shooter dans les cailloux derrière le rempart.

— Je vous disais bien que ce garçon est instable, apostrophé-je Bruno en regagnant nos paillasses dans la geôle. Vous l'avez contrarié, et il n'est pas près de nous le pardonner.

— Mais non, me rassure le Français en se renversant sur sa natte. Ce garçon a un sérieux problème caractériel, je n'en disconviens pas, cependant, de tous les salopards qui nous retiennent dans ce trou du cul, il est le moins redoutable et sans doute le seul à garder un soupçon d'âme. Ça fait des semaines que je l'observe. Il aime se lâcher sans vraiment baisser la garde, ce qui complique les choses avec lui... Il n'est pas aussi mauvais qu'il en a l'air... La poudre miraculeuse et la pommade, c'est lui qui me les avait fournies en douce. Un geste de cette nature, dans des conditions pareilles, nous réconcilie presque avec l'espèce humaine...

Il roule un torchon en oreiller et le glisse sous sa nuque.

Sa sérénité excessive m'exaspère. Je commence sérieusement à douter de sa « grande connaissance » du facteur africain.

— À mon avis, nous devons éviter ce genre de familiarité avec ce garçon.

— Et pourquoi donc ? dit-il avec nonchalance.

— Ces individus sont imprévisibles.

Il émet un rire bref et sec et, de la main, écarte ma requête :

— Ça se voit que vous méconnaissez l'Afrique, monsieur Krausmann.

Bruno me sort ce prétexte dès que je désapprouve

sa conduite ou ses théories sur la complexité des êtres et des choses. Pour lui, je ne suis qu'un Européen embourgeoisé et retranché dans sa bulle, aussi inattentif aux chahuts du monde qu'un poisson rouge dans son bocal ; un médecin formaté, aux ongles manucurés, narcissique à loger dans un miroir, qui ne verrait qu'exotisme de façade là où il y a d'autres mentalités et d'autres vérités à explorer. Il m'a même manifesté du mépris quant à l'étroitesse de ma culture et à mon absence de curiosité quand il s'agit de regarder un peu plus loin que le bout de mon nez, martelant avec fermeté qu'une personne qui ne sait pas aimer de chaque folklore un chant et de chaque croyance un saint n'aura vécu sa vie qu'à moitié. « L'Africain, m'a-t-il révélé un soir, est un code. Déchiffrez-le, et vous accéderez au discernement. »

Bruno m'a raconté son histoire avec l'Afrique. D'ailleurs, il ne fait que ça depuis que je partage la geôle avec lui. Très jeune, il était tombé amoureux de ce continent en refermant *La Piste oubliée* – un roman qu'avait consacré aux Touaregs un certain Frison-Roche, au début du siècle dernier. Captivé par le Sahara et les peuples du Hoggar, il avait étudié des dizaines d'ouvrages traitant des us et coutumes de cette partie de la planète avant de dévorer, avec une rare boulimie éclairée, les travaux de Théodore André Monod, un scientifique naturaliste français, immense explorateur des déserts triplé d'un érudit pluridisciplinaire et d'un humaniste hors pair, mort à l'aube du IIIe millénaire. À dix-neuf ans, avec un groupe d'étudiants bordelais, Bruno s'était lancé sur les traces de son mentor à la recherche de cette fameuse piste millénaire ensevelie sous les ergs et les regs que le roi Salomon, d'après l'écrivain français Frison-Roche, aurait tracée pour établir des échanges commerciaux avec les royaumes noirs. Après une courte expédition au large du Ténéré, le groupe d'étudiants rentra bredouille à Bordeaux, mais Bruno resta, recueilli, à moitié mort de déshydratation, par une famille peule. Il séjourna quelques semaines dans un hameau sans nom avant de reprendre ses investigations. Il ne retourna jamais en France. Il était dans le désert comme dans son élément, jouant tour à tour à l'ethnologue et à l'archéologue, avant de se livrer corps et âme aux transhumances des caravaniers et des pasteurs nomades qui l'initièrent aux fantastiques singularités africaines. Ses pérégrinations savantes durèrent quinze années époustouflantes, et lui firent découvrir le Niger, la Haute-Volta d'où le délogea un sanglant coup d'État, le Ghana, le Mali, le Sénégal, la Mauritanie ; il revint en Haute-Volta devenue entretemps le Burkina Faso avant d'en être chassé par un nouveau coup d'État, remonta au nord du Mali, à Aguelhok où il enseigna le français à des gamins étonnamment réceptifs, dans une classe à ciel ouvert. Il connaissait toutes les tribus de la région : des Idna aux insaisissables Regonatem, en passant par les Imghad, les Iforas et les Chamanamas dont il épousa une des filles, la belle Aminata, avec laquelle il s'établit à Gao où il se convertit en guide pour chercheurs scientifiques. Un soir, en rentrant d'une randonnée, il ne trouva pas Aminata à la maison. Les voisins lui apprirent que sa femme avait été enlevée par un cousin à elle. Le doyen de la tribu lui certifia qu'il n'était pas au courant du rapt et qu'il ignorait où le ravisseur se cachait. Bruno partit à la recherche de son épouse et finit par la retrouver, deux ans plus tard, dans une bourgade à l'est de Zinder, au Niger. Son soulagement fut de courte durée : sa femme lui avoua qu'elle n'avait pas été enlevée par son cousin, mais qu'elle s'était enfuie avec lui par amour. La mort dans l'âme, humilié, Bruno n'eut pas le courage de retourner au Mali ; une nuit, il suivit la direction d'une étoile qui brillait moins que les autres et vadrouilla sans répit au gré de l'harmattan. Il s'installa dans un village tchadien où il géra une boutique d'encens puis, désarçonné par la guerre civile qui chamboula le pays, il se réfugia au Kenya, ensuite en Tanzanie avant de se réveiller un matin, au sortir d'un coma éthylique, dans un tripot zimbabwéen qu'une danseuse prénommée Souad enfiévrait, le soir, avec ses déhanchements de diablesse. Souad avait les yeux magiques d'Aminata, son teint de pain d'épice et ses étreintes vertigineuses. Il l'aima de toutes ses forces et l'invita à le suivre au fin fond des jungles inexplorées où il bâtirait pour elle des mausolées d'émeraudes, des rêves à la pelle, des pistes de danse tapissées de fleurs paradisiaques et des feux de rampe puisés directement du soleil. Ils n'allèrent pas plus loin que la montagne la plus proche où les bicoques n'avaient pas grand-chose à envier aux stalles et où les gens crevaient de faim et de psychotropes de synthèse ; ils déchantèrent très vite à force de courir après une idylle insensée, et Souad, réalisant qu'aucun bonheur ne peut survivre sans argent, n'hésita pas une seconde à larguer son bel amant fauché lorsqu'un patron de cabaret lui promit monts et merveilles si elle consentait à l'accompagner au Cap-Vert. Fou de chagrin et de faim, Bruno reprit son bâton de pèlerin et confia sa destinée aux caprices des chemins inconsolables qui le ballottèrent d'une contrée à l'autre pendant six ans. Il échoua à Djibouti où il se contenta de petits métiers et de bière frelatée et, proposant ses services aux médias occidentaux, il se mit à s'aventurer de temps à autre en Somalie pour les besoins d'un reportage ou d'une enquête journalistique jusqu'au jour où il se fit enlever par des brigands du côté de Mogadiscio avec une star de la télé italienne dont il était et l'interprète et le guide.

Je lui demande :

— Comment pouvez-vous encore accorder du crédit à ces gens après ce qu'ils vous ont fait subir ?

Bruno pose son pied gauche sur son genou droit et, bien enfoncé dans ses torchons, il contemple les poutrelles rachitiques au plafond. Des faisceaux de lumière jaillissent des interstices de la tôle et projettent sur le sol sablonneux une multitude de piécettes dorées. Un lézard terreux se tient immobile sur le mur, imperceptible au milieu du torchis. Par-dessus sa tête, une vaste toile d'araignée en charpie se meut doucement dans le courant d'air, semblable à un jardin suspendu en disgrâce. Dans un recoin, près du récipient qui nous sert d'urinoir, deux scarabées s'empoignent en silence… puis, cherchant une faille dans nos moustiquaires, nos intimes animaux de compagnie, les mouches !

— Ils ne m'ont rien fait subir, monsieur Krausmann. J'ai voulu être des leurs et, consentant et sans regrets, j'ai partagé équitablement leurs turpitudes. J'ai, pour l'Afrique, une vénération quasi religieuse. J'aime ses hauts et ses bas, ses calvaires inutiles et ses rêves déphasés, ses misères splendides comme des tragédies grecques et sa frugalité qui est toute une doctrine, ses épanchements exagérés et son fatalisme. J'aime tout de l'Afrique, des déconvenues qui ont jalonné mes pérégrinations jusqu'aux mirages qui se jouent des naufragés. L'Afrique, c'est une certaine philosophie de la rédemption. J'ai connu, parmi ces « damnés de la terre », poursuit-il en dessinant des guillemets avec ses doigts, des moments heureux, et j'ai bu, dans leur tasse, leur sang d'encre jusqu'à la lie. Ces gens m'ont appris, sur moi-même, des vérités que je n'aurais jamais soupçonnées à Paris ou ailleurs en Occident. Je suis né à Bordeaux, dans un joli berceau, mais c'est en Afrique que je mourrai, et il m'importe peu que je finisse dans un charnier ou sur un sentier perdu, sans corbillard ni sépulture.

— Étrange, lui dis-je.

— Je vois un pays là où d'autres voient un continent, et dans ce pays, je suis *Moi*. Dès que j'en terminerai avec cette histoire de piraterie, j'irai par les *pistes oubliées* rattraper les joies et les peines que ma détention m'a fait louper.

— Je vous souhaite bien du courage, monsieur Bruno.

— Le courage, monsieur Krausmann, le courage tout court, c'est de croire en soi.

Et déjà il est parti, loin, très loin, les yeux clos et les doigts croisés sur sa poitrine. C'est tout Bruno : lorsqu'il fait l'éloge de l'Afrique, il devient poète et gourou à la fois, et un lyrisme débridé l'emporte dans sa crue ; sans crier gare, son esprit n'est plus là, et, dans la geôle soudain silencieuse, ne reste que son corps de paumé aussi rigide que celui d'un mort.

Trois jours plus tard, Joma gicle du bureau du capitaine, crie que l'on aille chercher le chef Moussa puis, nous avisant, Bruno et moi, dans la cour de notre prison, il déblatère :

— Hey ! vous deux, regagnez vos quartiers, et que ça saute.

— Ce n'est pas encore l'heure, proteste Bruno.

— Il n'y a pas d'heure qui tienne. Obéissez !

— Obéissez ! singe le Français du bout des lèvres. Nous ne sommes pas tes petits soldats.

Joma donne un coup de pied dans la barrière de la promenade et se rue sur nous. Je n'ai pas le temps de me mettre debout. Le colosse me saisit par le cou et me balance à l'intérieur de la cellule. Je me relève et reviens sur mes pas lui tenir tête. Il défronce les sourcils, amusé par mon sursaut d'orgueil, approche son visage du mien et me souffle son haleine avinée sur le visage.

— Quoi ? Tu veux me cogner ?… Ben, vas-y, montre-moi ce que tu as dans le ventre, face de fille.

Voyant que je soutiens son regard, il me repousse de la main, s'empare de la grille et, d'un seul mouvement, il la soulève et la suspend aux crochets cimentés dans l'embrasure.

— Quelle force ! ironise Bruno.

— Hé ! oui, rétorque le colosse en cadenassant la porte, c'est la vie. Il y a ceux qui ont des fusils, et ceux qui n'ont que des yeux pour pleurer.

— Pour combien de temps, Joma, pour combien de temps ?

— Ça dépendra de votre vaillance, à supposer que vous en ayez une, répond le colosse. « Vous voulez combattre les dieux, cite-t-il, Alors, battez-vous, et périssez ! »

— Sophocle ? hasarde le Français, railleur.

— Faux…

— Shakespeare ?

— Pourquoi faut-il que ça soit forcément un Blanc ?

— Je serais tenté par Anta Diop, mais il n'était pas poète.

— Baba-Sy, laisse tomber le colosse avec fierté.

— Qui c'est ? Je n'ai jamais entendu parler de lui.

Joma frémit ; il pose le dernier cadenas et rejoint ses hommes qui courent dans tous les sens. Des ordres éclatent, le moteur du side-car rugit, et les pirates s'engouffrent dans leurs chambrées et en ressortent avec armes et bagages. Le capitaine Gerima apparaît sur le seuil du PC, la bedaine débordante et le ceinturon US autour du cou. Ses yeux rutilent d'une jubilation odieuse. Les mains sur les hanches, il contemple une partie de son troupeau en train de monter à l'arrière d'un pick-up stationné sous un abri. Le chef Moussa arrive, sanglé dans une tenue de para taillée sur mesure, les godasses cirées et le béret rabattu sur la tempe. Il salue le capitaine qui lui rend les honneurs avec une désinvolture seigneuriale. Les deux compères font quelques pas ensemble jusqu'au puits en palabrant à voix basse, ensuite, ils rebroussent chemin ; le chef Moussa, après avoir claqué des talons, prend congé de son supérieur et court rejoindre les hommes entassés sur le pick-up.

— Ils partent en razzia ? je suppose.

— Je ne pense pas, dit Bruno. D'habitude, ils ne sont pas obligés de nous enfermer.

Le pick-up manœuvre sur place et fonce vers l'infirmerie. De la porte grillagée, nous ne pouvons pas le suivre. Je vais à la lucarne donnant sur la vallée et attends de déceler un indice susceptible de me renseigner sur ce qui se passe. Dix minutes après, je vois le side-car ouvrir la marche. Lorsque le pick-up réapparaît de l'autre côté du rempart, mon cœur bondit dans ma poitrine : au milieu des pirates entassés à l'arrière, j'aperçois Hans, les mains ligotées dans le dos, plaqué contre le plancher.

Le sol manque de se dérober sous mes pieds.

Le transfert de Hans nous a jetés dans une profonde hébétude, Bruno et moi. Nous nous attendions à cette échéance et, maintenant qu'elle est arrivée, nous avons le sentiment d'avoir été pris au dépourvu. Nous sommes si bouleversés que nous ne trouvons pas de mots pour nous réconforter. Bruno s'est retranché derrière sa moustiquaire, et moi, atterré, je n'arrive pas à mettre de l'ordre dans mes pensées.

Le soleil ne s'est pas encore couché quand deux gardes, balle au canon, profanent notre recueillement. Il est rare que l'on nous apporte à manger, le fusil braqué sur nous. Blackmoon pose devant moi un plateau sur lequel un potage s'est caillé dans une assiette en fer. Il fait exprès de me marcher sur les orteils et, attirant ainsi mon attention, il me montre des yeux, avec insistance, un morceau de pain où il y aurait quelque chose pour moi.

Les pirates s'en vont en cadenassant la grille. J'entends leurs pas racler la cour avant de se perdre dans les bruits du cantonnement. Je me penche sur la tranche de pain, la déchire entre mes doigts ; un bout de papier est dissimulé dans la miche ; je le retire, le déplie avec la précaution d'un ciseleur et reconnais l'écriture fiévreuse de Hans.

Son petit mot est court : deux phrases griffonnées au crayon et étagées sur deux lignes :

Tiens bon.
Chaque jour est un miracle.

5

Contre toute attente, c'est Bruno qui craque le premier. Sa carapace épaisse de quarante années d'expérience africaine tombe en miettes. On le ramasserait à la petite cuillère. D'un coup de pied, il envoie valdinguer son repas contre le mur et se jette sur la grille en la secouant avec rage avant de s'écrouler, épuisé, sur ses chiffons. Lorsque les bruits du cantonnement se dissipent, il se lève et se met à arpenter la cellule de long en large, la respiration râpeuse, rappelant une bête fauve cherchant une ouverture dans sa cage.

La veille, à la tombée de la nuit, les pirates avaient allumé un feu et, un énorme radiocassette à fond la caisse, ils avaient dansé comme des dieux en transe. Bruno, qui les regardait se contorsionner en riant, leur trouvait un génie incomparable. « Vous rendez-vous compte du tabac qu'ils feraient sur une scène parisienne ! » s'était-il écrié, subjugué telle une groupie en extase devant son idole. Je lui avais demandé ce que nos ravisseurs fêtaient. Il m'avait répondu : « La fin de la guerre civile, probablement. » En réalité, c'était la *cession des droits d'exploitation* sur Hans Makkenroth qu'ils célébraient !

Le soleil s'est levé depuis un bon bout de temps

lorsque Bruno décide de manifester un signe de vie. Il fixe la grille comme s'il cherchait à la faire sauter du regard puis, il s'arc-boute contre le sol pour se mettre debout, se traîne jusqu'à la porte, les jambes en coton, et s'agrippe à la grille pour ne pas s'écrouler.

— Hé ! Gerima, crie-t-il. Gerima, est-ce que vous m'entendez ? Sortez un peu de votre tanière, espèce de fumier…

Je me précipite sur lui et tente de le calmer ; il me repousse et se remet à hurler :

— Qu'est-ce que vous attendez pour nous écouler au marché noir, salaud ? Vous êtes un expert en la matière, non ? Vous vous débrouilliez pas mal quand vous piquiez dans le stock de votre unité. C'est quoi la différence entre un otage et une boîte de ration ?… Gerima… Est-ce que vous m'entendez ?

Je lui mets la main sur la bouche afin d'étouffer ses cris ; il me mord et, cramponné à la grille, il hurle à tue-tête sa fureur et son ras-le-bol. Un garde lui assène un coup de crosse sur les doigts pour qu'il lâche prise ; Bruno ne s'en aperçoit même pas. Il continue de déverser son dépit sur le capitaine qui sort de son PC en s'essuyant la bouche dans un mouchoir.

— Ah ! vous voilà enfin, se déchaîne Bruno. Je croyais que vous hiberniez… Je vous ordonne de nous laisser partir, et tout de suite. La mascarade a assez duré. Vous allez nous relâcher, espèce d'enflure. De quel droit nous retenez-vous dans ce trou ?

Le capitaine fait signe à deux gardes d'amener le Français. Je veux accompagner Bruno, mais on me repousse à l'intérieur de la cellule et on referme sèchement la grille.

Le Français est forcé, par les deux gardes, à s'agenouiller au pied de l'officier. Il se relève aussitôt et nargue le capitaine :

— Pour qui vous prenez-vous ? Parce que vous vous êtes entouré d'une bande de détraqués, vous croyez imposer votre loi au monde entier ? Vous n'êtes qu'un vulgaire brigand de grand chemin, Gerima, un salopard de déserteur qui court à sa perte.

Le capitaine gifle Bruno.

— Même pas mal, lui fait le Français.

Deuxième gifle, plus appuyée.

— Mettez-y plus de cran, capitaine.

Troisième gifle.

Bruno chavire, sonné. Il se ressaisit et, mû par on ne sait quel entêtement suicidaire, il porte ses mains en entonnoir à sa bouche et tonne :

— Vous n'êtes qu'un pauvre type, Gerima.

L'officier rejette la tête en arrière dans un rire homérique puis, ramassant les traits de son visage autour d'une expression de haine outragée, il saisit Bruno par la gorge :

— Maintenant que tu t'es donné en spectacle, tu vas débourrer tes oreilles et m'écouter deux secondes. Je ne suis pas un escroc, je suis un guerrier. Tu n'es pas une boîte de ration, tu es un butin de guerre. Tu vas regagner ta chambre froide et te tenir à carreau comme un bon légume jusqu'à ce qu'un cuistot vienne te chercher. Et si jamais, au grand jamais, tu t'amusais encore une fois à me sortir ton numéro de Spartacus à la noix, je jure devant Dieu, ses saints et leurs crétines d'ouailles que je te pendrai par les burnes jusqu'à ce que tu tombes en poussière.

— Je ne suis pas un butin de guerre, et vous n'êtes qu'un trafiquant de la pire espèce.

Un garde s'apprête à cogner, le capitaine l'en empêche du doigt.

Il se penche sur Bruno et lui dit :

— Nous sommes en guerre, p'tit con. Et je mène la mienne comme ça m'arrange.

— Foutaises ! Vous pillez, violez, massacrez de pauvres diables sans défense, enlevez des étrangers, faites chanter des gouvernements qui ne sont aucunement impliqués dans votre bordel...

— C'est la guerre, explose l'officier dans un jet de bave... Qu'en savez-vous, *vous*, de la guerre ? Les flashes que la télé vous balance entre deux spots publicitaires le soir pendant que vous dégustez votre apéro dans votre salon douillet, le bras autour de vos concubines ? Des flashes qui vous traversent l'esprit et que vous oubliez comme le cadet de vos soucis dans la minute qui suit...

— À d'autres ! lui rétorque Bruno, nullement impressionné. Votre pseudo-guerre, nous la suivons de près. En temps réel. Nous ne sommes pas dans nos salons, mais dans votre merde jusqu'au cou, à vous subir matin et soir. Vous n'êtes qu'un ramassis de bandits sans foi ni loi, des détrousseurs de cadavres, des racketteurs de pauvres gens.

— La guerre, c'est aussi ça.

— La guerre, c'est surtout un bilan. Et le vôtre est désastreux. Beaucoup d'assassins dans votre genre ont cru que l'uniforme minimiserait leurs sévices. Ça ne marche plus. Soldats ou pas, il y a la Cour pénale internationale qui les attend de pied ferme. Vous finirez devant elle, vous aussi, et vous serez jugés pour vos crimes.

L'évocation de la Cour pénale internationale ébranle le capitaine qui, grisé par l'impunité dont il jouissait en ces territoires de tous les abus, n'avait pas dû prévoir ce genre d'éventualité.

Il déglutit et grogne avec un manque de conviction flagrant :

— J'emmerde ta cour...

— C'est exactement ce que criaient haut et fort les tyrans génocidaires en plastronnant sur la place de leurs villages. Ils sont où, maintenant ? Dans le box des accusés, à se faire tout petits. Vous aurez beau éliminer les témoins gênants et balayer autour de vos charniers pour effacer les traces de vos crimes, vos propres complices relateront, dans les moindres détails, vos meurtres et vos viols...

Gerima est pris de court par les menaces du Français. Il cherche une parade à même de lui redonner une contenance, en vain. Seules ses narines papillonnent dans sa figure ruisselante de sueur. Bruno comprend qu'il l'a déstabilisé ; il s'enhardit pour lui porter le coup de grâce :

— Le monde a changé, capitaine. L'impunité n'a plus cours nulle part. Les nouvelles lois étendent leurs tentacules jusque dans vos derniers retranchements. Vous pouvez vous terrer dans un chas d'aiguille, on vous retrouvera...

Gerima pousse un terrible cri d'assaut, jette au sol Bruno et se met à lui cogner dessus avec son ceinturon clouté. Le Français se replie sous ses bras, les genoux contre la poitrine pour se protéger. Pris de frénésie, le capitaine frappe, frappe de toutes ses forces ; il frappe, frappe encore et encore, éteignant un à un les râles, puis les gémissements du Français qui ne parvient ni à se relever ni à s'abriter derrière ses membres meurtris. Bientôt les convulsions du supplicié s'espacent et, de soubresauts en tressaillements, finissent par cesser. Le capitaine continue de cogner sur le corps désarticulé comme s'il cherchait à le réduire en bouillie. C'est la première fois de ma vie que j'assiste à une scène aussi violente et bestiale. J'en suis anéanti, incapable de me résoudre à l'idée que l'on puisse s'acharner de cette façon sur une personne à terre et se croire encore un homme.

Bruno passe deux nuits à l'infirmerie.

On le ramène dans la cellule en le traînant. Black-moon le tient par l'aisselle, un autre par la taille ; Joma suit derrière, un revolver sous le ceinturon. On étend le Français sur ses chiffons, avec moult précautions. Bruno demande à se désaltérer ; on l'aide à relever la tête et à boire au goulot de sa gourde. L'eau ruisselle sur ses lèvres éclatées, se déverse sur sa chemise. Au bout de trois gorgées, il s'étrangle et retombe sur sa paillasse.

Les deux porteurs lui enlèvent ses chaussures et s'apprêtent à se retirer.

— Merci, Blackmoon, dis-je.

À la crispation brutale des mâchoires du pirate, je comprends que j'ai commis une bourde. Blackmoon me décoche un regard où se mêlent la contrariété et la peur. Je voulais seulement le remercier pour le message de Hans ; dans le besoin impérieux, voire salutaire pour moi, de renouer avec les usages d'autrefois afin de me croire encore parmi les êtres humains, j'ai omis de choisir le bon moment pour exprimer ma gratitude. Ma crainte s'accentue lorsque je m'aperçois que Joma a, lui aussi, accusé un sursaut.

À mon grand soulagement, je constate que ce n'est pas le « merci », mais le « Blackmoon » qui a interpellé le colosse.

— Comment il t'a appelé ? maugrée Joma à l'adresse de son boy.

Blackmoon déglutit.

Le colosse le pousse devant lui :

— Qu'est-ce tu as bien pu lui raconter encore, à cet enfariné ?

— Je ne vois pas de quoi il parle, glapit Blackmoon d'une petite voix.

— Sans blague. Il lit dans tes pensées, maintenant. Tu as la langue bien pendue, Chaolo. On te ligoterait avec qu'il en resterait encore un bout pour t'accrocher à un crochet de boucher...

Les trois ravisseurs sortent, en laissant la porte de notre geôle ouverte.

Je m'approche de Bruno. Il est très esquinté. Un bandage malhabile l'enturbanne. Son visage est bosselé ; une vilaine blessure à l'arcade lui a refermé l'œil ; ses lèvres saignent par endroits... Il gémit quand je l'effleure du bout des doigts.

— Qu'est-ce qui vous a pris de provoquer ce monstre ? le tancé-je.

Il me sourit au milieu de ses encoches. Ses prunelles rieuses semblent se gausser de moi.

— Déshabillez-moi, me dit-il. J'ai le corps en feu.

— Idiot !

Je lui retire la chemise comme si je lui arrachais la peau. Il a beau serrer les dents, il ne parvient pas à étouffer ses gémissements. Sa poitrine est zébrée de traces de coups et d'éraflures violacées. Son dos présente les mêmes traînées bleues, avec des marques plus prononcées sur les épaules et les hanches. Je dois lui laisser le temps de reprendre son souffle avant de le débarrasser de son pantalon. Pelées aux genoux, on croirait ses jambes passées au hachoir. Une entaille sérieuse lui fend le mollet gauche, profonde et suppurante. Le préposé à l'infirmerie ne s'est pas cassé la tête ; il s'est contenté d'étaler des cataplasmes sur les plaies sans les désinfecter et de badigeonner de mercurochrome les contusions.

Bruno m'indique, du menton, la bourse contenant la « poudre miraculeuse ».

— Mettez-moi ça sur les blessures ouvertes... Ensuite, passez le baume sur mon arcade.

N'ayant rien d'autre à proposer, je m'exécute.

Il me regarde faire en souriant ; par moments, son sourire se mue en grimace puis, il réapparaît, énigmatique, absurde, dérangeant.

— Il m'a foutu une sacrée raclée, hoquette-t-il dans un rire enroué.

— Ça vous a avancé à quoi ?

— Ça change quand même de la monotonie ambiante, pas vrai ?

— Je ne vous comprends pas. Vous n'avez pas cessé de me recommander de rester zen et lucide depuis que j'ai atterri ici, et c'est vous qui perdez votre sang-froid. Il aurait pu vous tuer.

— J'ai pété un câble, reconnaît-il. Ça arrive aux plus coriaces... Hans est le troisième otage que je vois partir. Ça m'a court-circuité... J'ai beau signaler à ces salopards que je ne suis pas un otage comme les autres, que ça fait quarante ans que je suis africain, que personne en France ne sait ce que je suis devenu et que, par conséquent, aucun gouvernement ne me réclamerait, ces salopards refusent de m'écouter. Quand bien même on me réclamerait, je n'ai pas l'intention de quitter l'Afrique. Je suis africain, un anachorète itinérant. Je n'ai ni femme, ni enfants, ni adresse, ni argent, et mes papiers sont périmés depuis des lustres… Qui s'amuserait à débourser une fortune pour un fantôme ?…

— Ce n'est pas une raison pour vous exposer.

— J'en ai marre, lâche-t-il à bout de souffle ; son sourire disparaît sous une tonne de lassitude. Je n'en peux plus, j'en ai jusque-là… Je veux retourner sur les routes poudreuses, et marcher, marcher sans point de chute précis, marcher à tomber dans les pommes. Ces murs m'aveuglent, se plaint-il, la voix ravagée de trémolos. Ils m'étouffent ; ils me rendent dingue… Les espaces me manquent, et les mirages et les dromadaires aussi. J'ai envie d'échouer dans une hutte providentielle, partager le repas d'un berger et prendre congé de lui au petit matin ; retrouver une vieille connaissance au détour d'un rocher-cathédrale, faire un bout de chemin avec elle et la perdre de vue à la tombée de la nuit. Je veux retrouver mes astres de pèlerin, ma Petite et Grande Ourse, et mes étoiles filantes traversant mes ciels comme les signes du destin. Et quand j'aurai faim à prendre un criquet pour une dinde, et soif à vouloir boire la mer, je m'offrirai une escale dans un tripot pour truands convalescents et je me soûlerai à mort comme dix Polonais, ensuite, après avoir gerbé plus fort qu'un volcan, je me moucherai dans les jupons des putains et jurerai sur leurs têtes que l'on m'y reprendra jamais plus puis, à peine capable de tenir sur mes jambes, j'irai par les déserts interroger les tombes millénaires enfouies dans le sable ; je bivouaquerai au pied d'une gravure rupestre et me conterai fleurette jusqu'à finir par y croire plus que tout au monde… Ça a toujours été ainsi et dans ma vie et dans mon esprit, monsieur Krausmann. Je suis une volute de fumée ballottée par les vents contraires, mes yeux sont des chasseurs d'horizons et mes semelles sont taillées dans des tapis volants...

Et, brisé, rompu, ému par sa propre prose, il se recroqueville dans ses chiffons, ramène ses genoux contre son ventre et se fait si petit que ses sanglots manquent de le noyer.

Après avoir pleuré toutes les larmes de son corps, il se hisse sur un coude, se tourne vers moi et me montre ses dents abîmées dans un sourire aussi tragique qu'une capitulation.

— Dieu ! que ça fait du bien de s'attendrir sur son sort de temps en temps.

Dans l'après-midi, le capitaine Gerima investit la courette de notre prison. Il commence par engueuler un garde, histoire de s'annoncer, ensuite, se raclant la gorge, il se montre sur le pas de la porte. La main sur le battant, il considère les recoins de la cellule, s'attarde sur Bruno qui s'est retranché sous sa moustiquaire.

— Comment va-t-il ? me demande-t-il.

— Vous avez failli l'éborgner, lui fais-je avec dégoût.

J'aurais aimé ne pas lui adresser la parole, mais ça m'a échappé.

Il se gratte le sommet du crâne, embarrassé. Manifestement, il a passé une mauvaise nuit : des poches boursouflent ses yeux et ses bajoues pendouillent sur ses mâchoires, flasques et informes. Pour se donner un soupçon d'entrain, il a boutonné sa vareuse qu'il laissait d'habitude entrouverte sur son gros ventre, signe, chez lui, du panache propre aux chefs rebelles.

— Si c'est pas malheureux ! déplore-t-il.

Le capitaine se veut conciliant, mais cette propension n'ayant pas cours dans l'existence qu'il s'est choisie, l'humilité qu'il s'escrime à afficher me paraît pathétique et décalée. Il est des gens qui ne sont que l'expression de leurs méfaits, vils parce que sans scrupules, laids parce que repoussants de perfidie ; le capitaine Gerima est de ceux-là ; on lui tendrait la perche qu'il s'en emparerait pour cogner.

Il s'agite dans l'embrasure, ne sachant pas s'il faut entrer ou passer son chemin. Il entre, les mains derrière le dos, les épaules voûtées à la manière d'un général en manque de stratégie.

— Je n'aime pas qu'on me tienne tête, se plaint-il.

Je ne réagis pas.

Il s'arrête et, s'adressant au mur, il ajoute :

— C'est bien la première fois que je perds mon sang-froid. D'habitude, je gère la situation avec plus de tact... Il faut reconnaître que le Français a dépassé les bornes.

Il se tourne vers moi :

— Ils sont tous comme ça, les Français ? Ils ne savent pas se tenir à carreau ?...

Il ouvre ses bras et les claque contre ses cuisses :

— Comment ne pas disjoncter ?... Quelqu'un est venu vous embêter depuis que vous êtes ici ?... Vous êtes traités correctement. On vous donne à boire et à manger, et on vous laisse dormir en paix. Vous ne trouverez pas otages mieux lotis que vous dans le monde entier. Ailleurs, on en fait de la pâtée pour chiens, on les égorge comme des moutons... Je n'ai jamais exécuté d'otage, moi. Et ce Français ose bafouer mon autorité. Comment veux-tu que mes hommes me respectent, si je laisse mes prisonniers m'humilier ?

Il se mouche sur son avant-bras et reprend :

— C'est une question de discipline, docteur... Et

sans discipline, c'est la curée. Certains de mes hommes sont prêts à vous écorcher vifs. Ils n'ont rien à foutre du fric. Pour acheter quoi, pour aller où ? Le pays est à feu et à sang. Ils n'ont connu que la guerre. Et la guerre n'a qu'un visage : le leur ! Si ça ne tenait qu'à eux, ils vous dépèceraient rien que pour ne pas perdre la main.

Il regarde derrière lui, comme s'il craignait qu'on l'entende, et me confie :

— Tu crois que ça me fait plaisir de moisir par ici, de devoir lever le camp sur simple intuition et slalomer sans arrêt à travers les embuscades ? Tu crois que ça m'amuse ?

Il regarde de nouveau par-dessus son épaule et poursuit :

— Je suis prêt à troquer mes armes, toutes mes armes, contre ton bistouri, docteur. La guerre n'est pas une sinécure. Je la subis au même titre qu'un berger qui saute sur une mine ou une gamine foudroyée par une balle perdue. Personne, je dis bien personne n'est à l'abri lorsqu'on institue la tragédie en dogme, lorsque le tort se découvre une logique. Si tu demandais au plus grand des baroudeurs ou à celui qui dispose du plus pharaonique butin de guerre ce qui lui ferait plaisir, il te répondrait du tac au tac : « Un instant de répit ! » Aucun peuple n'est conçu pour la guerre. Le nôtre pas plus que le vôtre. Mais on ne nous a pas laissé le choix. La brute que je suis aimerait avoir un job peinard, et un bout de femme qui l'attend le soir, et, pourquoi pas, un ou deux marmots qui se jetteraient à son cou au retour du boulot. Manque de bol, à la place d'un cahier d'écolier, on m'a foutu une pétoire dans les pattes et on m'a dit « sauve ta peau comme tu peux ». Alors, je fais ce que je peux...

Je me contente de le fixer, espérant ne rien laisser transparaître de mes pensées. Mon silence l'irrite, mais il fait avec. Il a dû se rendre compte qu'il était allé trop loin avec Bruno et ne voit plus en moi qu'un témoin à charge qu'il s'évertue à amadouer. À son air désemparé, je n'ai pas le sentiment de parvenir à dissimuler l'aversion qu'il m'inspire. Sa bestialité m'a choqué, et je ne pense pas réussir, quelle que soit sa plaidoirie ou son *mea culpa*, à le considérer comme un être relevant de l'espèce humaine.

Il s'éponge dans un mouchoir, essuie les coins de sa bouche encombrés d'une sécrétion laiteuse, remet le mouchoir dans sa poche. Ses yeux cherchent quelque chose au plafond, reviennent me jauger. Il extirpe un paquet de cigarettes, m'en propose une que je refuse. Je souhaite qu'il s'en aille, qu'il quitte cette cellule viciée par son haleine d'ivrogne, qu'il me rende à ma pénombre et à mes silences... Il ne se retire pas. Il reste là, debout au milieu de la pièce, hypocrite jusqu'au bout des ongles, à contempler une écaillure sur le mur.

Il visse une Camel entre ses lèvres, qu'il a épaisses et dures comme du bois, l'allume et tire dessus avec une nervosité simulée.

— Ma mère est morte de vieillesse à trente-cinq ans. Nos gens n'avaient pas de quoi s'acheter une aspirine. D'ailleurs, qui savait à quoi ressemble une aspirine ? Quant aux épidémies, nous n'étions pas mieux lotis que nos troupeaux... Et on veut nous faire croire qu'il y a une justice sur terre, et un dieu dans le ciel ?

Il aspire une longue bouffée qu'il évacue par le nez, contemple le bout incandescent de la Camel, paraît lui trouver quelque chose de fascinant, se perd dans ses évocations puis, son regard revient m'acculer.

— Il n'y a ni justice ni miséricorde, objecte-t-il. Il y a ceux qui vivent et ceux qui survivent, et, dans les deux cas de figure, au détriment des moins vernis.

Il écrase sa cigarette sous sa botte comme s'il broyait la tête à un serpent. Avant de s'en aller, il s'arrête sur le pas de la porte, me fait face et me confie :

— Je n'ai pas choisi la violence. C'est la violence qui m'a recruté. De mon plein gré ou à mon insu, peu importe. Chacun fait avec ce qu'il a. Je n'en veux à personne en particulier et, par conséquent, je ne vois pas comment ne pas loger tout le monde à la même enseigne. Pour moi, Blanc ou Noir, innocent ou coupable, victime ou bourreau, c'est du pareil au même. Je suis trop daltonien pour distinguer le bon grain de l'ivraie. Et puis, c'est quoi le bon grain, et c'est quoi l'ivraie ? Ce qui est bon pour les uns est mauvais pour les autres. Tout dépend de quel côté on se trouve. Nul besoin d'éprouver du regret ou du remords. Qu'est-ce que ça change lorsque le mal est fait ? Petit, j'avais peut-être un cœur, aujourd'hui il est calcifié. Quand je porte ma main à ma poitrine, je ne perçois que la colère en train de sourdre en moi. Je ne sais pas m'émouvoir puisque personne n'a eu pitié de moi. Je ne suis que le support de mon fusil, et j'ignore qui, de moi ou de mon fusil, commande l'autre.

Et il quitte la geôle. Deux de ses sbires accourent sous le soleil, le fusil en bandoulière, et l'escortent jusqu'à son « bureau ». Debout au milieu d'une ruine, Joma, qui était en train de dépiauter une chèvre, suspend ses gestes et suit du regard le capitaine et sa garde prétorienne traversant la cour. Lorsque les trois hommes s'engouffrent dans le PC, il s'assoit d'une fesse sur un muret et chasse du pied un chien squelettique qui s'est approché de la carcasse de la bête.

Bruno remue dans son coin.

— Il est parti ?

— Oui.

Il repousse sa moustiquaire et se met sur son séant.

— Quel comédien ! J'espère que vous n'avez pas pris pour argent comptant son petit numéro, monsieur Krausmann. Ce gars est un crocodile, et on n'attendrit pas un crocodile en essuyant ses larmes. Ce fils de pute encenserait le diable avec sa propre barbe. Il ne pense pas un mot de ce qu'il dit. Il a seulement la trouille. C'est mon histoire de Cour pénale internationale qui le tarabuste.

Je ne dis rien. J'avoue que le capitaine m'a déstabilisé. La misère humaine qu'il incarne et sa volte-face inattendue me l'ont rendu moins abstrait.

Le soir, nous avons droit à un ordinaire amélioré : viande fraîche, galettes et ragoût à base de tubercules que notre faim élève au rang de festin.

— Vous voyez, monsieur Krausmann ? me fait Bruno. Aucun tyran n'est au-dessus des lois. Il suffit de le lui rappeler.

6

Le jour se lève. Je sais qu'il n'apportera rien de plus que ce qu'il m'a déjà pris. Je n'ai pas besoin de jeter un coup d'œil sur la lucarne pour deviner l'heure qu'il est. Ici, dans cette antichambre de la dépression nerveuse, le temps ne compte pas ; c'est juste une lumière qui se substitue à l'obscurité ; une lumière sans panache et sans vertu qui traverse l'esprit en coup de vent, semblable à une fulgurance délétère difficile à situer. Le jour se lève, et puis après ? Pour moi, ce n'est qu'un étranger qui passe son chemin sans me regarder. *Avant*, le jour avait un sens, une vocation. C'était le travail qui m'attendait de pied ferme, ou un train à prendre. Je reconnaissais le matin d'instinct. Ma main se portait machinalement sur le réveil pour désactiver l'alarme. À la minute près. J'avais une horloge dans la tête ; le réveil n'était qu'un accessoire de secours. Bien qu'ensommeillé, je sentais l'aube dans le noir de l'hiver telle une présence familière. J'aimais la deviner debout à mon chevet, si concrète qu'il me semblait l'entendre respirer. C'était *avant*, le temps où chaque jour avait valeur d'engagement : des patients à ausculter, des angoisses à modérer, des tâches à accomplir, des projets à échafauder, des perspectives à assainir. J'avais un statut, une réputation, un agenda, des déjeuners prévus de longue date, une montre à mon poignet, et un beau calendrier sur mon bureau ; j'avais un téléphone mobile avec double appel pour être joint n'importe où, et un répondeur afin de ne rien louper de ce qui pourrait me concerner ; j'étais tout un programme, *avant*, un centre de gravité. Je naissais chaque matin avec un tas de commodités. Je trouvais la salle de bains encore chaude de la douche prise par Jessica, et cette chaleur m'enivrait. Je prenais ma douche comme on prend un chemin ; ma journée était toute tracée. Jessica finissait son petit déjeuner dans la cuisine. Elle me gratifiait d'un sourire éclatant, le même sourire depuis notre première rencontre ; un sourire immarcescible qui me revigorait et que j'accueillais avec un ravissement intact car il était conçu pour moi, et pour moi seul. Une tartine dans une main, dans l'autre une tasse de café, elle me tendait ses lèvres sur lesquelles je posais un baiser furtif comme il sied aux époux comblés. *Je t'aime*, me disait-elle en se renversant contre le dossier de sa chaise… *Je t'aime*, je lui disais un tantinet frustré de ne pas trouver meilleure repartie… Y a-t-il meilleure formule que « je t'aime » ?… Dehors, Frankfurt retroussait ses manches avec le cran d'un charpentier. Qu'il pleuve ou qu'il vente, Frankfurt se défonçait à la tâche. Je sautais dans ma voiture et, le rétroviseur ajusté et le pare-brise immaculé, je me lançais à la conquête des mérites et des satisfactions personnelles. Les boulevards grouillaient d'une fébrilité rassurante ; les feux régulaient le flux des embouteillages ; j'allumais la radio grâce à un poussoir sur le volant et me laissais submerger par la rumeur du monde : encore un scandale dans les hautes sphères ;

la fin d'une cavale ; le sacre d'un champion ; les turpitudes d'une idole ; la faillite d'une initiative politique ; la polémique autour d'un livre ; l'enlèvement d'un journaliste en territoire hostile... Au fait, quel effet me faisait le rapt d'un journaliste ? Avais-je seulement tiqué à la nouvelle ? Une chose est sûre, j'étais à des années-lumière d'imaginer que cela pouvait m'arriver. La radio ! Elle était indissociable de mes réflexes de conducteur. Lorsque j'omettais de l'allumer, quelque chose faussait une bonne partie de ma matinée. Mais, c'était *avant*, lorsque ce qui me paraît à l'instant essentiel relevait de la routine la plus banale. Comment ai-je pu croire que certaines choses étaient sans importance, qu'il m'était permis de n'en avoir cure ?... Que ne donnerais-je pour retrouver les gestes simples de tous les jours, les petits plaisirs et les petits soucis qui conféraient à mon existence un relief singulier ? Que ne donnerais-je pour retrouver ma boîte aux lettres, les factures qui m'indisposaient, les prospectus que je balançais à la poubelle sans daigner regarder ce qu'ils contenaient ? Les esplanades me manquent, les berges du Main me manquent, le brouhaha des bistros me manque ; tout me manque : le déferlement placide des foules sur les grands boulevards, les files d'attente devant les salles de cinéma, le vendeur à la sauvette sur les places bourrées de touristes, mon cabinet, mes patients, mon voisin, le chien de mon voisin dont les jappements perturbaient mes lectures, mon canapé où reposent tant de merveilleux souvenirs, ma canette de bière transpirant de fraîcheur, mon ordinateur ouvert sur des mails en suspens, jusqu'aux spams récurrents que je n'ai jamais réussi à déjouer – enfin tous ces fragments de vie qui, emboîtés les uns aux autres, faisaient de mon existence une fête insoupçonnée...

Désormais, le jour se lève par pure formalité. Pour moi, c'est un blanc que l'on imprime sur les épreuves de ma captivité, un blanc qui prolonge le blanc d'hier et des jours précédents ; mon puzzle est constitué de pièces tellement identiques et anonymes qu'il m'est impossible de les disposer à l'endroit. Mon monde ressemble à une aquarelle ratée que le peintre aurait rageusement tenté d'effacer de ses mains nues. Par moments, je me demande si je n'étais pas déjà mort et enterré, avec une tonne de poussière sur le corps et une tranche d'abîme dans le crâne. J'ai cessé d'attendre, j'ai cessé de m'accrocher ; ma détermination s'est effilochée au gré des veillées stériles ; je ne me sens plus en mesure de tenir le serment que j'avais prêté, l'autre soir, de ne pas fléchir.

De son côté, Bruno broie du noir. On y voit plus clair, paraît-il ; on se focalise sur son idée fixe et on fait abstraction de ce qui gravite autour. Question d'optique. Il suffit de déplacer le contexte pour déformer ses prismes. Bruno n'appréhende plus les choses sous le même angle de vue. Il a déplacé le contexte et commence à ramener l'Afrique à cette bande de voyous réfractaires aux normes citoyennes, avec leurs prunelles en tête d'épingle et leur instinct fauve.

Pour Bruno, le jour est une diversion, un attrape-nigaud, une peine perdue. Aussi a-t-il baissé les bras. Je l'observe et ne distingue que sa moustiquaire immobile. Il ne remue presque pas. Les filandres du torchis, les toiles d'araignées arborant les carcasses de moucherons en guise de trophées, le lézard qui se prend pour une figurine punaisée au mur, les mouches qui refusent de s'assagir, rien de cela ne l'interpelle. Bruno boude jusqu'à ses blessures ; il ne geint plus. Je l'appelle, il ne m'entend pas. Je lui parle, il ne répond pas.

Vous êtes un poisson rouge dans son aquarium, monsieur Krausmann, me reprochait-il. *Avec, pour toute compagnie, un scaphandrier de plomb et un coffre de pirate qui s'ouvre et se referme sur des bulles d'air.* Et c'est lui qui s'enferme dans une bulle. Le regard abyssal, Bruno est ailleurs, le visage telle une tache de cire au milieu de sa barbe de clochard. La veille, il avait craché dans sa soupe. Par dépit. Par dégoût, peut-être. Puis il a dû oublier et il a raclé le fond de son assiette avec minutie. Je le croyais sorti de sa crise ; il n'en était qu'à la périphérie ; un juron proféré dehors ou un ordre, et Bruno replonge. Je suis triste pour lui, et triste pour moi. Nous sommes deux dans la cellule, mais tout un océan nous sépare. J'ai beaucoup aimé ses tribulations d'« anachorète itinérant », truffées de cocasseries et de déconvenues prophétiques... À quoi pense-t-il ? À ses *pistes oubliées* ? À Aminata ? À se faire tuer pour en finir ? Quand on broie du noir, on ne pense qu'à une seule chose à la fois, et à son air de chien battu, toutes les hypothèses se valent. Le renoncement use au même titre que l'entêtement. Bruno a connu la foi, aujourd'hui il abjure, et s'il ne sait plus où donner de la tête, c'est parce que tout lui paraît piégé ; le péril alors n'est plus en la demeure, le péril est en lui.

La tension règne au cantonnement. Nous la subissons comme une migraine. Le chef Moussa est parti marchander la tête de Hans, voilà quatre jours ; et depuis hier, il ne donne plus de ses nouvelles. Le capitaine Gerima a renoué avec ses humeurs exécrables ; il n'arrête pas de pester contre son téléphone cellulaire en grognant « qu'est-ce qu'il fout, bon sang ! ». Il fulmine contre le chef Moussa qui rendait régulièrement compte de la situation et qui, d'un coup, n'est plus joignable. Au début, le capitaine a soupçonné un problème de réseau ; ce n'était pas un problème de réseau. Il a changé plusieurs fois de batterie avant de s'apercevoir que ce n'était pas, non plus, un problème de batterie. Il s'est remis à tripoter le clavier de son mobile et à laisser sonner interminablement au bout du fil ; personne ne décrochait.

Le silence radio le rend fou. Il appelle chaque demi-heure ; rien. Alors, il sort de sa tanière et, la colère aussi énorme qu'un tonnerre, il engueule ses soldats pour des futilités, shoote dans la poussière, jure de toute la bave de ses glandes de réduire en bouillie le fumier qui s'aviserait de le doubler. Ses hommes se terrent. Dès qu'il apparaît sur le seuil de son PC, ils s'éclipsent plus vite que des spectres. Même Joma est mal à l'aise lorsque le capitaine écrase sa casquette au sol d'un geste dévastateur. Je crois que notre déprime, à Bruno et à moi, doit beaucoup à la fureur du capitaine. Ce dernier subodore un grave dysfonctionnement dans ses plans ; les choses ne seraient pas en train de se passer comme prévu, et l'inquiétude grandissante de l'officier exacerbe notre angoisse et nous rend l'air irrespirable. Parfois, ne supportant plus les vociférations du capitaine, Bruno se bouche les oreilles avec le plat de ses mains, se rue sur la porte cadenassée de notre geôle pour supplier l'officier de se taire, mais aucun son ne sort d'entre ses lèvres.

Au bout du quatrième jour, le capitaine Gerima cède à la panique. Il rassemble ses hommes, réveille le vieux camion déglingué qui rongeait son frein sous un abri de fortune, vérifie les armes et les munitions de sa troupe, charge Joma de veiller sur le cantonnement jusqu'à son retour, grimpe sur un pick-up et met le cap sur le sud-est. Un silence bizarre s'abat sur la région. De la lucarne, je vois les deux véhicules foncer à tombeau ouvert sur la vallée. Lorsque la poussière s'est estompée au large, un étau me presse le cœur comme un citron. Bruno n'a pas bougé de son coin. Il a entendu les ordres du capitaine ricocher sur les murs, l'ambiance de branle-bas qui s'est déclarée dans la cour, le cliquetis des fusils et le ronflement des moteurs sans leur accorder d'intérêt. Après le départ du capitaine, je suis retourné devant la porte et j'ai attendu que quelqu'un vienne nous expliquer ce qui se passe. Il ne reste au cantonnement que Joma, Blackmoon et trois ou quatre pirates déboussolés ; tous ont une mine décomposée. La tournure que prennent les événements les dépasse et les frustre. Dans la confusion générale, je me rends compte qu'on ne nous a rien donné à manger depuis vingt-quatre heures.

Je regagne ma natte et m'y recroqueville.

Le soir débarque avec le sans-gêne d'un intrus, puis le matin. Un matin statique. Dénudé et vain. Bruno continue de se dissimuler sous sa moustiquaire. Je lui en veux de m'abandonner à ma solitude et aux dérives qui vont avec. N'ayant plus d'interlocuteur sur lequel m'appuyer, je crains de basculer, à mon tour, dans la dépression. Il n'y a pas d'autres issues de secours dans ce genre d'enfermement mental. Tôt ou tard, on plonge…

Et cette attente qui n'en finit pas de réduire mon espace vital à une idée fixe… Ah ! l'attente, ce vide qui nous sature. Et puis, il y a ces sacrées bordel de mouches ! Elles surgissent d'on ne sait où, bourdonnantes, insupportables, invincibles ; elles sont l'ensemble des calvaires réunis. Je les repousse ; elles reviennent à la charge, intrépides et opiniâtres, pareilles à des centaines de leitmotive démentiels. On jurerait qu'elles se substituent à l'air, qu'elles naissent de l'ennui lui-même, qu'elles sont l'expression du désert dans son incommensurable ignominie. Sûr qu'elles survivraient aux érosions et aux apocalypses, qu'elles seraient toujours là quand *tout* serait terminé.

Les minutes s'étirent comme des élancements, cherchent à m'écarteler. Il n'est pire supplice que l'attente, surtout lorsqu'elle ne débouche sur aucune certitude. J'ai l'impression de fermenter. Je ne tiens plus en place. Ma couche est faite d'épines. Je n'ose plus regarder par la lucarne ni sortir dans la courette. J'ai peur de chaque instant qui m'égratigne telle une griffure. À quoi pensé-je au juste ? Je n'en ai pas la moindre idée. Je crois que je ne pense même pas. Mon cerveau cafouille. Mon toucher est vague. Je ne sens plus les choses de la même façon. Tout m'irrite, tout me chiffonne. Je suis inquiet. Mes anxiétés se surpassent. Me dépassent. Je pars dans tous les sens. Le doute a anesthésié mes facultés. On dirait que je regarde à travers des vitres tantôt givrées tantôt dépolies. Et ce que je redoutais se déclenche : le grand vertige me happe avec une dextérité qui ne me laisse pas le temps de réaliser ce qui m'arrive. De vagues souvenirs flottent autour de moi, se font et se défont dans la pénombre, semblables à des âmes éthérées. Je tends la main vers une image ; elle s'étiole entre mes doigts et s'éparpille en une multitude de spirales. C'est parti ! sauf que j'ignore où cela va me mener. J'ai conscience de chaque bruit, de chaque seconde qui s'égoutte dans la latence, en même temps, je n'ai aucune emprise sur l'enchaînement des éléments. Je glisse subrepticement dans un monde parallèle. Je vois tout et ne comprends rien. Je sais que Bruno ne dort pas, qu'il fait celui qui n'est pas là ; je sais que j'ai du mal à discipliner ma respiration ; je sais surtout que, tel un esprit errant squattant mon corps, le vertige qui s'est substitué à moi va m'entraîner dans un précipice d'où je ne remonterai pas…

La grille de la cellule grince ; une silhouette entre, pose un plateau sur le sol. Je me lève, sors pour la « promenade »… Une main tente de me retenir, je m'en débarrasse d'une secousse. Je traverse la cour du cantonnement, marche sur la brèche du rempart donnant sur la vallée, et la vallée me paraît ouverte sur toutes les perditions… « Le prisonnier se barre ! » crie un garde. Quelqu'un actionne la culasse d'un fusil ; je sens, comme une brûlure virtuelle, le point d'une ligne de mire se poser dans le creux de ma nuque, guette la détonation qui sera suivie immédiatement d'une explosion dans ma chair ; j'aurai certainement mal, mais je ne crierai pas… « Le prisonnier se barre !… » La voix de Bruno me rattrape : « Ne fais pas le con, reviens… » Je marche sur du sable mouvant. Le rempart est à vingt mètres, dix mètres… « Laissez-le partir, ordonne Joma. Retournez à vos affaires, je m'occupe de lui… » Je franchis le rempart, dévale un raidillon et marche droit devant moi, droit sur la vallée. Les cailloux incandescents survoltent mes semelles. Je marche. Sans me retourner. Le soleil pilonne tous azimuts. Des laves cascadent sur mes épaules. La sueur fume sur mon visage, m'aveugle. Je marche, marche… Mes semelles ne sont que plomb fondu ; pas un arbre ne m'offre un semblant d'ombre. Un soupirail de l'enfer me souffle son haleine dans la gorge, enfièvre mes poumons, transforme ma tête en brasero ; je commence à chavirer, mais je ne m'arrête pas. J'essaie de presser le pas, mes jambes ne suivent pas ; j'ai l'impression de tracter un rocher. Au bout de quelques kilomètres, mes dernières forces m'abandonnent. Je suis une ombre emportée par son halètement. Une Jeep arrive à ma hauteur, s'aligne sur ma foulée. Je ne vois que son capot cahotant sur ma droite. Lorsque je trébuche, elle me dépasse d'une longueur et doit ralentir pour se remettre à mon niveau. Joma est au volant. « Où vas-tu comme ça, bonhomme ? Tu n'es pas sur Trafalgar Square, me dit-il. Tu es dans le désert. Il n'y a pas de vitrines alléchantes par ici, pas de saltimbanques sur la place, et aucun pigeon ne viendra picorer dans ta main... » Je me traîne, halluciné, pantelant, mais déterminé... « Tu n'iras nulle part, mon vieux. Devant, comme derrière, il n'y a que la folie et la mort. Dans pas longtemps, tu vas tomber dans les pommes et je serai obligé de t'attacher à l'arrière de la Jeep pour te ramener à la case départ... » Joma ne cherche pas à me barrer la route ; il roule lentement à côté de moi, amusé et curieux de voir jusqu'où je tiendrai sur mes jambes.

J'ignore depuis combien de temps je marche. Je ne sens plus le sol sous ma foulée. Mon crâne crépite. J'ai envie de vomir. Mes yeux sont un miroir brisé, un kaléidoscope ; devant moi, la vallée se fragmente avant de s'obscurcir et de sombrer dans une mer de suie.

J'émerge du brouillard, tâtonne autour de moi. Suis-je encore de ce monde ? De maigres filaments de lumière tombent du plafond, dévoilant une partie de l'endroit. Je suis enfermé dans un *in pace* de deux mètres carrés sur lequel repose un couvercle perforé d'une multitude de petits trous d'aération. On m'a retiré mes chaussures, mon pantalon, mon caleçon et ma chemise. Je suis nu comme un ver et je baigne dans mes vomissures. J'entends vaguement des voix, des bruits sporadiques que les battements de mon cœur disséminent dans un staccato amplifié. Je tente de me relever, aucun muscle ne m'obéit ; je ne suis qu'un terrible mal de tête.

Il fait une chaleur intenable. Incapable de me mettre sur mon séant, je reste étalé au sol, espérant ainsi préserver le peu d'énergie qui me permettrait de tenir. Bientôt, les filaments de lumière s'estompent ; je ne sais plus si c'est la nuit ou si je me suis évanoui.

Le couvercle s'est éclairé et s'est éteint à deux reprises. Et personne ne s'est penché sur mon sort. Un goût de pâte à modeler empoisonne ma bouche. J'imagine des mets nauséabonds, me surprends à les mastiquer. Dans le silence de mon trou, mes mâchoires rendent le crissement de deux cailloux que l'on frotte l'un contre l'autre. Je pense à ma mère, vois sa silhouette se dessiner sur le mur. Ma mère a des cheveux coupés à ras que je ne lui connaissais pas, un visage de détenue et un regard stoïque. Des odeurs immémoriales me rattrapent : l'odeur du savon avec lequel ma mère me lavait ; l'odeur des crêpes dégoulinantes de sirop d'érable dont je raffolais ; l'odeur de mon enfance puis, des odeurs indélicates brouillant les autres, les odeurs d'analgésiques, de l'hydrate de chloral, de draps humides, de chambres tristes au bout de couloirs interminables. Dehors, les bruits et les voix s'effacent de nouveau avec les trous du couvercle. Je veux crier, mais je n'ai pas assez de souffle pour soulever ma voix coincée dans ma gorge tel un caillot. J'ai soif et j'ai faim… J'entrevois le sourire de Jessica. Je crois que c'est ce sourire-là qui m'avait donné la force de surmonter ma timidité, naguère. Je ne savais pas dire mes émotions intimes aux gens que j'aimais. Ma mère aurait apprécié ; elle se sentait seule depuis

qu'un soir de grande dispute mon père était sorti chercher des cigarettes et n'était plus rentré à la maison.
Peut-être parce qu'elle ne savait pas sourire, ma mère.
Autrement, je lui aurais dit tout l'amour que j'avais
pour elle. Comme j'avais réussi à l'avouer à Jessica.
Dans ce charmant petit restaurant du XVe arrondis-
sement, à Paris, *La Chaumière*. Nous étions attablés
près de la baie vitrée donnant sur l'avenue Félix-Faure.
Jessica avait les joues prises entre ses poings translucides. J'avais du mal à apprivoiser son regard inti-
midant. Nous ne nous connaissions que depuis deux
jours. C'était notre premier tête-à-tête. Elle avait terminé son séminaire le matin, et mon congrès s'achevait
le lendemain. Je lui avais laissé un mot à la réception de l'hôtel : *Je serais ravi si vous acceptiez de
dîner avec moi.* Et elle avait accepté. Il est des choses
qui ne se ratent pas ; si on ne les saisit pas au vol,
on s'en mordrait les doigts jusqu'au sang que cela
ne servirait à rien. La *vraie* chance ne se présente
qu'une fois dans la vie ; toutes les autres ne sont qu'un
concours de circonstances. Je ne me rappelle pas ce
que nous avions mangé, ce soir-là. Je me régalais
du sourire de Jessica ; il valait les festins de la terre
entière. « Vous saviez que j'allais accepter ? m'avait-
elle demandé. – Je n'aurais pas osé vous laisser ce
mot à la réception, lui avais-je répondu avec témérité.
– Vous lisez dans les pensées, docteur Krausmann ?
– Seulement dans les yeux, mademoiselle Brodersen.
Car, tout passe par les yeux – Et qu'avez-vous lu dans
mes yeux, docteur Krausmann ? – Mon bonheur... »
Sur le moment, j'avais trouvé ma déclaration d'une
candeur et d'une prétention pathétiques de trivialité,
mais Jessica n'avait pas éclaté de rire. Je pense qu'elle
avait apprécié. La sincérité n'a pas de talent ni de raf-

finement ; et si elle n'a pas l'élégance des flatteries, elle a au moins le mérite de ses convictions. Sa main s'était posée sur mon poignet, et j'avais su aussitôt que Jessica m'était destinée.

C'est de nouveau la nuit. Je la reconnais à son silence. Une nuit hagarde, insomniaque, dégoûtée d'elle-même, qui n'attend que les premières lueurs de l'aube pour se débiner. Je me sens partir avec elle, lamelle après lamelle, le corps disloqué de contractions musculaires. Mes nerfs se sont émoussés ; les amarres qui me retenaient quelque part sont en train de rompre. Depuis combien de jours suis-je mis au rebut dans cette fosse ? La faim et la soif font de mon délire une prémonition : je me meurs... Un entonnoir m'aspire vers une aurore boréale tourbillonnante. Je traverse une multitude d'anneaux de feu à une vitesse vertigineuse. « *Réveille-toi, Kurt*, me dit une voix d'outre-tombe. – *Je ne veux pas me réveiller. – Pourquoi ne veux-tu pas te réveiller, Kurt ? – Parce que je suis en train de rêver. – Et à quoi rêves-tu, Kurt ? – Je rêve d'un monde où les joies et les peines sont proscrites, où la pierre n'a pas à craindre qu'on lui marche dessus sous prétexte qu'elle ne peut ni se défendre ni s'écarter ; un monde d'un silence si profond que les prières se taisent, et d'une nuit si douce que le jour n'ose pas se lever... Je rêve d'un voyage immobile dans l'espace et le temps où je suis à l'abri des angoisses, où aucune tentation n'arrive à remuer une seule fibre de mon être ; un monde où Dieu lui-même regarde ailleurs pour que je puisse dormir jusqu'à ce que l'Heure arrête de tourner. – Quel est donc ce monde immobile, Kurt ? – Mon royaume éternel dans lequel je serai terre et ver, puis terre et terre, ensuite poussière infime dans le souffle du néant. – Ce n'est pas encore un endroit pour toi, Kurt. Retourne à tes peurs, elles valent mieux que le froid sidéral. Et réveille-toi, réveille-toi maintenant avant qu'il ne soit trop tard.* » Je me réveille dans le sursaut d'un noyé qui sort *in extremis* la tête de l'eau. Je suis à Essen, ma ville natale. En culotte courte. Enfoui dans les jupes de ma mère qui m'emmène à la messe. Nous marchons tous les deux dans une rue étroite et livide. La paroisse se dresse contre le ciel maussade. À l'intérieur, il gèle. Les voûtes rudes pèsent lourd sur les ombres, rendant le recueillement aussi frigorifiant qu'une chambre froide. Des gens contrits prient sur des bancs rustiques. Le pasteur est en train de prêcher. Je ne me souviens pas de son visage, mais sa voix est nette dans ma mémoire. Je n'avais que six ans – je ne pouvais pas me souvenir ni comprendre ce qu'il disait pourtant, sa voix jaillit du tréfonds de mon subconscient avec une exactitude et une limpidité stupéfiantes : « *C'est vrai que nous sommes peu de chose. Mais, dans ce corps parfait que l'âge désarticule au gré des saisons et que le moindre microbe terrasse, il existe un territoire magique où il nous est possible de nous reprendre en main. C'est à cet endroit dérobé que sommeille notre force véritable, c'est-à-dire notre foi dans ce que nous pensons être bon pour nous. Si nous parvenons à croire, nous surmonterons n'importe quelle déconvenue. Car rien, aucune puissance, aucune fatalité ne nous empêcherait de nous relever et de nous réaliser si nous avions pleinement foi dans ce qui nous fait rêver. Bien sûr, nous serons appelés à négocier des épreuves farouches, à livrer des combats titanesques, hautement dissuasifs. Mais si nous ne cédons pas, si nous continuons d'y croire, nous triompherons des impasses. Car nous ne valons*

*que par ce que nous méritons, et notre salut s'ins-
pire de cette logique élémentaire : "Lorsque deux
forces contraires s'affrontent, l'échec sanctionnera
celle qui est la moins motivée." Aussi, si nous voulons vaincre jusqu'au fait accompli, faisons en sorte
que nos convictions soient plus fortes que nos doutes,
plus fortes que l'adversité. »*

L'espace d'une fraction de seconde, le visage du
pasteur m'apparaît, et la voix de Hans m'ébranle telle
une décharge d'électrode : *Tiens bon. Chaque jour
est un miracle.*

Le couvercle se soulève ; je porte mes mains à mes
paupières pour me protéger de la lumière subite et
attends de recouvrer la vue. Lentement, la configuration des pierres se précise, puis celle des murs. Quelque
chose tombe par terre, roule entre mes jambes. C'est
une orange. Une orange ramollie, cabossée, à peine
plus grande qu'un pruneau. Je la ramasse avec fébrilité – j'ai conscience de l'indécence de mon geste,
mais je l'assume –, mords dedans comme on mord
dans la vie. Sans l'éplucher. Sans l'essuyer. Lorsque
je l'entends se déchirer sous mes dents, lorsque la
toute première giclée répand sur mon palais l'acidité
de son jus, lorsque la saveur me réconcilie avec mes
sens – car d'un coup, je recouvre le goût, l'odorat,
l'ouïe –, j'en déduis que je suis *entier*. Je ferme les
yeux pour savourer la moindre fibre. Je crois avoir mis
dix bonnes minutes, peut-être un peu plus, à mâcher
au ralenti, sans rien avaler, pour faire durer le plaisir
le plus longtemps possible ; un plaisir certes exagéré,
mais qui, sur le moment, a la violence d'un orgasme.
Je mâche par petits bouts, en retournant chaque miette
plusieurs fois sur ma langue, jusqu'à la transformer en

une pâte spongieuse que je me remets à sucer avec délectation ; j'ai le sentiment de déguster un fruit comme nul autre pareil. Lorsqu'il ne reste, dans ma bouche, qu'un lointain goût de pulpe amer, le rire de Joma me rappelle à l'ordre :

— Debout là-dedans ! La convalescence est terminée. Sors de là, et que ça saute, espèce de lavette.

Des bras me ramassent, me dégagent de mon trou, me traînent sur le sol brûlant. On me jette mes vêtements à la figure et on m'oblige à me rhabiller. L'incohérence de mes gestes rend cette dernière opération acrobatique. Le soleil m'incendie les yeux. Je ne distingue pas ma chemise de mon pantalon, dois y aller au toucher. Je parviens néanmoins à enfiler mon caleçon, ensuite, mon pantalon. À la fin d'une gymnastique décousue, je me livre à Joma qui, très fier de l'état dans lequel il m'a mis, me déclare :

— Maintenant, docteur Krausmann, tu as une petite idée de ce qu'Africain signifie.

Bruno pousse un juron lorsque Joma me jette à l'intérieur de la geôle. Je tombe à plat ventre, le nez dans la poussière. Une godasse me retourne, et le colosse aux amulettes se penche sur moi à la manière de l'ange de la mort cueillant une âme perdue, me saisit par le col de ma chemise avant de me relâcher, excédé par ses propres abus.

Bruno est scandalisé :

— Je suppose que vous êtes content de vous, sergent-major Joma.

La brute fait craquer ses vertèbres cervicales et lui rétorque

— Je ne porte jamais de galons ni de médailles. Je laisse ces accessoires aux clowns et aux vétérans.

— Vous vous croyez où ? À Abu Ghraib ?

— Nous n'avons pas les moyens de nous offrir cette gamme de palaces.

Bruno se dresse sur ses genoux et lui crie :

— Vous n'êtes qu'un monstre.

— C'est à votre honneur, monsieur le civilisé. Nous avons tout appris des vôtres. Et dans ce genre de pratique, je ne pense pas que l'élève puisse surpasser le maître.

De la tête, il ordonne à ses hommes de le suivre dehors.

À peine la porte refermée, Bruno se précipite sur moi, me relève la tête. À son regard incrédule et affligé, je comprends que je ne ressemble plus à grand-chose.

— Nom d'un chien ! On dirait un mort vivant.

Il me traîne jusqu'à ma natte, cale un chiffon dans mon dos, m'aide à m'asseoir contre le mur. J'ai envie de me lever et de marcher pour me défaire des courbatures qui ankylosent mes muscles, mais je n'ai pas plus d'énergie qu'une vieille limace déshydratée. Mon corps raboté ne dispose pas d'un seul tendon valide. Pareil à un exorcisé, j'ai l'impression que l'entité démoniaque qui me possédait était ma propre âme et qu'il ne reste de moi qu'une coquille vide.

— Donne-moi quelque chose à manger...

Bruno court me chercher un morceau de viande. Je le lui arrache des mains et mords dedans avec le sentiment de disputer chaque bouchée à ma faim, que ma faim et moi sommes deux ogres siamois, que je suis la bouche et elle le ventre, qu'elle me vole le goût de la chair, et moi sa force nutritive. Bruno doit me calmer. Il me recommande d'y aller mollo, de prendre le temps de mastiquer. Quand je finis de ronger l'os, il court me rapporter un bout de pain et le reste d'une soupe gélatineuse ; je les ingurgite d'une seule fournée.

— Putain ! de quel monde vous revenez ? soupire Bruno avec pitié.

Il me tend sa gourde ; je la siffle d'une traite et m'endors aussitôt.

7

Des éclats de voix retentissent dans la cour. Bruno, qui est devant la porte grillagée, me fait signe d'approcher. Rassemblés sur le pas du PC, les pirates se chamaillent en parlant tous à la fois dans un charivari de basse-cour, chacun s'égosillant plus fort que les autres pour se faire entendre. Certains sont à deux doigts d'en venir aux mains. D'un côté, il y a Joma qui tente de gérer la situation et Blackmoon qui est assis sur le perron, les mains sur la poignée de son sabre et le menton posé par-dessus ; de l'autre, les quatre pirates déchaînés. Le plus grand, un gaillard presque blanc de peau domine de sa voix de fausset les protestations de ses camarades. Ses bras partent dans tous les sens, prenant à témoin le ciel, le cantonnement, la vallée, les taudis. Je ne comprends pas ce qu'il raconte dans son jargon cabalistique. Bruno me traduit les interventions les plus musclées, m'expliquant que les choses sont en train de s'enfieller. Un escogriffe en survêtement tente de placer deux mots, il est aussitôt pris à partie par une espèce de butor véhément affublé d'une bouche assez grande pour gober un œuf d'autruche. Ce dernier est si furieux que les coins de sa bouche dégoulinent de bave. Un collier talismanique autour du cou, il se hisse sur la pointe des pieds pour dominer son monde et montre une aile du cantonnement, geste que l'escogriffe balaie d'une main avant de reprendre ses vociférations, relançant ainsi le chahut :

— Ça fait trois semaines que le capitaine est parti rejoindre Moussa. Et on n'a plus de nouvelles. Ce n'est pas normal.

— Et alors ? rétorque Joma, les poings sur les hanches.

— On n'a plus de vivres, lui signale un adolescent compassé aux épaules démesurément larges.

— Y a pas que ça, renchérit l'escogriffe. Le capitaine a été très clair. S'il ne donnait pas signe de vie, nous devrions évacuer le cantonnement et nous rabattre sur le Point D-15.

— Il t'a dit ça comment ? lui crie Joma. Par télépathie ? On n'a même pas de liaisons radio avec lui. Si on est forcés de partir d'ici, ce sera pour la Station 28.

— Ça n'a pas de sens. Le capitaine s'est rendu au Point D-15, dans le sud, lui signale le grand gaillard. C'est là-bas que ça se passe. On n'a rien à fiche à la Station 28. C'est à deux jours dans le nord, et on n'a pas assez de carburant. En plus, c'est une zone à haut risque, et on est que six. On va se battre comment si on tombait dans une embuscade ?

— Ça suffit ! tonne Joma. On a déjà discuté de ça, hier. On ne quittera le cantonnement que pour la Station 28. C'est moi le chef, ici. Et je vous préviens, je n'hésiterai pas à exécuter sur-le-champ le mariolle qui oserait enfreindre mes ordres. La situation est bordélique, et aucune forme d'insubordination n'est tolérée.

— Tu nous prends pour qui ? s'insurge le butor. Pour du bétail ? Tu es qui pour nous menacer de mort ?

On te dit qu'on n'a plus de vivres, et plus de nouvelles du capitaine. On va rester là jusqu'à quand ?
Jusqu'à ce qu'une horde rivale nous tombe dessus ?

— Il faut rejoindre le reste du peloton au Point
D-15, exigent les quatre « mutins ». C'est là-bas que
ça se passe.

Bruno profite d'un instant de flottement pour intervenir :

— Vous n'avez pas compris ? Vos camarades ne
reviendront pas. Ils se sont barrés avec le fric.

Les pirates se tournent d'un bloc vers notre geôle,
désarçonnés par les allégations de Bruno. Pendant
quelques secondes, pas un muscle ne remue dans leurs
visages luisants de sueur.

— C'est pourtant clair, s'enhardit le Français. Ça
pue le coup fourré, bon sang ! Je parie que le capitaine
et Moussa étaient de mèche, qu'ils ont tout manigancé.
Si ça se trouve, ils ont mis les voiles sur un pays de
cocagne après avoir largué dans la nature vos potes
pendant que vous êtes là à moisir au soleil.

— Ferme-la, toi, le somme Joma.

— Réfléchissez une seconde, s'entête Bruno.

Joma brandit son pistolet et tire deux fois dans la
direction du Français qui se met à plat ventre derrière le mur. Les détonations jettent un froid sur le
cantonnement.

— On n'abat pas que du bétail ! tient à préciser Joma à l'attention des insurgés. Le premier qui
s'amuse à me tenir tête, je l'explose. En l'absence du
capitaine, c'est moi qui décide. Vous allez retourner
à vos occupations, et demain, à l'aube, nous lèverons
le camp pour la Station 28.

Les pirates se dispersent en se jetant des regards
sombres.

Tard dans la nuit, Bruno me réveille. Il me pose sa main sur la bouche et m'invite à le suivre jusqu'à la lucarne. Dans le ciel grêlé, la lune est réduite à une rognure d'ongle. Le cantonnement est plongé dans le noir. Du doigt, Bruno m'indique quelque chose ; je dois me concentrer pour discerner quatre silhouettes en train de s'agiter furtivement autour de la Jeep ; l'une d'elles grimpe à bord et prend le volant, les trois autres s'arc-boutent contre le capot et poussent le véhicule en direction du portail. La Jeep glisse en douceur sur la cour sablonneuse, manœuvre avec délicatesse pour contourner le puits, se faufile entre la citerne et un amas de pierraille et quitte l'enceinte, sans bruit ; elle disparaît derrière le remblai, réapparaît plus loin, toujours poussée par les trois silhouettes. Lorsqu'elle atteint la piste donnant sur la vallée, à deux ou trois cents mètres du cantonnement, son moteur rugit, et elle démarre sur les chapeaux de roue, tous feux éteints. Alerté par le vrombissement, Joma gicle du PC, en caleçon, un fusil-mitrailleur dans les bras. Il appelle ses hommes ; ne voyant personne rappliquer, hormis un Blackmoon ensommeillé, il comprend qu'il ne s'agit pas d'une attaque ; les quatre « mutins » de la veille viennent de lui fausser compagnie. Jurant ses démons, il court vers la brèche et, après avoir scruté la vallée submergée de ténèbres, il se met à tirer à tort et à travers comme un forcené.

Joma est resté jusqu'au lever du jour en faction sur le rempart, à faire claquer la culasse de son fusil et à pousser, de temps à autre, des cris de rage qui semblaient estoquer la nuit. Il subit la défection de ses subordonnés comme un affront personnel. Lorsque Blackmoon a essayé de le réconforter, Joma a menacé de lui arracher le cœur à main nue s'il ne la mettait pas en veilleuse. Plusieurs fois, il a regardé dans notre direction et, malgré la distance qui nous sépare et le clair-obscur, Bruno et moi avons senti nos poils se hérisser.

Après avoir guetté sans succès un signe à l'horizon, Joma retourne dans sa chambrée se rhabiller. Il enfile un gilet de chasseur par-dessus un pantalon de treillis, des Pataugas neuves, se pare de deux cartouchières en sautoir sur sa poitrine et, le crâne ceint d'un foulard rouge, il ressort dans la cour, son gros pistolet sous la boucle de son ceinturon et une kalachnikov à la main. Son regard laiteux cherche à faire rentrer sous terre tout ce qu'il rase.

Vers huit heures, il nous fait sortir de la geôle et charge Blackmoon de nous attacher les poignets derrière le dos.

Joma finit d'accrocher des jerricanes de carburant de part et d'autre du pick-up. Il a jeté un sac marin bourré à l'arrière du véhicule, un cartable à sangles, deux sacs à dos, un carton de boîtes de conserve, des tranches de viande séchée roulées dans du papier d'emballage, un caisson de munitions et deux outres en peau de chèvre remplies d'eau potable. Bruno et moi sommes à genoux dans la poussière, à nous demander quel sort nous réserve notre ravisseur tandis qu'il se prépare à quitter le cantonnement. Va-t-il nous tuer ? Nous abandonner sur le site ? Nous emmener avec lui ? Joma ne laisse rien transparaître de ses desseins. Il grogne des ordres que Blackmoon, retranché derrière une résignation butée, exécute sans empressement.

— Qu'est-ce que vous comptez faire de nous ? lui demande Bruno.

Joma vérifie méticuleusement la solidité des cordes

et le bon équilibre des jerricanes. Sa manière de serrer les nœuds trahit une agressivité intérieure grandissante que les propos du Français attisent.

— Vous dites que vous avez lu des tas de bouquins, poursuit Bruno, que vous connaissez sur le bout des doigts les plus grands poètes. Vous avez dû en tirer des enseignements… Laissez-nous partir. Ou bien venez avec nous. Nous dirons que vous nous avez sauvés.

— …

— Ça n'a plus aucun sens, maintenant, Joma. D'ailleurs, ça n'en a jamais eu. Si vous preniez un peu de recul, vous verriez que ce que vous faites est aberrant. Pourquoi nous retenez-vous si loin de chez nous, si loin de chez vous ? Que nous reprochez-vous ? D'avoir croisé votre chemin ? Nous ne vous avons fait aucun mal. Je suis africain d'adoption, et le docteur Krausmann est dans l'humanitaire. Vous rendez-vous compte ? Dans l'humanitaire !… Joma, pour l'amour du ciel, laissez-nous partir. Le capitaine Gerima n'est qu'un escroc, et vous le savez. Les soldats de son espèce ne font pas la guerre, ils font leur beurre. Ils n'ont pas plus d'idéal que de principes. Ils marcheraient sur le corps de leur mère pour une pièce de monnaie… Gerima se sert de vos frustrations. Il vous manipule. Je suis certain qu'il a largué ses hommes dans la nature avant de se tirer avec le pactole. Vos camarades l'ont compris. C'est pour ça qu'ils sont partis.

Joma pivote sur ses talons, fonce sur Bruno et lui balance un coup de pied dans le ventre qui le plie en deux. Le souffle coupé, le Français tombe sur le flanc, les yeux exorbités de douleur.

— Mes camarades sont partis à cause de toi, salopard ! lui dit Joma en lui crachant dessus.

Je suis horrifié par ce personnage. Il cognerait mille fois que j'en serais écœuré et indigné de la même façon. Mon rapport à Joma a pris un caractère strictement personnel : je le hais, je le hais pour ce qu'il représente à mes yeux : un monstre à l'état brut, droit sorti de la gangue originelle, avec la violence instinctive des toutes premières frayeurs et des toutes premières hostilités ; un grand diable taillé dans un bloc de granit et ne pouvant prétendre à un aspect autre que celui de sa brutalité ; sa corpulence, ses gestes, sa voix, sa mégalomanie, sa susceptibilité d'urticaire, tout en lui transpire le meurtre. Je le hais pour l'outrage qu'il fait au bon sens, pour le fiel qu'il a réussi à m'inoculer tel un venin avilissant car, à mon tour, j'ai le sentiment qu'à force de le subir je finirai par lui ressembler. Je constate, à mon immense peine de médecin dénaturé, que l'un de nous deux serait de trop sur terre, que le monde ne saurait réunir en même temps et au même endroit deux êtres que tout sépare et que rien ne paraît en mesure de réconcilier.

Joma lit dans mes pensées. L'animosité qu'il provoque en moi lui insuffle une obscure vanité, à croire qu'il puise l'essentiel de sa satisfaction dans le dégoût qu'il m'inspire.

— Tu veux ma photo ? me lance-t-il.

Je ne réponds pas.

Il émet un hoquet nasillard, plein de dédain, me repousse de son pied et grogne :

— Dans l'humanitaire ? Il ne manquait plus que ça. Toi, le blondinet au visage de fille qui mate son temps dans une Rolex et qui tente de le dépasser à bord d'une Porsche, tu es dans l'humanitaire ? Toi, le fils-à-maman hypocondriaque et raciste qui désinfecterait le trottoir s'il venait à apprendre qu'un bamboula l'a emprunté avant lui, tu veux me faire croire que la misère du monde t'indispose au point de renoncer à ton petit confort pour partager le martyre des nègres aux ventres ballonnés ?

— Vous ne pensez pas ce que vous dites, lui fais-je.

— J'ai cessé de penser le jour où j'ai compris qu'un coup de fusil porte plus loin que n'importe quelle bonne parole.

— C'est peut-être ça, votre problème, monsieur.

— Ah oui ?

— Parfaitement… Je ne suis pas raciste, je suis médecin. Quand j'ausculte un patient, je n'ai pas le temps de m'attarder sur la couleur de sa peau…

— Arrête, tu vas me fendre le cœur… Des gars dans ton genre se javellisent les yeux dès qu'ils croisent un mendiant sur leur chemin. Tu n'es qu'un raciste de merde qui vient renifler nos charniers au nom d'une sacro-sainte charité chrétienne qui n'a pas plus d'odeur de sainteté qu'un trou du cul.

— Je ne vous autorise pas à me traiter de raciste. Je vous l'interdis.

— Tu vois ? me fait-il remarquer. Même sous ma coupe, tu crois pouvoir me donner des ordres. Tu es à ma merci, totalement à ma merci, et tu t'attends à ce que je demande TA permission pour t'abattre comme un chien…

Il dodeline de la tête et maugrée, avant d'aller vérifier dans sa chambre s'il n'avait rien oublié :

— Ces satanés Blancs ! Toujours ivres d'eux-mêmes. On mettrait de l'eau bénite dans leur vin qu'ils ne dessoûleraient pas.

La vallée décline en pente douce sur une trentaine de kilomètres avant de buter contre une chaîne de montagnes rocheuses que l'érosion s'attelle à tailler en pièces. Ce ne sont pas vraiment des montagnes, cependant, en fonction de la platitude traumatisante alentour, la moindre éminence prend une envergure dix fois plus importante que ses mesures réelles, comme si, en ce paysage tombal, chaque jalon avait besoin d'exagérer sa dimension pour ne pas disparaître à jamais. Cela fait quatre heures que Joma nous promène à travers un univers minéral, quasi lunaire, et pas un instant je n'ai eu le sentiment que nous allions en sortir. Les mêmes rochers succèdent aux mêmes pistes, le même sol assoiffé se prolonge dans les mêmes lits de rivières mortes, et toujours ce soleil en rut déversant ses coulées de lave sur nos têtes. La poussière statique confère à l'horizon quelque chose de vain et de définitif à la fois – une sorte d'arrêt sur image de fin du monde.

Adossé contre le sac marin, les jambes collées au plancher à l'arrière du pick-up, je regarde tourner le manège de la décomposition en réalisant que plus rien ne m'interpelle. Je n'éprouve même pas le besoin d'imaginer ce qui m'attend. Je commence à comprendre pourquoi, dans certains films de guerre, des héros, après avoir repoussé les assauts ennemis et combattu vaillamment des jours et des nuits, surgissent soudain de leur abri pour s'exposer aux feux nourris des assaillants… De toutes les façons, j'ignore comment ça fonctionne dans la tête de nos ravisseurs. Je ne connais ni leur mentalité ni leur conception des rapports humains. J'ai beau tenter de percer le mécanisme de la pensée de Joma par exemple, c'est comme si je m'évertuais à déchiffrer les cryptogrammes d'un ouvrage ésotérique. « Ces gens sont de notre époque, mais d'un autre âge », m'avait averti Hans. J'avais refusé de le croire, au début. Mon éducation et ma culture m'avaient enseigné qu'avec un minimum de sobriété, on pouvait venir à bout de n'importe quel malentendu. Or, la sobriété, chez ces énergumènes, n'a pas cours, et je ne vois pas comment leur faire entendre raison.

Bruno saigne du nez. Une secousse l'a projeté contre la ridelle et l'a à moitié assommé. J'ai crié à Joma de conduire avec plus d'attention, et Joma a multiplié exprès les maladresses pour me signifier à quel point il se fichait de notre sort, à l'arrière. À côté de lui, Blackmoon se tait. Il n'a pas dit un mot depuis que nous avons quitté le cantonnement. Il regarde mais ne s'intéresse à rien, écoute mais n'entend pas. Quelque chose le travaille. Il est dans ses pensées comme dans un bourbier. Lorsque Blackmoon affiche profil bas, c'est qu'il est en train de se ramasser pour rebondir. Son silence est une subversion ; il est le calme qui précède la tempête. Il y a un contraste pathétique entre le garçon instable des premières semaines et celui qui est assis dans la cabine, et cela ne me dit rien qui vaille.

Vers midi, nous marquons une halte au cœur d'un embrouillamini de côtes éventrées et d'arbustes rachitiques. Je suis soulagé de retrouver la douceur du sable après le gril du plancher. Bruno, qui ne peut s'essuyer à cause de ses poignets attachés dans le dos, a du sang sur la barbe et sur la moitié de sa chemise. Il se laisse choir à côté de moi tandis que Joma, debout au sommet d'une crête, scrute les parages avec ses jumelles. Accroupi non loin du pick-up, Blackmoon, le sabre fiché dans le sable, essuie laborieusement ses lunettes sans verres avec son chèche.

Joma dévale la colline, gravite autour du véhicule, le menton entre le pouce et l'index ; il réfléchit. Lorsqu'il s'aperçoit que nous sommes en train de l'observer, il nous adresse un bras d'honneur et remonte sur la crête.

— Je crois que notre Goliath s'est planté, me dit Bruno.

— C'est aussi mon avis. Nous sommes déjà passés par ici. Le rocher en forme de jarre, là-bas, avec ses anses, je suis certain de l'avoir aperçu il y a moins de deux heures.

— C'est exact. On est passés dans le sens inverse.

Joma redescend de la crête, déplie une vieille carte sur le capot du pick-up et se met à chercher des repères pour se situer. Au bout d'un exercice infructueux, il cogne sur le capot en signe de dépit.

Nous rebroussons chemin sur des dizaines de kilomètres avant d'atteindre une gigantesque falaise donnant sur une plaine scarifiée de liserés de brousse. Au loin, un troupeau d'antilopes s'enfuit, traqué par un prédateur. Joma se range sur le bord du précipice, ressort sa carte et se remet à chercher des points de repères. Un piémont anthracite au sud le tarabuste. Joma vérifie sur sa carte les coordonnées du site, les compare avec la configuration du relief, s'oriente à l'aide d'une boussole ; ses traits se décontractent, et nous comprenons qu'il a retrouvé ses marques.

Nous effectuons une pause à l'ombre d'un acacia solitaire. Le soleil entame sa déclinaison. Blackmoon nous détache pour que nous puissions manger les tranches de viande séchée qu'il nous propose dans du papier d'emballage et va s'installer à mi-chemin entre le véhicule où se tient Joma et nous.

— Tu te fais désirer ou quoi ? lui lance Joma. Viens un peu par ici.

Blackmoon se lève à contrecœur et rejoint son chef.

Ce dernier lui tend une boîte de conserve et une gourde métallique.

— Qu'est-ce qu'il y a ?

Blackmoon hausse les épaules.

— D'habitude, même lorsque tu n'as rien à dire, tu radotes.

Blackmoon porte la gourde à sa bouche pour ne pas répondre. Joma brandit un coutelas, taille un bout de chair dans sa tranche de viande séchée et mord dedans sans quitter des yeux son subalterne. Il se met à lui parler dans un patois que Bruno me traduit simultanément :

— Pourquoi tu ne dis rien ?

— Je suis obligé ?

— Je n'aime pas ton silence, Chaolo. Dois-je comprendre que tu as des trucs à me reprocher et que tu n'oses pas crever l'abcès ?

— Quel abcès ?

— Justement. C'est quoi, le problème ?

— Je ne vois pas de quoi tu parles.

— Sans blague !

Blackmoon se détourne pour ne pas devoir subir longtemps le regard inquisiteur du colosse. Mais il sait que Joma attend des explications et qu'il ne le lâchera pas avant de les obtenir.

— Alors ? persiste le colosse.

— De toutes les façons, tu ne m'écouteras pas.

— Je ne suis pas sourd.

— Non, je refuse d'entrer en conflit avec toi.

— C'est donc si grave que ça ?

— S'il te plaît, Joma, laisse tomber. Je ne suis pas d'humeur.

— Essaie toujours. Je ne vais pas te manger.

Blackmoon fait non de la tête :

— Tu vas t'énerver, et après, tu vas me soûler avec tes théories.

— Tu vas cracher le morceau, oui ou merde ? tonne le colosse dans une giclée de bave.

— Tu vois ? Je n'ai encore rien dit, et déjà tu rues dans les brancards.

Joma pose son repas par terre et dévisage son subordonné, les pommettes tressautant de colère.

— Puisque je te dis que je t'écoute…

Blackmoon rentre la tête dans les épaules, inspire et expire, pareil à un boxeur sur son tabouret à l'issue d'un round éprouvant. Il lève les yeux sur son chef, les rabaisse puis les soulève comme on soulève un fardeau. Après avoir rassemblé et son souffle et son courage, il dit :

— Tu es l'instituteur que j'ai toujours rêvé d'avoir, Joma. Je n'ai pas été ton boy, j'ai été ton élève. Mais l'école que tu m'imposes ne me convient pas.

— Tu ne peux pas être plus clair ?

— Je ne t'ai jamais rien refusé, Joma. Je t'aime plus que mon père et ma mère. Pour toi, j'ai laissé tomber ma famille, mon village, tout…

— Abrège, s'il te plaît.

— Laissons-les partir !

Un couperet n'aurait pas tranché le débat avec une aussi troublante netteté. Joma en manque d'avaler de travers. Éberlué par la sortie de son boy, il cille plusieurs fois pour s'assurer qu'il a bien entendu. Jetant un rapide coup d'œil de notre côté, il se rend compte que la proposition de Blackmoon ne nous a pas échappé ; il saisit son boy par le col et l'attire vers lui :

— Qu'est-ce que tu me chantes là ?

Blackmoon commence d'abord par desserrer les doigts autour de son cou. Avec calme. Ensuite, il s'éponge le front dans son chèche et entreprend de soutenir le regard incandescent du colosse.

— Je ne veux plus porter la main sur personne, Joma. J'en ai marre. Je veux rentrer chez moi. Ces histoires de révolution, et de justice, et de je ne sais plus quoi, ça ne m'emballe plus. Je n'y crois pas. Ça fait des années qu'on court à droite à gauche, et je ne vois toujours pas le bout du tunnel. Et puis, qu'est-ce que ça a changé, depuis le temps qu'on joue aux rebelles ? Que dalle. Et tu sais pourquoi ? Parce qu'il n'y a rien à changer. Le monde est ce qu'il est, et personne n'est le bon Dieu pour y remédier.

Joma est abasourdi. Au bout d'un long silence, il lui dit :

— C'est vrai, p'tit gars. Tu faisais mieux de te taire…

Nous reprenons la route sitôt le repas terminé. C'est Joma lui-même qui nous a attachés les mains derrière le dos, comme s'il se méfiait de son boy. Bien sûr, il ne s'est pas trop attardé sur la sortie de ce dernier. Pour lui, il ne s'agit que de mots en l'air balancés par un gamin dépassé par la tournure que prennent les événements. Toutefois, cela l'a mis un tantinet mal à l'aise. Durant le trajet, il n'a plus adressé la parole à son boy, mais il a continué de le surveiller du coin de l'œil.

Vers la fin de l'après-midi, une crevaison manque de nous catapulter contre un rocher. Le pick-up a dérapé, et le coup de volant brutal que lui a donné Joma l'a envoyé valdinguer sur plusieurs mètres. Bruno et moi avons failli passer par-dessus bord.

Joma nous fait descendre à terre et ordonne à Black-moon de lui apporter la roue de secours et le cric.

Après s'être débarrassé de son gilet de chasse, il s'accroupit pour déboulonner les écrous de la jante. Il retire le pneu crevé, le remplace, actionne le cric et, au moment où il remet les écrous, Blackmoon tranche d'un coup de sabre les cordelettes avec lesquelles nous sommes ligotés, Bruno et moi. Ce geste nous surprend et nous terrifie à la fois. De toute évidence, les choses vont immanquablement dégénérer. Blackmoon, lui, affiche une sérénité implacable. Il n'a pas l'air de mesurer la portée de son acte et semble se moquer des conséquences que cela provoquerait.

— Ce n'est pas encore l'heure du goûter, braille Joma. Rattache-moi ces andouilles, et que ça saute.

Blackmoon s'interpose entre son chef et nous, impavide :

— Laissons-les partir et rentrons chez nous, dit-il.

Joma jette la roue abîmée à l'arrière du pick-up, ramasse le cric, le range dans un boîtier en fer soudé au marchepied, essuie ses mains maculées de cambouis dans un torchon et enfile son gilet. Pendant tout ce temps, il ne nous a pas accordé un seul regard.

— Tu vas arrêter ton cirque, Chaolo.

— Pourquoi tu ne veux pas m'écouter ?

— Chaolo, tu es en train de dépasser les bornes, lui signale le colosse d'une voix traînante comme s'il s'adressait à un galopin.

— Ces types ne nous ont rien fait.

— Chaolo…

Blackmoon nous fait signe de partir. Ni Bruno ni moi ne bronchons. Partir où ? Partir comment ? Nous sommes au beau milieu de nulle part, et cette histoire a toutes les chances de nous coûter cher maintenant que nos deux ravisseurs ne s'entendent plus. Une sueur froide dégringole dans mon dos. Bruno est livide. Ses yeux luisent de terreur.

— Tu m'as appris un tas de théories, dit Blackmoon sur un ton monocorde. Tu me disais pourquoi certaines choses étaient justes, et d'autres pas, et moi, je buvais tes paroles comme de l'eau bénite. Mais tu fais tout le contraire de ce que tu m'as enseigné, Joma. Je t'ai connu sensé, et tu es devenu mauvais. Tu cognes et tu rugis, et tu me fais flipper chaque jour un peu plus. J'ai pensé que la guerre était une saloperie, et que c'est elle qui rendait les gens chiants. Et j'ai dit que ça allait se tasser, et qu'un de ces quat', quand on aurait fait le tour des questions qui fâchent, on rentrerait chez nous. Sauf que tu n'as pas l'air de vouloir rentrer au village ni de redevenir quelqu'un de raisonnable. Comme avant. Tu te souviens ? On était bien, avant. On ne demandait pas la lune, et un rien nous comblait. Vois-tu ? Ce rien me manque aujourd'hui.

— Chaolo !

— Tu n'as pas eu de veine, et je comprends. Je comprends que c'est pas facile de rester quelqu'un de bien après ce qui t'est arrivé, mais on est allés trop loin. Et je ne peux plus te suivre, Joma. Parce que je ne sais pas où tu m'emmènes. Quand je regarde derrière moi, je ne vois rien de ce que nous avons été, toi et moi. Je ne suis pas fier du chemin qu'on a parcouru. Même tes livres, ils ne sentent plus bon… Je t'ai écouté toute ma vie. Maintenant, c'est à toi de m'écouter. J'ai pas de grands mots pour te convaincre ni ton instruction, mais je veux que tu saches que mon affection pour toi est intacte et que c'est parce que j'y tiens que je ne suis plus d'accord avec toi.

— Ça suffit, maintenant.

— Ce qui est arrivé à Fatamou, ce n'est pas à cause de ces deux gars.

Joma pousse un cri d'une rare sauvagerie et se rue sur son boy. Ne s'attendant pas à une réaction aussi fulgurante, Blackmoon reçoit le poing de son chef en pleine figure. La force du coup l'envoie planer ; il tombe à la renverse, se redresse à moitié, grimaçant d'une douleur atroce, et s'effondre, le souffle coupé. En une fraction de seconde, son visage se décompose, devient cireux. Sonné, il commence par chercher à tâtons ses lunettes, les trouve cassées en deux, les ramasse d'une main fiévreuse et les montre au colosse, la mort dans l'âme :

— Regarde ce que tu as fait de mes lunettes, Joma.

— Je t'interdis de parler de ma vie privée.

Blackmoon contemple ses lunettes comme on contemple un désastre.

— Debout ! lui hurle Joma. Et ligote-moi ces chiens.

Blackmoon tente de se relever ; aucun de ses muscles ne répond. L'expression, sur son visage, est anormale. On dirait que ses traits ont fondu, que la lueur au fond de ses prunelles est en train de s'éteindre. Un flux de sang envahit sa bouche et se met à pendouiller sur son menton en filaments élastiques. Soudain, une flaque rouge se déclare sous son flanc et commence à s'élargir sur le sol. Alors seulement Joma comprend la gravité de la situation. Il court vers son boy. À peine l'a-t-il touché que Blackmoon pousse un râle inhumain. En le retournant sur le côté, Joma constate que son protégé, en tombant à la renverse, s'est empalé sur son sabre.

— Seigneur, s'exclame le géant, c'est quoi ce bordel ?...

Il serre son boy contre lui, très fort, lui parle pour le tenir éveillé, le supplie de s'accrocher. Mais il s'aperçoit que c'est peine perdue. Accablé de remords et de chagrin, Joma se tourne vers le ciel, l'implore tout en secouant le corps frêle en train de se vider de son sang dans des spasmes effrénés… et là, sous nos yeux, la brute qui se voulait aussi dépourvue de compassion qu'un concasseur s'affaisse lourdement et se met à sangloter comme un gamin.

Blackmoon nous fixe par-dessus l'épaule de son chef puis, lentement, son regard bascule et son cou se ramollit ; il vient de rendre l'âme.

Joma continue de serrer son boy contre lui et de le bercer. Ses pleurs se répandent à travers la plaine, ricochent sur les rochers, tourbillonnent dans les airs…

Bruno court vers le pick-up et revient armé du fusil qui était accroché à l'intérieur de la cabine.

— Je suis désolé, dit-il au géant éploré, nos chemins se séparent ici.

Les joues ruisselantes de larmes, Joma repose avec d'infinies précautions son boy par terre et se tourne vers nous.

— Je vous en supplie, poursuit Bruno, ne m'obligez pas à tirer. Prenez ce dont vous avez besoin dans la voiture et laissez-nous partir.

Joma se mouche sur son poignet en se relevant. Jamais il ne m'a paru aussi énorme. Ses narines papillonnent d'une haine à son paroxysme. Bruno recule. Il a peur, mais il refuse de céder à la panique.

— Vas-y, tire, le provoque le colosse, qu'est-ce que tu attends ? Montre-moi ce que tu as dans le ventre, couille molle. Du cran, putain ! Tire…

— Je n'ai jamais fait de mal à personne, Joma. Laissez-nous partir.

— Qu'est-ce qui t'en empêche ? Les armes sont de ton côté, maintenant.

Il porte sa main à son ceinturon, extirpe son pistolet et le jette par terre. Ensuite, il écarte les bras et se met bien en face de Bruno :

— Et surtout, vise bien, car, moi, je ne te raterai pas.

Il avance d'un pas, d'un deuxième, un troisième... Bruno a beau reculer, il est vite rattrapé par le géant. Pétrifié dans mon coin, je suis complètement dépassé. Bien que Bruno se laisse envahir par le doute, je ne peux ni l'assister ni le rejoindre. Joma passe à côté de moi ; il ne me voit même pas, il n'a d'yeux que pour le Français. Bruno est tétanisé ; le colosse n'est plus qu'à deux mètres, et aucun coup de feu ne retentit. Brusquement, tel un éclair, Joma balaie le fusil d'une main et saisit de l'autre la gorge du Français. Suspendu au bout du bras du géant, Bruno se met à pédaler désespérément dans le vide. Il est jeté au sol. Joma serre de toutes ses forces, appuie de tout son poids sur le cou du Français. Ce dernier se débat, se contorsionne, cogne ; ses talons dessinent d'innombrables éraflures dans la poussière. Un moment, son regard rencontre le mien, et j'y lis l'horreur à l'état brut. Bientôt, ses poings se replient sur sa poitrine, vaincus, et une tache humide suinte sur le fond de son pantalon : Bruno est en train de mourir ; Joma le sait et attend de cueillir son âme comme un fruit... Le coup part ! Un tonnerre de dieu n'aurait pas déclenché autant de boucan. La détonation m'ébranle de la tête aux pieds. Pendant plusieurs secondes, je reste hébété. Joma s'arc-boute sous l'impact. D'abord incrédule, il lâche la gorge de Bruno pour porter sa main à son cou. Lorsqu'il voit le sang gicler entre ses doigts, il se tourne vers moi puis, après m'avoir dévisagé avec une étrange jubilation, il me dit, tandis que sa bouche se remplit de sang :

— Je suis fier de toi. Maintenant, tu es un Africain à part entière.

Et il s'affaisse sur le côté, les prunelles vitreuses et les traits figés à jamais.

C'est alors que je découvre un pistolet dans mon poing.

La suite, je ne m'en souviens pas.

Je sais seulement que Bruno et moi avons sauté dans le pick-up et que nous avons roulé, roulé, roulé jusqu'à ce que la nuit nous absorbe comme un buvard.

8

L'aube se lève. Telle une prière inutile sur un désert sourd, misérable et nu. Épaves oubliées par une mer volatilisée depuis des millénaires, quelques rochers s'effritent dans la poussière ; çà et là, enguirlandés de coloquintes vénéneuses, de maigres bras de broussailles soulignent les berges de jadis sur lesquelles des acacias solitaires se sont crucifiés puis, plus rien – rien de ce que l'on espère entrevoir –, ni caravane providentielle, ni cahute salutaire, pas même la trace d'un bivouac. Le désert est d'une perversité !... C'est un code piégé, le désert, un dédale souverain et fourbe où les témérités courent à leur perte, où les distraits s'évanouissent parmi les mirages plus vite qu'une feinte, où pas un saint patron ne répondrait aux appels du naufragé afin de ne pas se couvrir de ridicule ; un territoire d'échec et d'adjuration, un chemin de croix qui n'a de cesse de se ramifier, un envers du décor où l'entêtement se mue en obsession et la foi en folie. Ci-gît la vanité de toute chose en ce monde, semble clamer la nudité des pierres et des perspectives. Car, ici, tout retourne à la poussière, les montagnes taciturnes et les forêts luxuriantes, les paradis perdus comme les empires bâclés, jusqu'au règne claironnant des hommes... Ici, en ces immensités reniées des dieux, viennent abdiquer les tornades et mourir les vents bredouilles à la manière des vagues sur les plages sauvages puisque seule la course inexorable des âges est invincibilité et certitude. Au loin, très loin, là où la terre commence à s'arrondir, l'horizon se tient immobile, piètre et livide, comme si la nuit l'avait tenu en haleine jusqu'au matin… Moi, non plus, je n'ai pas fermé l'œil. Perclus sur mon siège au fond de la cabine. Les tempes retentissantes de déflagrations. Aussi misérable que le désert. Comment prétendre à un semblant de sommeil alors que je n'arrive pas à réaliser ce que j'ai commis ? J'ai essayé de reconstituer mentalement ce qui s'est passé et je n'ai réussi qu'à m'embrouiller. Comment le pistolet de Joma s'était-il retrouvé dans mon poing ? Je n'en sais fichtre rien. Mon subconscient a carrément fait l'impasse sur le laps de temps compris entre un Bruno en train de périr et le coup de feu ; un blanc s'est intercalé au milieu de mes souvenirs et demeure suspendu par-dessus le gouffre dans lequel mon être s'est précipité. Moi, docteur Kurt Krausmann, qui de ma vie n'ai pas touché à une arme, je viens de tuer un homme ! Les raisons qui m'ont poussé à cette extrémité ne comptent pas. J'ai tué un homme ; il n'y a que cela qui importe, et il va me falloir vivre avec le restant de mes jours. Bruno a tenté de me raisonner une bonne partie de la nuit. Ses mots ne m'ont pas atteint ; je ne les assimilais pas. Il m'avait montré les contusions noirâtres sur son cou, juré que sans mon intervention, il serait mort, et moi aussi ; cependant la maudite détonation retentissait sans arrêt en moi tel un pendule défonçant un mur ! Je ne voyais que les yeux exorbités de Joma et sa bouche dégoulinante de sang. Combien de fois suis-je descendu du pick-up pour vomir ? J'en ai la gorge écorchée et le ventre retourné. Bruno m'a promis qu'il aurait agi de même, qu'il n'y avait rien d'autre à faire. Certes, il n'y avait rien d'autre à faire, mais j'ai tué un homme et j'ignore comment cohabiter avec ce drame auquel je me croyais culturellement étranger.

Je sors de la cabine, emmitouflé dans un drap. Je grelotte, malgré la fournaise. Mes articulations sont criblées de décharges électriques. Je n'ai rien mangé depuis hier, et les vomissements ont essoré mes entrailles. L'endroit où nous avons atterri ne me dit rien qui vaille. C'est un coin anonyme, hérissé de collines squelettiques avec une brume miteuse en guise de toile de fond. Bruno est accroupi près d'un feu de bois et surveille une minuscule cafetière au couvercle tintinnabulant. Attifé d'un survêtement marron trop large pour son corps amaigri (qu'il a dû trouver dans le sac marin), il taquine les braises à l'aide d'une branche. Il se tourne vers moi et me dit bonjour d'une voix aphone. Je m'assois sur un monceau de sable, près du feu. Un varan se dresse au sommet d'une dune, hautain et méfiant, nous observe et s'éclipse. De minces zébrures sur le sol trahissent le passage récent d'un serpent. Deux rapaces tournoient dans le ciel ; leurs cris perçants semblent jaillir d'une sarbacane. Le monde farouche ne nous lâche pas d'une semelle, agrippé à nos trousses, fourbe et implacable.

Bruno me tend un gobelet en fonte et des biscottes. Le café est brûlant. Il me fait du bien. Je ne touche pas aux biscottes.

— Comment vous sentez-vous ? me demande le Français en appuyant la main sur sa gorge ravagée.

Je ne réponds pas.

Bruno avale son breuvage et se rend dans le pick-up.

Il sort la carte de Joma, l'étale sur le capot, ne parvient pas à se positionner. Il m'apprend que nous disposons de cent litres de carburant dans les jerricanes, d'une trentaine de litres d'eau potable et de quoi manger pendant une semaine. Comme il n'a pas la moindre idée de l'endroit où nous nous trouvons, il me suggère de rester où nous sommes, le temps de réfléchir à la façon de gérer notre liberté si soudaine et brutale. Le site que nous occupons domine la plaine et nous avons une vue dégagée sur 360°. Si un véhicule ou un cha-melier venait à se manifester dans les parages, nous pourrions l'identifier à l'aide des jumelles et éviter ainsi les mauvaises rencontres. Qui sait ? Quelqu'un pourrait nous tomber du ciel et nous sortir de ce laby-rinthe de cailloux et de sable.

Je ne vois pas d'inconvénients quant à la proposi-tion de Bruno. En vérité, je suis trop dispersé dans mon esprit pour trouver meilleure suggestion.

Bruno commence par recenser les affaires que nous transportons à l'arrière du pick-up. Dans le sac marin, nous trouvons deux tenues militaires, une paire de godasses, des gilets de corps, un chèche, une demi-douzaine de chargeurs de kalachnikov garnis reliés par paires avec du sparadrap, des livres encyclopé-diques sur la poésie européenne, un caleçon neuf, des chaussettes de sport et une pile de foulards rouges dans leur emballage d'origine. Dans les sacs à dos, Joma avait jeté pêle-mêle boîtes de conserve, casse-roles, paquets de pain de guerre et de biscottes, viande séchée, boîtiers de munitions, grenades défensives, bougies, boîtes d'allumettes, un réchaud à pétrole, un sachet de café, du sucre en poudre et une lampe de poche. Je cherche ma montre, ma bague et mes objets confisqués sur le voilier ; rien. Bruno attrape le cartable à sangles, l'ouvre en forçant un petit cadenas. À l'intérieur, au milieu d'une paperasse diverse, dont des feuillets sillonnés d'écritures tortueuses et de ratures, nous trouvons un passeport de Joma, une carte d'identité indéchiffrable, des coupures de presse soigneusement rangées dans des pochettes en plastique, une maigre liasse de billets de banque, une photo de mariage floue et... un livre qui nous estomaque !... C'est un petit recueil de poèmes dont la couverture serait d'une lamentable banalité si le visage de Joma ne l'occupait pas d'un bout à l'autre.

Le titre de l'ouvrage et le nom de l'auteur sont soulignés en rouge :

Black Moon,
by Joma Baba-Sy

— Wahou ! fait Bruno.

Je lui arrache le livre des mains. Sur le texte en quatrième de couverture, on lit : *Tailleur de son état, Joma Baba-Sy est aussi un brodeur de vers et un écorché vif aux coups de gueule sublimes sommant l'Afrique de se réveiller.* Black Moon *est son premier ouvrage ; il annonce d'ores et déjà le ton d'un poète authentique qui, à coup sûr, ne tardera pas à marquer de sa griffe singulière la littérature de notre continent. À signaler que Joma Baba-Sy a obtenu le Prix national des Lettres, le Prix Léopold-Senghor et le trophée de la Meilleure poésie engagée.*

— Cette brute était un poète, halète le Français.

De nouveau, mes membres se glacent. Je me serre dans mon drap et vais m'effondrer sur la dune, face au soleil. J'ai envie de regarder sans voir le désert, de me taire et de ne penser à rien.

Le soleil a chassé la brume, et on peut voir à l'infini. Les quelques nuages poisseux qui s'étaient aventurés dans le ciel se sont désagrégés, ne laissant dans leur sillage qu'un suaire filandreux et fragile. Nous avons usé nos paupières sur les jumelles, traqué le moindre reflet ; par moments, nous croyons voir surgir de nulle part un convoi ou un groupe de nomades ; ce ne sont que les miroitements des mirages. Vers la fin de la matinée, nous avons assisté à une terrible raclée infligée par trois chacals à un chien errant. La pauvre bête isolée s'est battue avec une rare vaillance, mais ses assaillants, plus rusés qu'affamés, ont fini par la déchiqueter. Une fois leur sale besogne terminée, les trois chacals ont emprunté un lit de rivière et ont disparu.

Nous avons mangé, bu du café et nous avons repris nos postes d'observation. Le siège du désert se veut immuable… Tard dans l'après-midi, je commence à montrer des signes de nervosité. Bruno admet qu'attendre le miracle n'était pas une aussi bonne idée que ça. Nous mettons le cap sur le nord. Et quel soulagement lorsque, après une heure de route, nous apercevons des taudis. D'un coup, la lumière au bout de notre tunnel s'est faite jour. Bruno freine net, saisi d'une fébrilité extatique. Il se frotte les yeux et ne descend du véhicule qu'une fois assuré qu'il n'hallucinait pas. Je le rejoins sur un monticule, impatient de lui reprendre les jumelles.

— Il y a quelqu'un, là-bas, s'exclame-t-il, le bras tendu vers le hameau.

Une silhouette arpente la place du lieu-dit, un chien aux talons, passe d'un taudis à l'autre en se penchant pour ramasser des choses. Il s'agit d'un homme. Il est seul. Le hameau paraît inhabité. Bruno me reprend les jumelles et balaie chaque recoin, à l'affût du traquenard. Aucun signe alarmant. L'homme vaque à ses occupations, tranquillement. Nous décidons de tenter notre chance.

Au fur et à mesure que nous nous approchons des taudis, des masses couchées par terre attirent notre attention. Le ronflement du pick-up n'interpelle pas l'homme ; ce dernier continue de ramasser des choses sans nous accorder d'attention. Les taudis ont leurs portes grandes ouvertes, mais rien ne remue à l'intérieur. Ni enfants ni femmes. Les masses couchées dans la poussière sont des bêtes, et elles ne se relèvent pas. Il y a deux ânes effondrés sur la place, des chèvres gisant au milieu d'un enclos, un dromadaire foudroyé dans son auge et des chiens désarticulés par endroits. Tous ces animaux sont morts.

— Le malheur est passé par là, craint Bruno.

L'homme est en train de ramasser des branches et des feuillages sur la place. Ses bras sont encombrés de fagots. Il ne nous a pas encore remarqués, malgré le vacarme de notre véhicule ; peut-être nous ignore-t-il. Le chien, qui s'est enfui en nous entendant arriver, revient vers son maître, sans trop l'approcher, prêt à déguerpir de nouveau. Il me fait une drôle d'impression, avec ses oreilles rabattues et sa queue repliée entre ses pattes de derrière ; il paraît en état de choc.

Nous rangeons le pick-up à l'entrée du hameau et mettons pied à terre, aux aguets. Les bêtes gisent dans des mares de sang. Il y a des traces de sang un peu partout, certaines décrivant le parcours de corps que l'on a traînés. Des douilles de balles étincellent parmi les cailloux. L'homme se dirige sur une paillote, d'un pas somnambulique, y dépose ses fardeaux et retourne récupérer le branchage qui délimite l'enclos où les chèvres ont été tuées. Bruno lui dit quelque chose dans un dialecte africain ; l'homme ne l'entend pas. C'est un vieillard cacochyme au dos voûté et au crâne chenu, maigre et sec comme un clou. Son visage est taillé au burin, avec des joues creuses qui font saillir ses pommettes. Son regard absent semble englouti par le blanc caillé de ses yeux ombrés.

Un bourdonnement atroce émane de la paillote où des milliers de mouches surexcitées assiègent des cadavres humains ; on voit des jambes, des bras, des corps d'enfants et de femmes entassés les uns sur les autres, certains sont nus et zébrés de plaies ouvertes. Paralysés par le spectacle, nous sommes aussitôt submergés par d'abominables odeurs de putréfaction que le foulard sur nos figures ne suffit pas à minimiser.

— J'ai vu un tas de massacres dans ma vie, déplore Bruno avec un chagrin mêlé d'écœurement, et chaque fois, j'en suis malade.

— Tu penses que ce sont les hommes de Gerima ?

— Je ne vois pas de traces de pneus sur le sol. (Il me montre des crottes de chevaux et une multitude d'empreintes de sabots dans le sable.) Ces pauvres diables ont été attaqués par des cavaliers. Il y a pas mal de hordes criminelles qui opèrent ainsi. Elles déciment les familles isolées qui ont le malheur de se trouver sur leur chemin.

— Je ne comprends pas comment ça tourne dans la tête de ces monstres.

— Le poisson rouge ne peut ramener la complexité des océans à la quiétude de son bocal, docteur Krausmann, me fait-il avec une pointe de reproche.

— Je ne vis pas sur une autre planète, lui rétorqué-je, exaspéré par ses incessantes insinuations qu'il a le toupet de me décocher après ce que je viens d'endurer.

— Le poisson rouge, non plus. Mais que connaît-il aux tempêtes ?… Le monde est devenu daltonien. Pour les uns comme pour les autres, ou tout est noir ou tout est blanc, et aucun ne daigne faire la part des choses. Le Bien et le Mal, c'est de l'histoire ancienne. Désormais, il est question de prédateurs et de proies. Les premiers sont obsédés par l'extension de leur espace vital, les seconds par leur survivance.

— Vous êtes resté trop longtemps en Afrique, Bruno.

— C'est quoi l'Afrique, ou l'Asie ou l'Amérique ? grogne-t-il, dégoûté. Du pareil au même. Bordel ou maison close, c'est l'âme qui les habite qui détermine leur vocation. Que l'on dise que « ça pue » ou que « ça schlingue », ça ne change rien à l'air ambiant. Le pôle Sud n'est que le pôle Nord avec les quatre fers en l'air, et l'Occident n'est que l'Orient d'en face. Et savez-vous pourquoi, monsieur Krausmann ? Parce qu'il n'y a plus de nuances. Et lorsqu'il n'y a plus de nuances, n'importe qui peut rationaliser n'importe quoi, y compris la barbarie la plus abjecte.

Le soir commence à tomber. Le vieillard a fini sa corvée de bois. Il passe et repasse devant nous en nous ignorant. Une seule fois, il a levé une main péremptoire, interrompant net Bruno qui a cherché à lui venir en aide, et il a attendu que le Français se retire pour reprendre le ramassage des branches ; à aucun moment son regard ne nous a effleurés. Cela fait une demi-heure que nous espérons qu'il nous consacre une minute. Nous avons besoin de savoir dans quel pays nous sommes, s'il y a une ville non loin d'ici, ou une caserne, enfin des gens susceptibles de nous prendre en charge. Bruno a tenté de parler au vieillard, en veillant à ne pas le bousculer ; c'est comme s'il s'adressait à un djinn ; on aurait juré qu'ils se traversaient mutuellement de part et d'autre dans un ballet d'ombres chinoises. Le vieillard serait-il sourd et aveugle ? Non, il voit et entend, sauf qu'il refuse de nous parler. Il se tient devant la paillote, digne. À ses lèvres tremblotantes, nous comprenons qu'il prie. Ensuite, il s'empare d'un bidon de pétrole posé à ses pieds, déverse son contenu sur les corps sans vie, asperge les branches et les murs, gratte une allumette et la jette à l'intérieur de la paillote. Une flamme bleue se répand sur les fagots de bois, fait flamber le feuillage en premier, ensuite les gerbes de paille, et s'épaissit en s'étendant aux parois. Bientôt, une fumée âcre et grisâtre s'échappe des interstices du toit dans un crépitement nourri. Le vieillard regarde le feu centupler ses tentacules voraces, distordre les branches dans un rougeoiement incisif puis, dans un tourbillon ravageur, submerger les dépouilles et les rares meubles de fortune qui les entourent.

— Allons-nous-en, me dit Bruno.

— Et le monsieur ?

— Il ne nous dira rien et ne nous suivra pas.

— Demandez-lui, au moins. Il pourrait nous orienter…

— Monsieur Krausmann, s'écrie Bruno excédé, cet homme est mort avec les siens.

Nous remontons dans le pick-up. Bruno enclenche la vitesse dans un fracas d'acier, manœuvre sur place pour faire demi-tour et fonce dans la nuit naissante. En me retournant, je vois le vieillard debout devant la paillote en flammes tel un damné aux portes de l'enfer.

Nous avons choisi de bivouaquer à proximité d'une grotte.

La senteur éventée des regs se propage dans la fraîcheur du soir. Un chacal jappe quelque part. C'est la nuit qui revient délester le jour de ses mirages et rendre à l'obscurité la pudeur de ses nullités. Bruno et moi n'avons pas échangé un mot depuis plus d'une heure, chacun étant occupé à mettre de l'ordre dans ses pensées. Nous avons allumé un feu à l'abri de la grotte, mangé de la viande séchée, vidé quelques boîtes de conserve et bu un café amer qui m'a meurtri le palais puis, démontés par les sentiers escarpés, nous nous apprêtons à dormir.

Bruno jette une poignée de sable sur le feu pour l'éteindre et va, en se contorsionnant, uriner contre une dune. Soulagé, il étale une couverture sur le sol, s'époussette le postérieur et s'étend sur sa couche. Je l'entends s'agiter en quête d'une position confortable. Après moult acrobaties, il pousse enfin un râle d'aise, se recroqueville en chien de fusil et ne bouge plus. Je sais qu'il ne fermera l'œil que lorsqu'il aura revisité ses excursions de naguère et passé en revue, un à un, les visages qui ont compté pour lui. Avant, chaque soir, il me narrait un épisode de son feuilleton africain, ses rencontres et ses déchirures, ses amours évincées, ses petites morts et ses rédemptions… J'ose espérer qu'il ne dérogera pas à la règle, pour cette nuit. J'ai besoin qu'il me parle, qu'il me « soûle » avec ses tribulations, qu'il me raconte les femmes qu'il n'a pas su garder, les chances qu'il n'a pas su saisir. Sa voix inspirée me permettra peut-être de semer le cas de conscience qui occupe jusqu'aux retranchements les plus reculés de mon esprit. Bruno est extraordinairement doué pour rendre sa dignité à n'importe quelle débâcle et trouver un sens aux choses incongrues.

— Vous n'avez pas prononcé un seul prénom de femme depuis qu'on se connaît, me dit-il tout de go.

Une brise se met à flûter dans les échancrures de la grotte tandis que les ténèbres lâchent leurs sortilèges sur les bêtes nocturnes que l'on devine dans le noir, loin de leurs terriers, ratisser un terrain de chasse rongé jusqu'à l'os. N'empêche, je suis content de l'entendre. J'aurais espéré qu'il me parle de lui, de l'Afrique ; son romantisme et son angélisme me serviraient de thérapie, mais il a choisi de s'intéresser à moi et, ne m'y attendant pas, je reste sans voix.

— Je ne me rappelle pas vous avoir entendu parler de femmes, monsieur Krausmann. Y a-t-il quelqu'un dans votre vie ?

— Je suis veuf, lui fais-je dans l'espoir de passer à autre chose.

— Désolé, dit-il au bout d'une courte gêne.

Il marque une pause et revient à la charge :

— Maladie ?

— Accident.

— De circulation ?

— Non.

— De travail ?

— Dans un sens.

Il se hisse sur un coude et me considère, la joue dans la paume de sa main.

— La curiosité est une tare africaine, avoue-t-il. Chez nous, on ignore où elle s'arrête et où commence l'incorrection. Mais vous n'êtes pas obligé de me répondre.

— En vérité, je n'ai pas grand-chose d'intéressant à dire sur le sujet, le rassuré-je.

— Très bien, je n'insiste pas.

— C'est plus compliqué que ça.

— Je présume…

Il se recouche, croise les doigts sur son ventre et contemple la myriade d'étoiles dans le ciel :

— Il m'arrive souvent de penser à Aminata, lâche-t-il. Je me demande ce qu'elle est devenue, si elle est heureuse avec son cousin, si elle a des enfants, si elle se souvient encore de notre couple… elle paraissait heureuse avec moi. Je la faisais mourir de rire. Je crois qu'elle m'aimait. Peut-être pas comme un amant, du moins comme un ami… Je l'avais aperçue parmi les filles de la tribu. Elle était très belle, Aminata. Un peu grassouillette, mais elle avait un charme fou. Et des yeux qui brillaient de mille feux. Et elle sentait bon comme pré au printemps… J'ai demandé sa main sans la consulter, et le doyen me l'a accordée. C'est une pratique courante, chez les Azawed… Elle aurait pu refuser. Personne ne l'aurait forcée. Le doyen lui avait fait part de mes intentions, et elle n'y avait pas vu d'inconvénients… Je ne comprends pas pourquoi elle est partie. J'essaye de lui trouver une excuse ; je ne vois pas laquelle. Je ne me souviens pas de l'avoir privée de quoi que ce soit, et au lit, je n'étais pas un foudre de guerre cependant je m'acquittais honnêtement de mes devoirs conjugaux… Son cousin ne venait pas souvent chez nous, en tous les cas jamais seul ou en dehors d'une fête religieuse ou familiale. Pas une fois je n'ai surpris un regard suspect entre Aminata et lui. Ils donnaient l'impression de s'ignorer. Puis, pfuit ! envolés, les tourtereaux. Sans préavis aucun, sans un mot d'explication. J'étais sur le fion.

— Vous lui en voulez ?

— Je m'en suis beaucoup voulu, mais pas à elle…

C'est des choses qui nous dépassent. Ça vous tombe sur la tête comme une tuile, et c'est tout… Est-ce que je la regrette ? Je n'en suis pas sûr. C'était une fille bien, le cœur sur la main. Je n'ai pas le sentiment qu'elle m'ait trahi. Elle a seulement fait un choix. A-t-elle mesuré le tort qu'elle me faisait ? Pas une seconde. Aminata ne savait pas penser à mal. C'était une belle nature, naïve à prendre un oiseau pour un songe.

— Vous l'aimez toujours.

— Mmmm… je ne pense pas.

— Mais si, vous l'aimez encore.

— Non, non, je vous assure. C'est de l'histoire ancienne… Aminata, pour moi, demeure un vague regret. Un malentendu véniel… Et puis, c'est la vie ; elle ne nous prend que ce qu'elle nous a donné. Ni plus ni moins.

Dans le ciel, les étoiles rivalisent en éclat.

Bruno attend à son tour que je lui parle, que je lui dise quelque chose. Je pense qu'il a besoin de m'entendre, lui aussi. Au moment où il me tourne le dos pour dormir, persuadé que je n'allais rien lui confier de mes secrets, ma voix devance mes pensées et je m'entends lâcher :

— Elle s'est suicidée.

— Pardon ?

— Ma femme… Elle s'est tuée.

— Ah ! mon Dieu.

Il n'a pas ajouté un mot.

J'ai fixé les étoiles jusqu'à ce qu'elles se confondent. Raide. Transi. Insensible aux morsures des cailloux sur lesquels je suis couché. Lorsque, des heures plus tard, Bruno se met à ronfler, je me rabats sur le flanc et, les yeux hagards, j'attends patiemment que les aurores restituent au jour ce que la nuit lui a confisqué.

9

Nous avons galéré quatre heures durant pour venir à bout de soixante-dix kilomètres d'une piste aux pierres aussi affûtées que des tessons. Le sol est étagé sur une interminable succession de dalles naturelles chauffées à blanc. Le pick-up tangue sur les rainures, se tasse et crapahute dans un tintamarre de ferraille insupportable. Les contorsions brutales du volant ont mis mes poignets en capilotade. Je suis au bord de la crise de nerfs. Je n'arrive pas à admettre que l'on puisse franchir des contrées entières sans croiser de gens ou déboucher sur un village. Que les pirates choisissent des routes infréquentables, cela se comprend, mais que l'on roule sur des centaines de kilomètres sans entrevoir l'ombre d'une cahute avec un semblant de vie autour, cela me rend fou. Chaque fois que l'on se croit sur le point de sortir d'affaire, on se retrouve à la case départ, face au même horizon cuirassé, au milieu de nulle part, entourés de collines écrasées par un soleil outrageusement souverain qui, après avoir mis à genoux la terre, cherche à soumettre le ciel et ses olympes – le destin revêt alors le masque de la farce ; je me dis à quoi bon s'entêter puisque notre sort est scellé et, pris d'un ras-le-bol suicidaire, j'ai envie d'écraser au plancher la pédale de l'accélérateur, de fermer les yeux et de foncer à tombeau ouvert droit devant...

Bruno n'est pas plus avancé que moi. Il ne scrute plus les alentours avec ses jumelles, ne me propose plus de chemin. Il se tient sur le siège du passager, l'épaule contre la portière, et somnole, harassé par les cahots dissonants du 4 × 4. Je lui en veux de n'avoir pas insisté auprès du vieillard, la veille. Ce dernier aurait pu nous orienter ; peut-être aurait-il accepté de nous suivre. Mais Bruno prétend connaître les Africains mieux que personne et savoir exactement quand il faut les solliciter et quand il ne le faut pas. Je lui ai demandé comment se fait-il qu'après trois jours de route, il n'arrive pas à retrouver ses marques, lui qui prétend avoir servi de guide aux journalistes occidentaux et aux panels scientifiques ; il m'a répondu d'un ton docte que, dans cette partie du monde, un guide est d'abord quelqu'un qui se limite strictement aux itinéraires qu'il connaît par cœur puisqu'il suffit de dévier d'un millimètre des sentiers battus pour se mettre en danger au même titre que n'importe quel imprudent...

Nous décidons de nous reposer à l'ombre d'un monumental acacia aux branches pavoisées d'offrandes destinées aux marabouts et aux ancêtres : des foulards, des figurines en chiffons, des parures, des peignes ficelés de cheveux, de minuscules pots en terre cuite au fond desquels du sang de bêtes a séché. L'aire du sanctuaire est jonchée de crottes de dromadaires et de traces de bivouacs. À proximité de l'arbre révéré, Bruno découvre un puits sans margelle assorti d'un abreuvoir rudimentaire. Nous nous lavons de la tête aux pieds, nettoyons nos vêtements que nous étendons sur les pierres brûlantes pour les faire sécher. Bruno me déniche un caleçon au fond du sac marin, mais il est trop large pour moi ; je me contente d'un slip kangourou et d'un gilet de peau encore dans leur cellophane. J'ai beaucoup maigri. Mon corps est criblé de boutons dont certains virent au gris ; un furoncle a poussé sous mon aisselle droite, deux autres me boursoufflent l'aine : mes cuisses se sont ravinées et une épaisse croûte blanchâtre recouvre mes genoux. Bruno préfère rester nu. Avec sa barbe rebelle et ses cheveux reptiliens, il évoque un gourou. Il exécute une série de gymnastique, écarte et croise les bras, s'accroupit et se relève, fait pivoter son cou dans un crépitement de vertèbres, ensuite, afin de m'arracher un sourire, il me tourne le dos et se penche pour toucher la pointe de ses pieds, m'offrant ainsi l'échancrure poilue de son postérieur qu'il se met à tortiller grossièrement. Il poursuit son exhibition clownesque jusqu'à ce que j'éclate de rire. Flatté par son succès, le Français déploie ses bras dans une chorégraphie burlesque et, tantôt chaman courroucé, tantôt ballerine, il passe d'une danse mystique à un ballet classique avec une aisance sidérante. Épaté par son sens de l'improvisation et son don de comique que je ne lui connaissais pas, j'en ris aux larmes ; pour moi, c'est comme si j'expectorais dans une salve de quintes sèches toutes les saloperies qui me polluent le corps et l'esprit.

Nous avons mangé à l'ombre de l'acacia et nous avons dormi, bercés par la fraîcheur de la brise.

À mon réveil, je trouve Bruno plongé dans le livre de Joma Baba-Sy. Le Français ébauche une moue admirative en refermant le recueil. Il s'attarde sur la photo en couverture et m'avoue qu'*il n'arrive pas à croire qu'une masse de fureur et de bestialité comme Joma puisse nourrir en elle tant de sensibilité !...* Il rouvre le livre, saute plusieurs pages, s'arrête sur un poème et le lit à voix haute :

Afrique,
Tête de mort,
Baignant dans les eaux troubles
De tes mers sans horizons
Qu'ont fait de ta mémoire
Tes bâtards insolés ?
Sur tes rivages écorchés
Tes romances pourrissent
Comme des épaves
Et dans ton ciel sans dieux
Tes vœux les plus pieux
Courent après leurs échos.
Afrique, mon Afrique
Que sont devenus tes tam-tams
Dans le silence des charniers ?
Que sont devenus tes griots
Dans le blasphème des armes ?
Que sont devenues tes tribus
Dans l'imposture des nations ?
J'ai interrogé tes fleuves
Et tes villages perdus
Cherché tes trophées
Dans la transe de tes femmes
Nulle part je n'ai retrouvé
Tes légendes d'autrefois.
Tes rois sont déchus
Comme tes statues de bois
Ton folklore de naguère
S'est éteint la voix
Tes histoires se racontent
Dans l'éloge des tyrans

Ton destin te renie
Comme une mère répudiée
Et aucune de mes prières
Ne se reconnaît en toi.
Afrique, mon Afrique
Tu m'as mis la mort dans une main
Et le tort dans l'autre
Et tu m'as confisqué patrons,
Saints, prophètes et apôtres
Ne me laissant que les yeux
Pour pleurer l'affront
Que t'infligent tes avortons
Chaque jour que Dieu fait.
Que vais-je devenir
À l'ombre de tes corbeaux ?
Que vais-je espérer
Moi qui ne sais plus rêver ?
Sinon de finir
Là où tout a commencé
Entre une pierre tombale
Et un serment résilié.

— Délirant, n'est-ce pas ?

Je hausse les épaules.

Bruno repose le livre, farfouille dans le cartable, s'intéresse à une photo de mariage. La fête se déroule dans un grand patio pavoisé de lampions. Au milieu de convives éméchés, un Joma solennel pose à côté de son épouse. Curieusement, alors que depuis deux jours et deux nuits je me tue à semer le drame que j'ai commis, je me surprends à vouloir en savoir un peu plus sur ma victime. En mon for intérieur, je ne trouve pas l'idée raisonnable, mais poussé par une curiosité morbide, pareil à un meurtrier retournant sur les lieux de son crime, je prends la photo des mains de Bruno. La mauvaise qualité de l'image ne me permet pas de percer la carapace de Joma à peine reconnaissable parmi les fêtards. Nous passons aux articles découpés dans un journal local de très modeste facture. Les textes sont truffés de coquilles ; tous, dans un style grandiloquent, vantent « la force d'un poète hors du commun ». Un compte rendu plus sobre propose une interview dans laquelle Joma raconte le parcours atypique d'un tailleur de village désargenté devenu chantre et qui pense qu'« *avec le Verbe on assujettirait l'adversité* ». Sur une autre coupure, on voit Joma, coincé entre un carré de mots fléchés et un jeu des 7 erreurs, recevoir un trophée des mains d'une dame africaine en costume traditionnel, avec, en guise de légende, quelques lignes relatant la cérémonie. Plus loin, nous tombons sur un encadré sommaire faisant état de l'explosion d'une bombe ayant occasionné la blessure de deux enfants et la mort d'une femme, en l'occurrence « *la jeune épouse du poète Joma Baba-Sy qui avait reçu, deux semaines auparavant, le prix Léopold-Senghor* ». Cette dernière phrase est soulignée en rouge. L'article est précieusement conservé dans une pochette en plastique.

— Elle est bizarre, la vie, soupire Bruno en remettant de l'ordre dans le cartable.

Je vais chercher mes vêtements.

Nous rangeons nos affaires dans le pick-up. Bruno n'est pas trop emballé de reprendre la route. Il considère l'abreuvoir, l'arbre-marabout, les ex-voto accrochés aux branches, la quiétude qui baigne le site et me propose d'y passer la nuit, arguant que s'agissant d'un endroit sacré, nous ne risquons pas d'être attaqués et qu'avec un peu de chance quelqu'un pourrait se montrer. Les crottes de dromadaires ne sont pas fraîches, mais le puits a l'air d'être très fréquenté. J'allais me plier volontiers à sa requête quand un sifflement résonne à nos oreilles. « Qu'est-ce que c'est ? » m'enquiers-je. Bruno fronce les sourcils. Un rapide coup d'œil sur les parages ne nous livre rien de suspect. Aussitôt, une gerbe de poussière gicle près de nous, suivie d'une autre à quelques empans d'intervalles. Bruno me bouscule à l'intérieur de la cabine, met le moteur en marche, enclenche la vitesse et démarre sur les chapeaux de roues. La lunette arrière du pick-up explose. « Baissez-vous », me hurle Bruno en accélérant. Un grésillement aigu, et une toile d'araignée fissure le pare-brise. On nous tire dessus ! Quelqu'un est en train de nous tirer dessus... Le pick-up slalome parmi la pierraille et les herbes sauvages pour éviter les balles, moutonne sur la piste accidentée, exécute des bonds de plusieurs mètres, retombe dans un fracas de tôle rudoyée, le moteur poussé à l'extrême. Dans notre fuite éperdue, nous heurtons de plein fouet quelque chose ; le 4 × 4 dérape, manque de se renverser et se rabat sur ses quatre roues. Le choc est d'une rare violence. Ma tête a cogné le plafonnier. Je me cramponne à mon siège et au tableau de bord. Au bout d'une course vertigineuse, Bruno constate que la direction a du mal à maintenir le cap. Un bruit bizarre, comme le broiement d'un engrenage défaillant, se déclare sous l'aile droite du capot et s'intensifie de virage en virage. Pas question de nous arrêter. Nous devons nous mettre au plus vite hors de portée du sniper. Quelques kilomètres plus loin, le véhicule devient incontrôlable. La roue touchée s'affole au fur et à mesure, rendant le volant presque inutile. Bruno se range sur le bas-côté pour évaluer les dégâts. Il glisse sous le capot pendant que je fais le guet, les jambes flageolantes et le cœur battant la chamade. Hormis la poussière en train de s'estomper sur notre sillage, pas de menace en vue. Bruno me rejoint. À sa mine défaite, je comprends que les dégâts sont catastrophiques. Il m'informe que la rotule de direction et l'amortisseur ont pris un sacré coup et que le cardan ne va pas tarder à nous lâcher. Ne disposant d'aucun outillage approprié ni de pièces de rechange pour procéder aux réparations d'urgence, nous remontons dans la cabine et poursuivons notre route à faible allure, attentifs aux balancements retors du véhicule. Bruno conduit sur des œufs, concentré sur la route, esquivant les cailloux et les ornières comme s'il transportait de la nitroglycérine. Une sueur abondante goutte de son menton. Nous parvenons à franchir un lit de rivière mais arrivé sur le talus d'en face le véhicule se vautre d'un bloc sur la gueule. Il n'y a plus rien à faire. Le cardan a cassé et la roue s'est détachée de son moignon… Nous sommes faits comme des rats.

Je gravis un monticule en pestant. Lorsque j'en atteins le sommet, mon cœur manque de flancher : devant moi s'étend le même labyrinthe qui nous fait tourner en bourriques depuis des jours. Mes jambes se dérobent et je tombe par terre. Les coudes fichés dans les genoux, le visage entre les mains, je regarde à droite, à gauche ; partout je ne vois que perditions. Quelque chose me dit que le désert est conscient de notre désespoir et que lorsqu'il nous aura pressés jusqu'à la dernière goutte, il refermera sur nous son poing et nous réduira en poussière que les vents disperseront à travers les mirages.

— Qu'est-ce que vous regardez ? me demande Bruno en s'affaissant près de moi.

Je lui indique la déréliction qui nous encercle :

— Je contemple la plus grande des solitudes.

— On est deux, me fait-il remarquer. Et on est en vie. Rien n'est tout à fait perdu. Il suffit de dédramatiser la situation.

— Je n'en ai pas la recette.

— Elle est là-dedans, la recette, dit-il en tapotant du doigt sur ma tempe.

Son geste m'irrite.

Bruno laisse courir son regard sur les crêtes rocailleuses qui se silhouettent au loin, déterre un caillou et le soupèse.

— Avez-vous déjà été face à votre mise à mort, monsieur Krausmann ?

Je ne réponds pas, estimant la question saugrenue et déplacée.

Il raconte :

— La plus grande des solitudes, on la contracte face à un peloton d'exécution. Vous ne pouvez pas savoir. On y mesure la stricte étendue de l'éternité. Et l'éternité se contient entre deux ordres : « En joue ! » et « Feu ! ». Ce qu'il y avait avant et ce qu'il y aura après ne compte pas.

— Vous n'allez pas me faire croire que vous avez connu ça aussi.

— C'est pourtant la vérité. J'avais vingt-quatre ans. Un sac sur le dos et une boussole à la main, je me prenais pour Monod. J'avais sillonné le Tassili, le Hoggar, le Tanezrouft, le Ténéré. Rimbaud n'avait pas autant de vent à ses semelles que moi. C'était une belle époque. Rien à voir avec le bordel d'aujourd'hui.

Il repose le caillou et se laisse imprégner de ses souvenirs.

— Que s'est-il passé ?

Il sourit ; ses yeux s'écarquillent.

— Une patrouille militaire m'avait intercepté sur une berge du lac Tchad. D'emblée, le sergent m'a accusé d'espionnage. C'est une mentalité, par ici. Si vous n'êtes pas un otage, vous êtes ou un mercenaire ou un espion. Après des interrogatoires musclés, on m'a traduit en cour martiale et condamné à mort le jour même de mon arrestation. Le procès s'était déroulé au réfectoire, au milieu des soldats qui prenaient leur repas dans le cliquetis des fourchettes. La cour était composée du sergent et de deux caporaux en qualité de juges assesseurs. Je trouvais la procédure trop accélérée et la solennité de la cour plutôt grotesque, mais j'étais jeune, et en Afrique, l'ubuesque est un fait avéré.

Il se met à tracer de petits cercles sur le sable. D'un doigt distrait. Son visage se referme comme une huître.

— On est venu me chercher tôt le matin. On a dû me traîner tant je ne tenais pas sur mes jambes. J'avais envie de hurler, de me débattre, mais rien en moi ne réagissait. Je tremblais comme une feuille pendant qu'on m'attachait au poteau. C'est en levant enfin les yeux sur le peloton d'exécution que je m'étais rendu compte combien j'étais seul au monde. L'univers entier s'était réduit au canon d'un fusil. L'horreur ! Mon sang battait à mes tempes plus fort qu'un tambour de guerre. Et puis, ce silence sur le stand de tir ! Un silence tel que vous entendriez craquer une allumette à des lieues à la ronde…

— J'imagine.

— Allons donc. Ça dépasse l'imagination. Quand le sergent a crié « En joue ! », j'ai éjaculé. Sans érection. Et quand il a crié « feu ! », j'ai fait dans mon froc. Je n'ai pas entendu de détonations, mais j'ai nettement

senti les balles me traverser de part et d'autre, pul-
vériser ma cage thoracique, exploser mes organes et
mes tripes. Je m'étais écroulé au ralenti. Là encore, je
crois avoir mis une éternité à atteindre le sol. J'étais
resté dans la poussière, désarticulé, les yeux fixés dans
le ciel blafard. Je ne sentais aucune douleur. Il me
semblait que je partais en douce, telle une volute de
fumée. Et au moment où j'allais rendre l'âme, le sergent a éclaté de rire. Puis, le peloton s'est mis à rigoler à son tour. Ensuite, le reste de la section est sorti
de derrière le remblai en s'esclaffant et en se tapant
sur les cuisses... Le sergent m'a aidé à me relever.
Il m'a promis qu'il ne s'était jamais autant marré de
toute sa chienne de vie.

— C'était un simulacre d'exécution.

— Eh oui ! Un simulacre d'exécution. Juste un
divertissement pour des soldats qui s'ennuyaient ferme
au milieu de nulle part, totalement livrés à eux-mêmes.
« Sans rancune », qu'il m'a dit le sergent en me tapant
sur l'épaule. Il m'a donné un paquet de cigarettes de
contrebande en guise de compensation et un coup de
pied au cul pour que je disparaisse au plus vite de
sa vue...

— J'espère que vous les avez poursuivis en justice.

— C'est ça, ironise-t-il en se levant. Maintenant,
en route !

— Il n'en est pas question.

— Comment ça ?

— Je ne bougerai pas d'ici. J'ignore où nous
sommes et j'en ai marre. Vous pouvez partir, si vous
voulez. Pour ma part, je reste ici jusqu'à ce que le
sort ait pitié de moi. D'une manière ou d'une autre.

Ma résolution est stupide, mais je l'assume. Ce que
je dis, je le ressens et le réclame. Je suis au bout du

rouleau comme au bord d'un précipice ; devant il n'y a que l'abîme, la chute abyssale et le sentiment ignoble d'abdiquer. Qu'est-ce qui importe et qu'est-ce qui ne compte pas ? La quête névrotique d'un salut improbable ou le renoncement ? Je n'en peux plus de me vouer aux gémonies. Bruno comprend que je négocie très mal un passage à vide et que je ne suis pas d'humeur à me laisser convaincre ; il n'insiste pas et regagne le pick-up pour trier les bagages. Il remplit les deux sacs à dos du strict nécessaire, les entasse sur une touffe d'herbes avec les deux outres d'eau potable et le fusil-mitrailleur, s'accroupit à l'ombre d'un arbuste et se prend la tête à deux mains.

Le soir nous surprend, chacun dans notre coin. Moi, sur mon mirador improvisé observant le soleil en train de se saigner aux quatre veines. Bruno adossé contre son arbuste. Lorsque l'obscurité atteint mes pensées, je regagne le pick-up, m'empare des jerricans, déverse de l'essence sur le véhicule, gratte une allumette et la balance sur la carrosserie. Une flamme prompte se propage dans la cabine, déferle sur le capot. Bruno secoue le menton d'un air navré. Il pense que j'ai pété un câble. Je n'ai pas pété un câble. J'ai conscience de l'aspect idiot de mon geste, mais il s'agit d'un acte réfléchi : je veux attirer l'attention sur notre naufrage, et il m'indiffère d'alerter un nomade ou un brigand. Je n'ai pas peur d'être repris en otage ; ce dont je suis sûr est que je ne tiens pas à errer dans ce maudit désert jusqu'à ce que je crève de soif et d'épuisement ; je refuse de n'avoir pour destin qu'un amas d'ossements anonyme au milieu de carcasses de bêtes mortes depuis des lustres que la poussière polit au gré des tempêtes.

L'aube se lève. Il ne reste du pick-up qu'un tas de ferraille carbonisée et fumante que lèchent par endroits des feux follets. Nous n'avons pas fermé l'œil, à l'affût d'une ombre ou d'un bruit. Personne n'est venu voir de près notre déroute. Ni patrouille militaire ni horde sauvage, ni caravanier ni djinn. Bruno me demande si je suis content de mon petit numéro et si j'ai recouvré mes esprits pour le suivre. J'enfile un sac à dos et, une outre en bandoulière, je lui emboîte le pas.

Nous avons cheminé toute la matinée sous un soleil féroce, passé l'après-midi à l'ombre d'un rocher et, le soir, nous avons repris la route jusque tard dans la nuit. Quand j'ai retiré mes souliers, des lambeaux de chair sont restés collés dessus. J'ai dormi jusqu'à midi.

Après deux jours d'errance, nous nous écroulons au beau milieu d'un maquis. Nous avons consommé la moitié de notre réserve d'eau et nos épaules cloquées ne supportent plus nos fardeaux. Bruno, qui semble tenir le coup mieux que moi, me suggère de le laisser partir seul chercher des secours. L'état de mes pieds a ralenti notre progression, et les ampoules risqueraient de s'infecter si je ne les ménageais pas. Je lui promets de me remettre d'aplomb après une bonne nuit de sommeil.

Nous avons dîné et sombré dans les bras de Morphée sans nous en rendre compte.

Un bébé pleure dans l'aube qui se lève. J'ai cru que je rêvais, mais Bruno a entendu, lui aussi. Il est assis sur son séant, les sourcils défroncés, et cherche d'où proviennent les vagissements. Il porte un doigt à sa bouche pour me sommer de rester tranquille et ramasse son fusil. Les pleurs émanent d'un thalweg. Nous contournons un muret de broussailles, glissons le long d'un versant, déclenchant au passage de minuscules avalanches de gravats. Tapie dans le taillis, une femme !… Elle berce un bébé blotti contre sa poitrine. Soudain, elle se retourne et nous découvre juste au-dessus d'elle. À la vue du fusil, elle serre à l'étouffer son enfant contre elle. Bruno la rassure d'une main qu'elle ne remarque pas tant elle est terrorisée par l'arme. Il lui dit quelque chose dans un jargon local. Elle ne paraît pas comprendre. Je demande à Bruno de baisser son arme. À cet instant, des spectres haillonneux se mettent à se montrer. Au bout de quelques minutes, nous nous trouvons cernés par une quarantaine de femmes, d'enfants et d'hommes qui dormaient dans les herbes ; notre intrusion les a réveillés et, les uns après les autres, ils sortent de leur cachette, incapables de savoir s'ils doivent se rendre ou déguerpir. Bruno pose son fusil par terre et lève les bras en signe d'apaisement. « On ne vous veut aucun mal », leur dit-il. Ils nous fixent, plus inquiétés par notre dégradation physique que par l'arme sur le sol. Retranchés derrière les guenilles de leurs mères, les enfants nous prennent pour des démons. Un remous se déclare à l'arrière puis, on s'écarte pour laisser passer une femme blanche. C'est une quinquagénaire robuste, blonde comme une botte de foin, et c'est comme si la providence me restituait d'un claquement des doigts mes foules et mes gens. Je me serais jeté volontiers dans ses bras si elle n'affichait pas une mine méfiante et hostile.

— Qui êtes-vous ? nous lance-t-elle en anglais, avec un fort accent scandinave. Et qu'est-ce que vous nous voulez ?

— Nous nous sommes perdus, lui dit Bruno. Ça fait des jours que nous dérivons en plein désert.

— Dans ce cas, comment se fait-il que vous soyez armés ?

— Nous étions pris en otages, et nous nous sommes évadés. Nous ignorons où nous sommes et nous ne savons pas où aller. (Il tend une main qui restera suspendue dans le vide.) Je m'appelle Bruno, je suis anthropologue, et voici le docteur Krausmann.

La dame nous dévisage avant de lâcher du bout des lèvres :

— Lotta Pedersen, gynécologue.

Elle prie ses compagnons de retourner à leurs places et, de la tête, nous invite à la suivre. Elle nous conduit auprès d'une autre femme blanche, plus jeune, qui dormait sous une voûte de branchages. Cette dernière, qui a l'air d'être le responsable du groupe, nous accueille avec certains égards. « Je suis le docteur Elena Juarez », nous dit-elle en nous serrant la main. Trois Africains nous rejoignent, dont deux en blouse blanche frappée d'une croix suisse sur la pochette. Elle nous les présente. Le plus jeune est le docteur Orfane. Il est élancé, plutôt beau garçon ; ses lunettes en fer-blanc lui confèrent une dégaine de jeune premier. Les deux autres, Omar et Samuel, la trentaine entamée, sont infirmiers.

Bruno raconte notre captivité en empruntant des raccourcis, les conditions dans lesquelles nous avons faussé compagnie à nos ravisseurs avant que notre pick-up volé nous lâche. Il censure l'épisode dramatique de Joma. À son tour, le docteur Elena Juarez nous explique comment, alors que son groupe menait une campagne de vaccination, elle s'est retrouvée à la tête d'un escadron de réfugiés : après avoir déposé la gynécologue Lotta Pedersen et le virologue Orfane dans une bourgade tribale, elle était partie, en compagnie des deux infirmiers, recenser les malades d'un hameau voisin. En cours de route, leur Land-Rover a été mis hors d'usage par une mine antipersonnel. Ensuite, ils ont été traqués par des hommes armés à travers la brousse et n'ont dû leur salut qu'à la faveur de la nuit et au précieux sens d'orientation de Jibreel le chauffeur. Arrivés à la bourgade tribale, ils ont trouvé les familles en état de choc. Une imminente attaque rebelle était annoncée. Il fallait partir vite. C'est ainsi que le groupe médical s'est retrouvé depuis presque une semaine sur les chemins, avec une quarantaine de fuyards sur les bras. Je demande au docteur Juarez s'ils savaient au moins où ils allaient ; elle m'assure que le groupe dispose d'un excellent guide, en la personne du chauffeur, et que dans trois ou quatre jours, sauf impondérable, ils atteindraient le Camp, un centre d'accueil et de regroupement sous tutelle de la Croix-Rouge.

— Au début, nous étions vingt-huit, précise le docteur Juarez. D'autres familles en déroute se sont jointes à nous. Hier, nous avons déploré la perte de deux vieilles femmes qui ont succombé d'épuisement.

Un homme surgit devant nous, les yeux révulsés. Il porte un costume de la ville qui a connu de beaux jours, la veste écartée sur un ventre nu et creux. Le doigt tournoyant, il prend à témoin le ciel et déclame d'une voix sépulcrale :

— Ils sont arrivés à l'aube. Ils ont brûlé nos cases, abattu nos chèvres, nos ânes et nos chiens ensuite, ils nous ont rassemblés sur la place et ils ont commencé à nous tuer, le père sous les yeux de ses enfants, le nourrisson dans les bras de sa mère. Si le diable était en eux ce jour-là, il aurait pris ses jambes à son cou.

— Très bien, monsieur Obeïd, lui fait le docteur Juarez en faisant signe à un infirmier.

L'infirmier prend à part l'homme, lui passe le bras par-dessus les épaules et l'éloigne en lui parlant avec douceur. Le docteur Juarez nous explique qu'il s'agit d'un instituteur, seul survivant d'un massacre ayant décimé sa famille, et qu'il ânonne sa complainte du matin au soir en s'en prenant aux arbustes et aux pierres.

— Nous avons d'autres miraculés parmi nous, et je crains que les traumatismes ne soient irréversibles, nous informe le docteur Orfane. Quelle est votre spécialité, docteur Krausmann ?

— Médecine générale.

— C'est toujours ça de gagné, dit le docteur Juarez en ordonnant la levée du camp.

Bruno et moi retournons chercher nos sacs à dos laissés de l'autre côté du thalweg. À notre retour, Lotta nous somme de remettre le fusil à Jibreel, un grand gaillard enturbanné. Bruno s'exécute, soulagé. Nous nous mettons en mouvement, le docteur Juarez et le guide en tête, Lotta et le docteur Orfane au milieu du dispositif, et les deux infirmiers fermant la marche. Bruno et moi trottons derrière un jeune homme loque-teux traînant un chariot sur lequel est couchée une vieille dame au regard fané – ce n'est pas tout à fait un chariot, plutôt un assemblage sophistiqué de lattes de bois équipé de deux bras de brouette et monté sur deux roues de mobylette. Les jantes crissent sur les cailloux en oscillant. La vieille dame est toute menue ; on dirait une momie désincrustée de son sarcophage. Son corps cachectique tressaute au gré des secousses, pitoyable et tragique. Le jeune homme tire sur son chariot avec une énergie égale, le pas cadencé, aussi insensible aux efforts qu'il fournit qu'un automate.

— C'est votre grand-mère ? lui demande Bruno.

— Ma mère, corrige le jeune homme.

— Oh ! pardon… Elle est malade ?

— On ne peut rien vous cacher.

Le ton du jeune homme est tranchant. Bruno se propose de le relayer ; il essuie un refus respectueux mais catégorique.

— Mon ami est médecin, lui dit Bruno. Si vous voulez, il peut l'ausculter.

— Ce n'est pas nécessaire, monsieur.

— C'est peut-être grave, ce qu'elle a, insiste Bruno.

— Il n'y a rien de grave dans la vie, sauf le tort que l'on commet.

Le jeune homme accélère la cadence pour nous signifier de lui fiche la paix.

Devant nous, la file de rescapés se traîne comme elle peut, un balluchon sur la tête, un bébé sur le dos, me livrant en vrac la hideur d'un monde dont je ne mesurais guère l'infamie et auquel, à aucun moment de ma vie, je ne m'étais préparé. Un monde où les dieux sans miséricorde n'ont plus de peau aux doigts à force de s'en laver les mains. Un monde *sisyphin* livré à la lâcheté des hommes et aux ravages des épidémies, avec ses supplices, ses escalades et ses guets-apens, et ses contingents de morts vivants nomadisant à travers mille tourments, l'espoir crucifié sur le front et l'échine croulante sous le poids d'une malédiction qui ne décline ni ses codes ni son nom.

À la première halte, j'apostrophe Bruno. Je lui rappelle que je suis assez grand pour proposer mes services sans recourir à un intermédiaire. Le Français est désarçonné par ma réaction. En réalité, je crains d'approcher ces gens. Leur malheur m'accable et m'horrifie à la fois. Je pourrais me trouver un tas d'excuses imparables, justifier mon attitude par le fait d'avoir traversé des épreuves exceptionnelles et faire croire qu'à force d'oublier l'odeur du savon, j'ai développé une forme d'hypocondrie. Oui, je pourrais m'inventer toutes sortes d'issues de secours, mais je ne me voilerai pas la face. N'ayant jamais eu affaire à ce type de patients et ne disposant ni de gants ni de masques, ni d'aucun autre moyen de protection, j'ai peur d'être contaminé par quelque microbe tropical. Je ne suis pas fier de moi, mais je n'y peux rien.

Bruno défait son foulard et court prêter main-forte à Lotta occupée à calmer l'instituteur délirant. Bien qu'il s'abstienne de me juger, je suis persuadé qu'il me plaint.

Une heure plus tard, je me surprends avec un enfant dans les bras – sa mère a eu un malaise et ne pouvait plus le porter. C'est un garçon malingre avec juste une peau flétrie sur les os. Vêtu d'un vague tricot, le ventre ballonné et le crâne chauve, il me fixe de ses yeux vides. Je lui retire les doigts de la bouche ; il les garde un moment sur le menton puis les replonge entre ses lèvres. Je les lui retire de nouveau ; comprenant que je ne veux pas qu'il les remette dans sa bouche, il se détourne et s'abandonne mollement contre mon épaule. Ma main part d'elle-même serrer son corps de moineau. Je perçois son petit cœur battre contre le mien. Quelque chose en moi se remet à l'endroit ; je suis en train de redevenir un être humain.

10

Le soir, à l'heure où la terre s'inverse comme un sablier, je prends place sur un bloc de rocaille et observe, à ras l'horizon, le soleil en train de se faire violence. La chaleur s'est essoufflée, et un silence hypothétique, semblable à celui d'une trêve, couve la plaine. Une enfilade d'arbres haillonneux serpente entre des collines polies comme des carapaces sur lesquelles ricochent les lumières rasantes du couchant. Sous des cieux moins incléments, une telle fresque me comblerait d'aise. Mais le cœur n'est plus à l'enchantement. Ce qui me fascinait naguère m'attriste car je crains de ne plus renouer avec mes joies d'antan, de ne plus regarder les choses de la même façon. Mes passions ont rompu les amarres, et les indulgences du contemplateur comblé que je fus ne sauraient pardonner au talent ses imperfections. Aucune féerie ne me parle désormais. Ni tableau rembranesque ni image d'Épinal. La seule lumière qui m'importe est celle du bout de mon tunnel. Quand va-t-elle poindre ? Je voudrais que le temps s'accélère, que le soleil disparaisse pour réapparaître dans la minute qui suit, que par on ne sait quel tour de passe-passe demain arrive plus vite que la nuit. Depuis que le guide nous a promis la fin de notre naufrage, je ne tiens plus en place. Mû par une obscure fébrilité, il m'est arrivé à maintes reprises de devancer le convoi avant que Bruno me rappelle à l'ordre. Hier, remarquant que je traînais des chaussures inadaptées à la marche forcée, un père de famille m'avait offert les espadrilles de son fils. « Là où il est, il n'en a pas besoin », m'avait-il confié. Aujourd'hui, j'ai toujours les pieds en sang, cependant mon mal s'est tempéré. D'ailleurs ce ne sont plus mes jambes qui me portent, mais l'espoir d'un dénouement proche ; j'ai presque envie de louer les saints auxquels je n'ai jamais cru.

Le docteur Juarez m'apporte du café. Elle s'assoit à côté de moi et se laisse absorber par la gouache crépusculaire. C'est une très jolie femme, avec un profil de déesse et deux grands yeux noirs qui, lorsqu'ils se posent sur vous, vous enveloppent en entier. Elle doit avoir la trentaine, malgré une bouille à fossettes à peine éclose et la sveltesse juvénile de sa silhouette. Ses longs cheveux châtains lui cascadent jusqu'aux hanches lorsqu'elle ne les ramasse pas en chignon. Durant les deux jours de marche que nous avons effectués ensemble, pas une fois elle ne m'a donné l'impression de se plaindre. Certes, elle se couche tôt et dort comme un loir, mais dès qu'elle est debout, elle ne sait pas se ménager. La veille, elle était venue me trouver dans mon coin ; ma démarche béquillarde la préoccupait et elle voulait jeter un coup d'œil sur l'état de mes pieds. Sa voix était si douce que je ne m'étais pas intéressé à ce qu'elle disait. Pendant qu'elle parlait, je n'arrivais pas à détacher mes yeux de ses lèvres incarnadines, et cela l'avait indisposée. Il m'avait fallu cinq bonnes minutes pour m'apercevoir qu'elle était partie.

— Ça sent le vent de sable, m'annonce-t-elle.

— Non...

— Si. Nous allons devoir sortir nos chèches et prier pour que ça ne soit pas la tempête.

Elle pose ses lèvres sur le rebord du gobelet, avale une petite gorgée. Elle a une jolie main aux doigts fuselés, mais pas de bague ni d'autre bijou, sauf une vieille montre à bracelet en cuir et un pendentif à l'effigie du Christ autour de son cou élancé.

— Nous avons encore perdu une vieille femme, déplore-t-elle.

— Je suis au courant.

Elle dodeline du chef et une mèche rebelle lui tombe sur l'œil. Elle porte de nouveau son gobelet à sa bouche, qu'elle a ronde et charnue, et considère le couchant en plissant les paupières. Je me demande comment des épaules aussi frêles que les siennes peuvent supporter une responsabilité aussi lourde et aléatoire, comment une femme de son âge arrive-t-elle à cohabiter avec le danger, qu'est-ce qui la motive à ce point lorsque le simple fait de voler au secours d'un pauvre diable l'expose d'office à des risques majeurs ? J'essaie de l'imaginer fuyant à travers la brousse, une meute de tueurs exaltés à ses trousses, ou séquestrée dans une planque sordide à la merci de ravisseurs dépravés – son dévouement me paraît aussi inhumain que les conditions auxquelles sont confrontées ces peuplades végétatives qu'elle tente de sauver.

Elle tressaillit.

— Pardon ? s'enquiert-elle. Vous avez dit ?...

— Quoi ?

— Excusez-moi, j'ai cru que vous me parliez.

— Non, non... j'ai peut-être pensé à voix haute.

Elle crispe sa magnifique bouche aux dents éclatantes de blancheur. Sa façon de se mordre la lèvre est, à elle seule, un bonheur.

— Et vos pieds, comment vont-il ?

— Je m'en sors… Comment se fait-il que votre camp n'ait envoyé personne à votre recherche ? Ça fait des jours que vous n'avez pas donné signe de vie. Normalement, on devrait s'en inquiéter, dépêcher des patrouilles ou des hélicos pour vous retrouver.

— On n'est pas au courant de notre situation, au Camp. Notre radio a été détruite avec la Land-Rover.

— N'empêche… Vous êtes partis en mission. Votre itinéraire est connu. Il ne s'agit pas d'une villégiature. Cette région est dangereuse. Je suis étonné que vous soyez livrés à vous-mêmes.

— Rien ne prouve que des recherches n'aient pas été déclenchées. De là à nous attendre à une armada d'hélicos, n'exagérons rien. Nous sommes en Afrique, voyons. Les moyens sont dérisoires par ici.

— Et vous acceptez de travailler dans des conditions pareilles ?

— Heureusement… Imaginez ce pays coupé du monde, ces gens sans assistance… Heureusement qu'il existe des ONG, docteur Krausmann.

— On est où exactement ?

— Au Darfour.

Ma pomme d'Adam bondit dans ma gorge.

— Quoi ? Je croyais que nous étions au Soudan.

— Le Darfour en est une région… Le Soudan est le plus grand pays d'Afrique. Plus de deux millions et demi de kilomètres carrés. Cinq fois la superficie de l'Espagne.

Le Darfour… Je suis au Darfour, cet antipode de toutes les déchirures que nous rabâchaient les JT et que je n'écoutais que d'une oreille distraite entre une gorgée de bière et une sonnerie de téléphone. Le Darfour, cette Atlantide gore qu'écument d'insaisissables ogres abyssaux, où les ténèbres sont aussi rouges que les autels sacrificiels et les charniers aussi vastes que les dépotoirs ! Ainsi, il existe vraiment, et je suis en plein dedans. J'ai traversé tant d'abîmes et surmonté tant d'épreuves pour échouer au Darfour ! J'ignore si je dois en rire ou en pleurer. Les reportages sommaires, qui défilaient autrefois sur l'écran de ma télé, me reviennent en masse, nets, explicites cette fois, avec leurs tueries quotidiennes et leurs exodes dysentériques, leurs corbeaux perchés sur les cadavres d'enfants et les témoignages surréalistes de leurs rescapés. Comment survivre dans une fosse aux serpents, dans une arène à ciel ouvert où tous les coups sont permis et où la mort pourrait vous faucher à n'importe quel moment sans préavis ? Le bout du tunnel, tel que promis par le guide Jibreel, serait-il un vœu pieux ou une divagation ? Mon moral en prend un sacré coup. Je me sens défaillir. Je ne reconnais pas ma voix lorsque je m'entends déglutir :

— Vous me sciez !

— Comment ?

— Nous sommes au Darfour, vous êtes sûre ?

— J'y exerce depuis deux ans.

— On vit si longtemps par ici ? Ce pays est décrit comme l'antichambre de l'enfer.

Elle rejette la tête en arrière dans un petit rire guttural qui fait trembler ses épaules.

— Il n'y a pas d'enfer sur terre, docteur Krausmann, seulement des démons, et ils ne sont pas invincibles. Ça n'a pas été facile de rendre ce territoire vivable, mais on l'a défendu bec et ongles. Il nous a fallu tenir tête au gouvernement et à ses sbires, à des légions d'illuminés et aux escadrons de la mort qui ont cherché à nous chasser d'ici. Certains de nos médecins furent enlevés, d'autres assassinés, et ça n'a fait que cimenter notre détermination. Nous gagnons du terrain tous les jours.

J'aimerais avoir son enthousiasme sauf que je ne suis pas sûr qu'il change grand-chose à mes doutes. La naïveté de son discours me peine plus qu'elle ne me rassure.

Le docteur Juarez s'aperçoit que son gobelet est à sec ; je lui propose le mien auquel je n'ai pas touché, elle le repousse gentiment, ceinture ses jambes avec ses bras et pose le menton sur la pointe de ses genoux. Sa chemise bâille à l'endroit où un bouton s'est décollé, dévoilant le renflement soyeux de sa poitrine. Le soleil vient de disparaître sous un agrégat d'éclaboussures sanguinolentes et les premières étoiles commencent à piqueter le ciel.

— Vous dites que vous avez été enlevé dans le golfe d'Aden, docteur Krausmann ?

— Dans ces eaux-là. Pourquoi ?

— D'habitude, les pirates opèrent en Somalie. Les tractations sont plus faciles là-bas. Je ne vois pas ce que vos ravisseurs espéraient trouver par ici. Les règles et les enjeux diffèrent d'un pays à l'autre. Opter pour le Soudan alors que les côtes somaliennes, avec l'opacité et la pagaïe qui y règnent, offrent des marges de manœuvre plus larges, je trouve ça bizarre.

— N'est-ce pas le propre de ce continent ?

— C'est-à-dire ?

— Tout est bizarre en Afrique. On tue, on vole, on rançonne, on dispose de la vie comme du dernier des soucis… Alors, que ça se passe en Somalie ou au Soudan, qu'est-ce ça change au fond ?

— Pas grand-chose, dans un sens. Mais…

— Mais quoi, docteur Juarez ? Pour moi, rien ne justifie ce qui m'est arrivé. Ni les mues ni les révolutions. Ça ne me concerne pas. Ce n'est pas mon histoire et ce n'est pas mon avenir. Je ne connais ces gens ni d'Ève ni d'Adam et je n'ai rien en commun avec eux. Nous ne faisions que passer, mon ami Hans et moi. Nous naviguions dans les eaux internationales. Nous allions aux Comores. Le comble, c'était pour la bonne cause. Il est où, maintenant, Hans Makkenroth ? Sur quel étal de vendeur à la sauvette est-il exposé ? C'est ça, *mon* problème. Que ça se passe ici ou à côté n'a aucune espèce d'importance. Je veux juste savoir ce qu'il est advenu de mon ami, et si j'ai une chance de revoir un jour ma ville et mon pays.

— Ouais, dit-elle prise de court par mon accès de colère.

Quelqu'un se met à gémir derrière un taillis. « Le devoir m'appelle », fait le docteur Juarez en se levant avec empressement, sauvée par le gong. Elle ne s'attendait pas à ma flopée d'amertume et elle regrette de l'avoir provoquée. Je ne lui en veux pas. Je suis même furieux contre moi-même de manquer à ce point de courtoisie envers une femme venue me réconforter. N'a-t-elle pas assez de tracas avec sa horde de rescapés pour que je l'accable, à mon tour, avec mes aigreurs ? Elle m'adresse une moue désappointée et se dépêche de dévaler la pente. Lorsqu'elle disparaît, je m'aperçois que j'aurais dû, au moins, lui proposer mon aide et dissiper ainsi le malentendu.

Bruno me rejoint sur la crête. Tous les deux, nous observons les ombres faméliques qui s'agitent dans le lit de la rivière, les unes cherchant un coin où dormir, les autres s'affairant autour de leurs proches esquintés par la marche. Je ne vois que des débris humains charriant dans leur sillage l'ironie du sort qui les a épargnés et portant à bras-le-corps une étrange conviction qui ne ressemble ni à leurs prières ni à un destin et qui semble les brancher à la vie comme à une prise de faible voltage. Curieux avatars, quelle vocation prêter à leur martyre ? J'essaie de trouver un sens à leur survivance et n'en trouve pas un seul. Ces gens ne possèdent rien ; ils sont au bout du rouleau, leurs lendemains ressemblent à des champs de mines et pourtant, par je ne sais quel triste phénomène, ils se cramponnent à n'importe quoi pour tenir le coup. Où vont-ils puiser la force de s'accrocher, la foi de croire au jour qui se lève aussi pauvre et misérable qu'eux ? Ils savent que ce qu'ils ont subi la veille les attend de pied ferme le lendemain, que le cycle de leurs peines tourne en boucle, que là où les hommes sévissent les dieux s'abstiennent d'intervenir ; ils savent tant de choses et font comme si de rien n'était, refusant le fait accompli et cherchant par-delà le Bien et le Mal une illusion à laquelle s'agripper, et qu'importe si elle est de cendre ou de fumée.

— C'est l'Afrique, monsieur Krausmann, me dit Bruno comme s'il lisait dans mes pensées.

— Ça n'explique pas un tel entêtement.

— C'est là que vous vous trompez, mon ami. Ces gens veulent vivre.

— Allons donc, vivre de quoi ?

— Là n'est pas la question. Ils veulent vivre, c'est tout ; vivre jusqu'au bout… Ça fait des décennies que je bourlingue à travers ce continent. Je connais ses vices, ses débâcles, ses brutalités, mais rien n'altère son désir de vivre. J'ai vu des gens qui n'avaient que la peau sur les os, et d'autres qui avaient perdu le goût de la nourriture, et d'autres jetés en pâture aux chiens et aux vauriens, pas un n'était prêt à céder. Ils meurent la nuit, et au matin ils ressuscitent, nullement dissuadés par la galère qui les guette.

— Et vous trouvez ça fabuleux ?

— Ça crève les yeux, non ?

— Étrange, je ne vois qu'une tragédie innommable et rien du crédit que vous lui accordez.

— L'Afrique ne se voit pas, monsieur Krausmann, elle se sent.

— C'est vrai qu'elle sent très fort…

Je l'ai vexé. Avec sa susceptibilité à fleur de peau, Bruno considère tout désaccord comme une déclaration de guerre, d'où sa promptitude à prendre ma réplique au premier degré. Mais je n'ai pas l'intention de rectifier le tir. Je suis persuadé qu'il sait à quoi je fais allusion. L'Afrique sent très fort. Son air est pollué par les miasmes des charniers, le remugle des cachots et l'odeur des carnages. C'est une évidence qu'il ne peut pas nier ou contester, car ce n'est pas en se détournant de l'horreur que l'on a des chances de l'éradiquer. Bruno doit admettre que ses certitudes ne sont pas des vérités, que ses prismes sont pipés. C'est précisément ce que je déplore chez lui : ce strabisme béat qui déforme son rapport aux choses africaines et qui confère aux supplices une vertu et aux platitudes un relief. Nous nous sommes souvent disputés là-dessus. Avant, je jetais l'éponge, lassé de devoir ramener le débat à sa stricte configuration tandis que Bruno exagérait ses contours et lui taillait des portes dérobées, allant jusqu'à trouver du panache à la décrépitude. Mais ce n'est plus le cas, désormais. Les centaures qu'il magnifiait pendant que nous croupissions dans la geôle de Gerima sont là, sous nos yeux, et je ne vois rien des mythes qu'ils sont censés incarner.

— Vous me décevez, monsieur Krausmann.

— Il ne s'agit pas de moi, mais de l'Afrique.

— Vous ne savez rien de l'Afrique.

— Laquelle ? Celle qu'on voit ou bien celle qu'on sent ? Concrètement, lui dis-je en le regardant dans les yeux, qu'est-ce qui vous fascine là-dedans ?

— Exactement ce qui vient de vous frapper à l'instant : la soif de vivre. L'Africain sait que sa vie est son bien le plus précieux. Le chagrin, les joies, la maladie ne sont que pédagogie. L'Africain prend les choses comme elles viennent sans leur accorder plus d'opportunité qu'elles ne le méritent. Et s'il est convaincu que les miracles existent, il ne les exige pas pour autant. Il s'autosuffit, vous comprenez ? Sa sagesse amortit ses déconvenues.

— Vous avez dit sagesse ?

— Vous avez très bien entendu, monsieur Krausmann, martèle le Français de plus en plus en colère. C'est un être splendide, l'Africain. Qu'il soit assis sur le seuil de sa case, ou sous un caroubier, ou sur la berge d'une rivière infestée de crocodiles, il est d'abord en lui. Son cœur est son royaume. Personne au monde ne sait mieux que lui partager et pardonner. Si je devais mettre un visage sur la générosité, ce serait le visage d'un Africain. Si je devais mettre un éclat sur la fraternité, il aurait celui d'un rire africain.

— Et si vous deviez mettre un visage sur la fatalité ?... Arrêtez, Bruno. De quel royaume parlez-vous ? Et de quelle fraternité ? Seriez-vous aveugle ou daltonien ? Il ne suffit pas d'élever la misère au rang de la prophétie pour faire des damnés de la terre des Justes. Vous radotez, Bruno. Je ne connais pas mieux

234

que vous l'Afrique, mais ce que je constate de visu est sans appel. Et je ne vois rien de ce que vous voulez me montrer... C'est par la protestation que l'on se réclame de l'espoir. Et ces gens ne protestent pas. Ils fuient quand il est question de résister. Ils ramassent en catastrophe leurs gosses et leurs balluchons et déguerpissent à l'aveuglette. La plus innocente tornade qui se déclare au loin les fait paniquer... Vous voulez que je vous dise ? Ces gens ne vivent pas, ils existent, et c'est tout.

— Vous avez tout faux, monsieur Krausmann. Ici, lorsque la vie perd du sens, elle garde intacte sa substance, à savoir cette opiniâtreté inflexible qu'ont les Africains de ne jamais renoncer à la moindre minute du temps que la nature leur accorde.

— Même un griot rirait de votre oracle, Bruno. Et savez-vous pourquoi ? Parce qu'il n'a pas grand-chose à se mettre sous la dent. Lorsqu'on crève de faim, on se moque des éloges et des oraisons car rien aux yeux du jeûneur ne vaut l'illusion d'un repas.

— Nous ne regardons pas du même côté.

— Si... sauf que là où vous brossez un conte de fées, je vois un désastre.

— L'Afrique n'est pas que l'addition des famines, des guerres et des épidémies.

— Elle serait quoi d'autre, à votre avis ?

— Le refus de...

— Le refus de quoi ? l'interromps-je. De transcender le malheur, c'est ça ? On ne fait pas d'un vomi un festin, Bruno. Ce continent a un grave problème de non-gouvernance, de corruption, d'indiscipline, d'impunité ; on y pratique la violence comme un sacerdoce. C'est ça la vérité, et il n'y en a pas d'autres. Nous sommes face à une catastrophe humaine. Les gens que voici sont foutus. Tant qu'ils auront à leur tête des irresponsables, ils continueront d'en pâtir... Il y a une explication rationnelle à la faillite. Et l'Afrique est faillitaire, mon ami. Lui faire croire que les cicatrices sur son corps sont de beaux tatouages, c'est faire d'elle une ingénue. Couvrez d'or une ingénue et lâchez-la dans la nature : le temps pour elle de montrer le bout du nez, et c'est le chaos. Et le chaos est là, sous nos yeux... Regardez-les : ils ont peur, ils ont tout perdu, ils fuient sans savoir où, et ils meurent tous les jours de faim et d'épuisement. C'est ça, l'Afrique, Bruno. Une blessure immonde. Un gâchis et une démence. Et on ne redore pas le blason de celui qui porte une camisole. Je suis outré de vous entendre encenser une terre brûlée où ne subsiste pas l'ombre d'une promesse. Il faut regarder les choses en face et se poser les vraies questions. Que sont devenus les écoles, les centres de formation, les institutions, le travail ? Qu'est-il advenu de l'ordre, de la justice, de la démocratie, de la dignité ? Je ne vois qu'exodes, razzias, viols et clochardisation d'un peuple sans dieux ni mérites, livré aux voleurs et aux tyrans génocidaires, et ça, c'est pire que la mort.

— Je crois qu'on n'est pas sur la même longueur d'onde, monsieur Krausmann, fait Bruno en se levant, offusqué par ma diatribe.

— Ni sur la même planète, non plus.

Le lendemain matin, le convoi ne part pas à l'heure prévue. Un léger vent de sable s'est levé, mais la raison du retard revient au jeune homme au chariot. Il se tient à genoux près de sa mère, le poing dans la bouche. Sa mère repose sur un banc de sable. Son teint bistre s'est assombri. On dirait qu'elle agonise.

Le docteur Juarez, Lotta Pedersen et les deux infirmiers sont à son chevet, une boîte à pharmacie ouverte sur de maigres médicaments. Le docteur Juarez lui prend la tension artérielle ; la moue qu'elle esquisse en rangeant son stéthoscope n'est pas encourageante. La vieille femme respire difficilement en rendant un crachotement à peine audible. Les soins d'urgence qu'on a lui prodigués ne l'ont pas réveillée. Les uns après les autres, croyant à un décès, les réfugiés rappliquent. Quelques mains compatissantes se posent sur les épaules du jeune homme. Ce dernier ne les perçoit pas. Le docteur Juarez lui dit quelque chose dans un dialecte local. Le jeune homme hoche la tête en mordant son poing, sans doute pour réprimer un sanglot. Lorsqu'il réalise que tout le monde est suspendu à ses lèvres, il se racle la gorge et nous déclare que pour lui et sa mère l'aventure est finie. Il explique au docteur Orfane que la vieille ne supporte plus les secousses du chariot, que les planches lui ont limé la chair et les os, et qu'il ne sert à rien de prolonger son calvaire. Le docteur Juarez tente de le convaincre de poursuivre la marche, lui recommande de glisser une couverture sous le corps de la vieille femme afin d'amortir les heurts des planches ; les deux infirmiers se proposent de le relayer au chariot. Le jeune homme refuse catégoriquement. Bruno intervient à son tour. Sa grande connaissance du facteur africain dont il s'infatue l'autorise à croire qu'il est en mesure de réussir là où les autres échouent. Le jeune homme ne l'écoute même pas. D'ailleurs, il ne veut écouter personne. Une famille de réfugiés se porte volontaire pour rester avec lui, sans succès. Il veut rester seul avec sa mère et ne devoir rien à personne ; son balluchon éventré, son outre d'eau et ses bouts de nourriture lui suffiraient. « Allez-vous-en, dit-il. Ne perdez pas de temps à cause de nous. » Au bout d'une demi-heure de discussion, le docteur Juarez jette l'éponge, convaincue que le jeune homme ne nous suivra pas. Après avoir pesé le pour et le contre, les trois médecins de la Croix-Rouge optent pour la poursuite de la marche sans tarder, le vent de sable risquant de s'intensifier.

Nous avons claudiqué toute la journée en empruntant des affaissements de terrain et des lits de rivières afin d'éviter d'être repérés. Malgré une visibilité médiocre, le guide Jibreel donne l'impression de savoir où il nous conduit, ce qui nous aide à surmonter la fatigue. Notre progression est ralentie par le malaise des vieilles personnes. Nous sommes conscients de la nécessité de nous surpasser car chaque retard est un péril. Vers le soir, le vent s'apaise et les tentures de poussière se mettent à se dissiper. Le docteur Juarez nous choisit une cuvette dénudée pour la nuit.

Bruno me boude. Depuis notre altercation, il m'évite. Les rares fois où nos regards se sont croisés, il s'est détourné avant que j'aie le temps de lui adresser un signe. Je me rends compte combien je l'ai blessé et je m'en veux de ne pas avoir gardé mes opinions pour moi.

Deux garçons et une petite fille, qui ont l'air d'appartenir à une même fratrie, s'approchent de moi pendant que j'étends mon couchage sur un lit de sable. Ils sont vêtus d'un tricot délavé qui pendouille sur leurs genoux râpés et d'un short usé jusqu'à la trame. Le plus âgé, qui doit avoir huit ou neuf ans, porte aux bras des amulettes identiques à celles de Joma. La fillette et l'autre garçon ont le visage tuméfié, les yeux chassieux et les narines fuyantes. Ils s'assoient près de moi, en silence. J'extirpe de mon sac à dos une boîte de conserve. L'aîné fait non et, du bout du menton, il désigne la torche électrique qui dépasse de ma poche.

— Tu veux ça ?

Il fait oui de la tête.

Je lui tends la torche. Il la prend dans ses mains calleuses aux jointures écorchées, la contemple avec jubilation, la montre à son frère et à sa sœur. À sa façon de la plaquer contre lui, je comprends qu'il me demande s'il peut la garder. J'acquiesce. Les trois enfants poussent un piaillement et décampent sur-le-champ, de peur que je change d'avis. Le plus jeune revient ramasser dans la foulée la boîte de conserve et court rattraper les deux autres sans se retourner. Le docteur Juarez, qui a assisté à notre petit manège, sort de l'ombre et s'accroupit en face de moi, deux gobelets de café dans les mains.

— J'espère que je ne vous dérange pas.

— Au contraire.

— Merci...

— Je tiens à m'excuser pour ma conduite d'hier.

— Oh ! Ce n'est pas grave. Nous sommes tous un peu sur les nerfs, et c'est bien de se défouler de temps en temps.

— Il n'est pas dans mes habitudes de manquer de correction.

— Je n'en doute pas un instant.

— Parfois, je peine à croire ce que je suis en train de devenir. On dirait que j'éprouve un malin plaisir à être désagréable. Pourtant, ça ne me ressemble pas. Je suis plutôt du genre à ne pas trop insister lorsque les débats s'enveniment. Après votre départ, je me suis très mal comporté avec Bruno. C'est pour ça qu'il me fait la gueule.

— Curieux, il a le sentiment que c'est lui qui s'est mal conduit avec vous. Il m'a raconté votre petite prise de bec.

— Non, c'est de ma faute. Bruno est quelqu'un de bien. C'est moi qui ai dérapé. J'avoue que je vois de moins en moins clair dans ce qui m'arrive.

Elle me propose une cigarette. Je lui dis que j'ai arrêté dès la fin de mes études. Elle trouve que j'ai pris la meilleure décision et me confie qu'elle a essayé à maintes reprises de son côté et qu'au bout de deux ou trois mois d'abstinence elle se surprend à en griller une. Elle actionne un briquet et allume sa cigarette. Sa bouffée est appuyée. Je la laisse fumer en paix, reniflant au passage l'odeur grisante du tabac brûlé.

— Le camp n'est plus bien loin, m'annonce-t-elle.

— Je commençais à désespérer. Je ne dors que d'un œil depuis que je sais que nous sommes au Darfour.

— Vous pouvez dormir sur vos deux oreilles, cette nuit. Nous ne sommes plus en danger. La région est plus ou moins sécurisée.

— Plus ou moins ?

— C'est-à-dire que les rebelles et les brigands ont cessé d'opérer dans cette partie du Darfour depuis que l'UA y a dépêché des unités militaires.

— Content de l'apprendre.

— Dès que nous arriverons au camp, nous informerons les autorités que vous êtes sain et sauf. Si tout va bien, vous serez rapatrié en moins d'une semaine.

— Attendons d'arriver au camp. Ce pays m'a rendu superstitieux.

Elle rit, et ses fossettes lui fendent les joues en deux, prononçant la finesse de ses traits.

— Vous êtes de quelle ville, docteur Krausmann ?

— Frankfurt… Vous pouvez m'appeler Kurt.

— Seulement si vous consentez à m'appeler Elena.

— Très bien, Elena. C'est un joli prénom… Vous êtes de Madrid ?

— De Séville…

— J'adore Séville. J'y suis allé plusieurs fois. C'est une ville magnifique, et ses gens sont accueillants.

— Cela fait des années que je n'y suis pas retournée. Mes parents sont installés à Valence. Ils gèrent un petit restaurant sur la côte… Vous avez des enfants ?

— Mon épouse n'en voulait pas. Enfin, elle n'était pas pressée d'en avoir. Son travail ne le lui permettait pas.

— Elle est dans la médecine, elle aussi ?

— Elle était dans le marketing… Et vous ? Vous avez des enfants ?

— Mes patients sont jaloux. Ils ne veulent pas de concurrence déloyale.

Ses yeux reviennent sur moi, brillants comme des joyaux. Je la laisse siroter son café et tirer sur sa cigarette avant de lui demander si ses patients sont *excessivement possessifs*. Elle fait le tour de ma question, paraît deviner ce que j'entends par « excessivement possessifs », soulève un ravissant sourcil mais elle n'a pas le temps de me répondre. Un infirmier arrive, la mine embarrassée. Il n'a pas besoin de dire ce qui l'amène. Elena a compris. Encore une fois, *le devoir l'appelle*, et notre conversation est interrompue au moment où elle devenait intéressante. Elle me fait un petit signe d'adieu et se lève. Je me propose de l'assister ; elle me conseille de me reposer car, dit-elle, la dernière étape est souvent la plus rude. Sa main effleure mon épaule. J'ai failli poser ma joue dessus. Par pur réflexe. Cela ne lui a pas échappé. Elle se dépêche d'emboîter le pas à l'infirmier. Je me contente de la regarder s'éloigner.

Je n'ai pas réussi à fermer l'œil, après. Et ce n'est pas à cause du danger.

III

RETOURS

1

Nous atteignons le camp de la Croix-Rouge à la tombée de la nuit. Sur les rotules. Dans un état de délabrement avancé. Les vieillards se sont effondrés dès qu'ils ont franchi le seuil du portail. Il a fallu les ramasser. Les femmes et les enfants chavirent dans la poussière, semblables à des lambeaux de chair enveloppés dans des hardes, la bouche balbutiante de faim et de soif. Nous avons perdu deux autres compagnons en cours de route et trimbalé les plus atteints à tour de rôle. Des infirmiers accourent à notre rencontre. Des brancards sont dépliés. Personne au camp ne s'attendait à un tel arrivage. On n'avait rien prévu pour, non plus. Elena tente de mettre de l'ordre dans les interventions ; très vite, elle consume les ultimes calories qui lui restent et abdique. Un grand monsieur dégingandé nous rejoint sur la cour du camp. C'est le directeur du centre. La soixantaine, les épaules voûtées et le nez turgescent, il nous domine d'une tête. Sa voix de stentor, qui contraste avec ses manières amènes et ses gestes feutrés, claque comme un fouet. Il commence par distribuer des instructions à son personnel, charge les brancardiers de s'occuper en priorité des vieillards et des enfants, ordonne qu'on prépare des repas chauds et deux guitounes, ensuite, les familles dispatchées et le calme revenu, il se tourne vers Elena et son équipe qui, ne tenant plus debout, se sont assis par terre, la nuque ployée et les bras autour des genoux. Bruno et moi ignorons si nous devons nous rabattre sur les deux guitounes ou attendre sur place que l'on décide de notre sort. Le directeur ne nous a pas accordé d'attention particulière. En réalité, rien ne nous distingue des autres rescapés. Dépenaillés, avec nos jambes d'échassiers et nos mines déconfites, nous ressemblons à deux épouvantails largués dans un champ. Le directeur s'accroupit devant une Elena pantelante, lui tape sur le poignet en signe de soutien et l'aide à se relever. Pendant qu'Elena, Lotta et Orfane font leur rapport dans le bureau du directeur, les deux infirmiers prennent congé de nous et regagnent une aile du camp. Lentement, le remous des familles en train de s'installer sous les tentes s'atténue pour céder la place au ronronnement d'un groupe électrogène. Le camp est quadrillé de projecteurs et parsemé de lampadaires anémiques. On peut voir les rangées de tentes articulées autour du siège administratif que veille un château d'eau monté sur un échafaudage métallique, un bloc en dur aux fenêtres éclairées qui a l'air d'être une infirmerie, un autre bloc en dur surmonté d'une cheminée – sans doute, les cuisines –, un cagibi vitré à l'entrée de l'enceinte en guise de poste de police et, un peu en retrait, un immense hangar en toile frappé d'une croix rouge. Il y a un parc auto sur le flanc sud du camp où deux ambulances et deux Land-Rover patientent sous des abris en tôle ondulée. On se croirait dans le cantonnement d'un régiment en campagne. Rien à voir avec les camps de réfugiés que l'on a l'habitude de voir à la télévision. Ici, ni émeute ni cohue.

Ni feu de camp ni tapage nocturne. Tout paraît scrupuleusement agencé.

Quelques minutes plus tard, Lotta Pedersen vient nous chercher. Elle nous conduit dans le bureau du directeur, une baraque en préfabriqué équipée d'armoires coulissantes, d'un ordinateur, de chaises rembourrées et d'étagères obturées d'ouvrages et de brochures médicaux, de registres, de dossiers numérotés et classés par ordre chronologique, d'encyclopédies aux couvertures cartonnées et d'un tas de paperasse rangé avec soin. Elena est enfoncée dans un vieux canapé à ressorts, fourbue, un verre d'eau à la main. Sa bouille à fossettes est convulsée et ses paupières lourdes voilent à moitié ses yeux. Orfane est assis d'une fesse sur l'accoudoir du canapé, les doigts croisés sur le genou. Sous le choc de notre identification, le directeur nous reçoit avec un luxe de prévenances, nous offre un carafon d'eau traitée et nous laisse nous désaltérer. Il dit s'appeler Christophe Pfer, qu'il est belge et qu'il exerce près de la Croix-Rouge depuis dix-sept ans – il en garde d'ailleurs une cicatrice sur le menton héritée de la guerre des Balkans et un genou amoché suite à un guet-apens essuyé dans une forêt salvadorienne. C'est un homme affable, assagi par deux décennies de corps à corps avec la bêtise humaine et le gâchis qu'elle engendre d'un bout à l'autre de la planète. Avec ses cheveux gris bouclés, ses moustaches fournies et la nonchalance de sa dégaine, il rappelle Lee Marvin dans *Cat Ballou*. Comme tout individu disposant d'une radio ou ayant accès à un site d'information, il était au courant de l'enlèvement de deux Allemands par des pirates au large des côtes somaliennes ; par contre, il était à mille lieues de s'attendre à accueillir l'un d'eux dans ses propres locaux.

Il m'apprend que la presse internationale continue de parler de notre rapt et que des recherches de grande envergure ont été engagées pour nous retrouver. Je lui demande s'il a des nouvelles de Hans Makkenroth. Il n'en a aucune. D'ailleurs, il n'arrive pas à croire qu'il s'agit bien de moi car lui aussi trouve curieux que les ravisseurs aient choisi le Soudan au lieu de la Somalie pour monnayer notre libération. Bruno lui demande si on n'a pas déployé son poster géant sur les frontons municipaux de France et provoqué des marches pour sa délivrance sur les Champs-Élysées. Le directeur lui avoue que personne n'est au courant de sa disparition. Bruno feint le scandalisé avant de préciser qu'il n'est pas un vulgaire touriste, mais un Africain à part entière, que sa mésaventure est strictement une affaire africaine et qu'elle ne regarde ni de près ni de loin les médias occidentaux, ensuite, prenant conscience de la perplexité qu'il vient de provoquer, il exécute une kyrielle de pantomimes goguenardes pour se rattraper, et le directeur se gratte derrière l'oreille en se demandant si le Français a toute sa tête, l'humour en ces pénibles circonstances étant inapproprié. Toutefois, il promet de contacter nos ambassades respectives dès que la liaison radio sera établie et nous recommande d'aller prendre un bon bain et un bon repas chaud et de nous coucher. Bruno demande la permission de rejoindre *ses* frères africains sous la guitoune. Il y a dans sa requête une sorte de revendication sibylline. Je lui cligne de l'œil, histoire de lui signifier que je le comprends et l'approuve. Il pivote sur ses talons à la manière d'un troufion et file droit sur les deux guitounes réquisitionnées. Orfane se propose de me prendre en charge pour la nuit. Il m'invite dans sa loge aérée et reposante, équipée d'un climatiseur, de deux bancs matelassés, d'un petit bureau, d'une penderie encastrée et d'une salle de bains aux murs carrelés, exiguë mais étincelante. Je manque de tomber à la renverse lorsque la glace des lavabos me renvoie mon reflet. Après ce que j'ai enduré physiquement et moralement, je m'y attendais un peu, sauf qu'au lieu d'un naufragé, je tombe sur une épave. J'ai l'air d'un zombie, avec ma barbe sauvage, mes cheveux ébouriffés et sales, mes yeux poussiéreux qui suintent sur mes joues ravinées et mon teint de papier mâché. Ma chemise n'est qu'un torchon crotté et mon pantalon tirebouchonné évoque une serpillière. J'imagine que je dois sentir le rat crevé. Orfane me montre du savon d'Alep et du shampoing sur un support en inox à côté de la douchette, je m'empresse de me déshabiller et de me jeter sous l'eau. Pendant que je me lave, mon hôte allume une minichaîne sur une musique afro-américaine qui me fait frémir de la tête aux pieds. Il y a si longtemps que je n'ai pas écouté autre chose que des invectives grossières et des jérémiades. Moi qui, d'habitude, ne pouvais mettre en marche ma voiture sans actionner le poussoir de la radio ou du lecteur CD, je mesure combien la musique m'a manqué, et combien ce manque a appauvri mon être. Un flot d'air pur s'engouffre dans mes poumons. J'ai le sentiment d'entendre mon âme se reconstruire. Mon cœur bat si fort que je crains une attaque. La musique, tout mon être la réclame, et je me réclame d'elle comme d'un hymne à la vie. Les coulées mousseuses sur mon corps me réconcilient avec moi-même. Tandis que la voix du crooner me remplit d'ivresse, je me frotte et me savonne avec hargne pour conjurer les saletés de ma chair et celles de mon esprit. L'eau qui ruisselle à mes pieds en est presque noire.

Orfane me lance un peignoir et m'offre d'occuper le banc près de la fenêtre. Un plateau en carton ciré m'attend sur la table de chevet : de la soupe fumante, une assiettée de salade, du pain blanc et une tranche de poisson boucané. Je me jette dessus sans retenue. Orfane extirpe d'un frigo nain une canette de bière, me la tend et va dans la salle de bains se laver. Quand il en ressort, emmailloté dans un pagne à gros poils blancs, il va chercher une bouteille de soda dans le frigo et la décapsule d'un coup de pouce.

— Vous voulez une autre bière ?

— Non, merci... C'est votre épouse ? demandé-je en montrant le portrait d'une femme noire trônant sur le bureau à côté d'une autre photo sur laquelle trois hommes de couleur posent autour d'un Blanc.

Il me gratifie d'un large sourire et rectifie :

— C'est ma mère à ses trente ans.

Je contemple le cadre en bois au fond duquel la femme noire interroge ses soucis. Elle a les traits gracieux et le port altier. Bruno m'a dit que les Africains vouent une vénération religieuse à leurs mères, persuadés que sans la bénédiction de la Mama aucune prière ne serait exaucée.

— Elle est très belle, lui dis-je.

— Normal, mon père était le chef du village.

Il boit au goulot, pose la bouteille sur la table de chevet et baisse un peu le son de la minichaîne.

— Nina Simone, « Don't Let me Misunderstood »... C'est mon sédatif à moi. J'ai aussi Marvin Gaye. Lorsque Marvin donne de la voix, les nuages de mes tracasseries se dissolvent et l'été inonde mes pensées...

— J'aime bien ce chanteur, dis-je. Il est magique.

— N'est-ce pas ?

Le banc geint sous son corps d'athlète. Il tend le bras et ramène la photo des quatre hommes debout dans un bar enfumé et plein à craquer. Le mouvement de sa main est empreint de tendresse. Il me montre un Noir trapu portant une casquette de docker et un manteau trop grand pour lui visiblement enchanté de se faire prendre en photo avec les trois autres.

— C'est mon père… le Blanc, là, c'est Joe Messina, lui, c'est Robert White, et celui-là, c'est Eddie Willis… L'histoire de cette photo est une incroyable épopée. (Il repose le cadre sur le bord du bureau.) C'est mon père qui m'a appris à écouter la musique. Chef de village choyé, il exigeait de ses courtisans qu'ils lui offrent des disques pour son anniversaire. Mon père fêtait son anniversaire chaque fois qu'un tube se déclarait quelque part. Il raffolait de la musique afro-américaine. Notre maison croulait sous les Otis Redding, Melvis, Louis Amstrong, Jimi Hendrix, Aretha Franklin, Dee Dee Bridgewater, Abbey Lincoln… Il nous fallait les écarter par cartons entiers pour voir où mettre les pieds. Et dans ce capharnaüm qui rendait dingue ma mère, mon père était le seul à se retrouver. Il savait exactement où était rangé tel ou tel morceau. Mon père avait un faible pour les Funk Brothers. Un matin, il a laissé tomber son trône en rosier, sa belle parure en plumes d'autruche et son sceptre taillé dans un baobab, et il a disparu. On a pensé à un enlèvement ou à un assassinat, mais on n'a retrouvé ni son corps ni ses traces. Volatilisé, comme ça, ajoute-t-il en claquant des doigts. Un soir, trois ans plus tard, il est de retour au village. Sans crier gare… Il était parti aux États-Unis, en « pèlerinage » à Detroit. Il a traversé des pays sans le sou et sans papiers, pratiqué tous les petits métiers minables du monde pour se payer un billet de train ou un ticket d'autocar, galéré des mois sur les ports pour choisir son rafiot et son moment, et il a réussi à se rendre clandestinement jusqu'à Detroit. Et tout ça, pour quoi ? Pour se faire prendre en photo avec ses idoles, Joe Messina, Robert White et Eddie Willis. Rien que pour se faire prendre en photo avec ces trois gars. Ni plus ni moins. Le lendemain, son trophée dans la boîte, il a repris le chemin du retour.

— Vous exagérez...

— Je vous promets que c'est la vérité, toute la vérité, rien que la vérité, je le jure, glousse-t-il en levant la main pour prêter serment. Mon père disait : « Aucune nation ne peut survivre sans mythes et aucune jeunesse ne peut s'épanouir sans idoles. » Quand ces deux repères manquent à l'appel, c'est la débandade. Les gouvernants africains refusent de l'admettre. C'est pourquoi ils renvoient leurs peuples à l'âge de pierre. Je m'abstiens de hasarder le moindre avis sur ce sujet.

— Ça vous ennuierait si je me mettais à poil ? me demande-t-il. Il fait chaud, et j'aime dormir nu.

— Mettez la clim.

— Nous sommes alimentés en électricité par un groupe électrogène. C'est strictement rationné, et l'extinction des feux est fixée à dix heures, c'est-à-dire dans quinze minutes.

Sans attendre ma permission, il se défait de son pagne et son corps d'ébène tranche net sur le blanc des draps.

— C'est quoi votre genre musical préféré, docteur Krausmann ?

— Le classique, évidemment.

— Je m'en doutais un peu. Remarquez, c'est tout à fait naturel pour un descendant de Beethoven... Moi, je les aime toutes. De Mozart à Alpha Blondy. Sans distinction de races ou de mœurs. C'est en décelant dans le bruit un son et un rythme que l'homme s'est découvert à lui-même. Et ça l'a grandi parmi les êtres et les choses. J'adore les musiciens. J'adore les chanteurs, des cantatrices aux enfants de chœur, des barytons aux rappeurs. Voyez-vous, docteur Krausmann ? La musique est l'unique talent que Dieu envie aux hommes.

— Je suis d'accord avec vous, docteur Orfane.

Il monte le son de la minichaîne et ferme les yeux.

— Vos parents sont-ils encore de ce monde ?

— Ma mère est morte depuis des années, lui dis-je.

— Oh ! je suis désolé. Et votre père ?

— Est-ce que vous pouvez éteindre la lumière, s'il vous plaît ?

— Bien sûr. La musique aussi ?

— Non, au contraire.

— Vous avez de la chance. La chaîne est branchée à une batterie d'automobile. Groupe électrogène ou pas, chez Orfane, c'est la fête quand ça lui chante…

— Bonne nuit, docteur Orfane.

— Bonne nuit, docteur Krausmann… Je vous ai mis un pantalon, une chemise et des sous-vêtements propres sur la chaise. Comme on a à peu près la même taille, ils vous iront bien.

— Merci.

— Vous avez des furoncles et un teint plutôt mal en point. Il va nous falloir examiner tout ça, demain matin.

Et il éteint.

Malgré la fatigue et l'hospitalité ouatée des draps, je ne parviens pas à fermer l'œil. Mon cerveau tourne avec une vélocité démentielle. Je ne pense à rien de précis, mais chaque image, aussi vague soit-elle, me tient en haleine en se ramifiant à travers le lacis de mon insomnie. Je passe en revue des choses qui n'ont ni queue ni tête, repoussant celles qui ont trait aux épreuves subies. Je ne tiens pas à remuer le couteau dans la plaie. Je n'en ai pas la force. Je veux basculer dans un sommeil si profond que j'entendrais mon sang purger mes veines de leur encre. Mais mes muscles en se torsadant m'empêchent de décompresser. Je me couche sur le flanc droit, sur le flanc gauche, sur le dos, sur le ventre, la tête sous l'oreiller, sur l'avant-bras, impossible de m'endormir. Je m'imagine chez moi, dans mon lit parfumé ; l'absence de Jessica tisonne mes hantises. Je pense à Frankfurt, à mon cabinet, à mes patients, et pas moyen de desserrer le carcan de mes angoisses. En désespoir de cause, je fixe le plafond et écoute la nuit moite et exsangue ruminer ses nostalgies à l'abri de ses obscurités. Orfane se met à ronfler et à baragouiner. Je m'éjecte du lit et sors m'asseoir sur le marchepied de la cabine. Une grosse lune dorée est punaisée au beau milieu du ciel, si proche que l'on discerne avec précision la configuration de ses cratères. Quelques silhouettes s'agitent du côté des guitounes. J'ai envie d'une bière mais je n'ose pas aller m'en chercher dans le frigo. Le souffle doucereux du désert étale ses pellicules sur mon torse nu. Je demeure ainsi jusqu'à ce qu'un vertige se mette à se jouer de ma vue. Je regagne ma couche à tâtons dans le noir. Je crois que je me suis assoupi avant que ma tête n'atteigne l'oreiller.

Le soleil était à son zénith lorsque je me suis réveillé. J'ai enfilé les vêtements qu'Orfane m'a prêtés et je me suis rendu au siège administratif. Le directeur m'offre du café et m'annonce que le fax est passé et que nos ambassades ne vont pas tarder à réagir. Je prends congé et vais me dégourdir les jambes avant d'être intercepté par Orfane qui m'emmène *manu militari* à l'infirmerie me faire un bilan de santé complet et traiter mes cloques et mes furoncles. En sortant de la salle de soins, je tombe sur Elena occupée à tripatouiller ses lacets à proximité d'une roulotte. Son visage rafraîchi s'illumine lorsqu'elle m'aperçoit. Elle se redresse et me demande de loin si j'ai bien dormi. Je lui dis que j'ai sombré dans le sommeil comme une enclume. Elle rejette la tête en arrière dans un roucoulement exquis et m'avoue que, de son côté, il a fallu solliciter un scaphandrier pour la sortir de son coma. Elena est sublime avec ses cheveux défaits qui lui fouettent les hanches et son minois andalou mordoré et subtil. Elle porte un jean délavé, une chemise à encolure ouverte sur son pendentif et des espadrilles d'un jaune criard. « C'est mon jour de congé, dit-elle pour justifier la légèreté de sa tenue. Comme on n'a pas d'endroits où se divertir, je m'habille décontracté. » Jessica n'aurait pas toléré un jean sur son corps, encore moins de chaussures en toile à ses pieds. Jessica, c'était la rigueur vestimentaire, la coupe impeccable, le tailleur sur mesure sans un pli ni un fil qui dépasse. Elle passait plus de temps à essayer une robe dans un magasin de luxe qu'un chirurgien à opérer un grand blessé. Tant de fois, je lui avais suggéré des habits moins stricts, sans succès. À la maison comme à la ville, elle était intraitable sur le sujet. Cependant, ses atours seyaient à ravir à sa peau diaphane et conféraient à sa blondeur platine un lustre solaire. Jessica, mon Dieu ! Jessica... Petit, de retour de l'école, je faisais exprès d'effectuer une large embardée pour passer devant une maison somptueuse au jardin beau comme un songe. En culotte courte, le cartable sur le dos, je ralentissais pour admirer en catimini la demeure dont la fraîcheur compensait, à elle seule, la fadeur de notre faubourg. J'aimais l'ardoise étincelante sur son toit, le tracé sophistiqué de sa façade, les colonnes de marbre en faction de part et d'autre du perron fleuri que surplombait une porte en chêne monumentale. Je me demandais comment étaient les gens qui vivaient à l'intérieur, quelle intimité ils entretenaient avec le faste et l'opulence, et si, une fois la nuit tombée et les lumières éteintes, leur sommeil continuait de leur procurer autant de bonheur que le confort dans lequel ils baignaient. Un jour, en rentrant de l'école, je vis une ambulance devant le porche de la belle demeure et des voisins sur le trottoir qui regardaient des brancardiers sortir une dépouille. J'appris plus tard que la vieille femme richissime qui habitait seule dans cette maison de rêve était morte depuis des jours et des jours sans que personne s'en aperçoive… En pensant à Jessica, c'est cette splendide demeure qui m'est venue spontanément à l'esprit. Derrière mon bonheur d'époux comblé, quelque chose était en train de se décomposer à mon insu. À l'instar de cette femme si fortunée et cruellement oubliée dans son tombeau doré…

— Est-ce que ça va ? me demande Elena.

— Heu, oui… pourquoi ?

— Je ne sais pas. Pendant une seconde, j'ai cru que vous étiez mal.

Je lui souris.

— Je n'ai pas tout à fait récupéré.

— Oh ! vous savez. Tout finit par rentrer dans l'ordre.

— Le plus vite serait le mieux.

Elle me dévisage d'un œil professionnel puis, rassurée, elle me dit que l'heure des braves a sonné et me propose d'aller manger. Mais avant, elle sort de sa poche un petit appareil et me prend en photo. Sans solliciter mon consentement. Elle est irrésistible, Elena.

La cantine est une petite salle oblongue coincée entre les cuisines et la lingerie. Quatre médecins et un pasteur sont attablés dans un coin et écoutent un jeune Noir plâtré raconter des anecdotes qui les font tordre de rire. Elena les salue au passage. Nous ramassons des plateaux sur un guéridon et nous nous servons au comptoir avant de nous installer près d'une fenêtre dont les stores en coutil filtrent la lumière poussiéreuse du dehors. « Ils ont le moral, vos collègues, soufflé-je dans l'oreille d'Elena. – En Afrique, le rire est une seconde nature, Kurt », me dit-elle. Son « Kurt » me touche au plus profond de moi-même. Elle s'excuse de la frugalité des repas et m'explique que les routes n'étant pas sûres et les convois de ravitaillements régulièrement attaqués et détournés par les hors-la-loi, les autorités sont contraintes d'approvisionner le camp par voie aérienne. Comme il n'y a qu'un seul avion-cargo pour desservir les camps enclavés, les rotations sont aléatoires, et il arrive que l'on manque de denrées alimentaires pendant des semaines – d'où la gestion drastique de l'ordinaire décrétée par la direction. Je la rassure en lui confiant que par rapport aux dégueulasseries que les pirates me livraient dans des gamelles pourries, il serait ridicule que je fasse la fine bouche. Sa main s'est posée sur la mienne. « Oh ! j'imagine », soupire-t-elle. Le contact de ses doigts et l'odeur musquée de sa chair me procurent un réconfort étrange, et je souhaite en mon for intérieur qu'elle ne retire pas sa main tout de suite.

Après le repas, Elena m'emmène visiter le camp. Puis nous allons de l'autre côté de la barrière grillagée faire le tour d'un gigantesque chantier à quelques centaines de mètres. Elena m'apprend qu'il s'agit d'un village pilote destiné aux réfugiés spoliés de leurs terres et forcés à l'exode. Une large avenue coupe le chantier en deux rives. De part et d'autre, des bâtisses en dur commencent à pousser, certaines encore au stade des fondations, d'autres en phase de finitions. Il manque la boiserie et les toitures, mais les travaux semblent avancer, vu les dizaines d'ouvriers qui s'affairent partout dans le tohu-bohu des brouettes geignardes et des scies à métaux.

— Les réfugiés n'ont pas besoin que de soins et de nourriture, me dit Elena. Ils veulent recouvrer leur dignité aussi. Ce sont eux qui construisent par eux-mêmes leur cité. Bien sûr, des architectes et des conducteurs de travaux sont venus d'Europe lancer les opérations, mais ce sont les réfugiés qui bâtissent. Ils sont heureux d'avoir du travail et un projet d'avenir. Un peu plus au sud, nous avons construit des fermes d'élevage et tracé des vergers. Les fermes sont gérées par des veuves afin qu'elles subviennent aux besoins de leurs familles. Les vergers sont confiés à des pasteurs convertis en agriculteurs. Et ça a l'air de leur convenir. Bientôt, les premières habitations seront livrées et ce village naîtra au monde. Nous allons loger, dans un premier temps, quarante-trois familles. À la fin de l'année, nous en aurons casé soixante-cinq autres. N'est-ce pas magnifique ? Lorsque nous avons installé le camp, il y a deux ans, il n'y avait pas une seule cahute debout à cent kilomètres à la ronde. C'était la vallée des ténèbres, par ici. Et regardez ce que nous sommes en train de réussir. J'en suis si fière.

— C'est votre droit, et je vous en félicite. C'est un bel exploit.

— Ce village s'appellera Hodna-City. En arabe, ça veut dire à peu près « apaisement ».

— C'est un joli nom. En tous les cas, il sonne bien.

Elena est au comble du ravissement. Sa façon de me montrer les réalisations, son enthousiasme enfantin et ses yeux qui brillent sont un ballet de lumière.

— Nous avons une école, là-bas. Trois classes de quarante élèves chacune, et six instituteurs autochtones, tous des rescapés. Et un stade de foot, avec des buts en bois et du tuf. Après les cours, vous allez voir, tous les gosses vont se précipiter pour assister au match... Nous essayons de donner à ces gens une vie normale. Et ils sont prédisposés à la reprendre. Ils ont déjà pardonné.

Elle savoure un bout de silence et repart de plus belle, volubile et inspirée. Elle me promet qu'il y aura une grande salle des fêtes, une bibliothèque, peut-être un cinéma, un marché traditionnel sur la place, des échoppes et des troquets sur l'avenue, et bien d'autres commodités.

— Est-ce que vous avez un barbier dans les parages ? lui demandé-je. Il faut que je me débarrasse de cette toison qui me ronge le visage.

— Nous en avons un, et un virtuose.

Vingt minutes plus tard, je me retrouve assis sur un tabouret en plein air, une serviette au cou et de la mousse sur la figure, livré au rasoir et aux coups de ciseaux d'une Lotta Perdersen époustouflante dans son rôle de coiffeur occasionnel. Et pendant que la gynécologue scandinave réhabilite mon image, une ribambelle de mioches vient se déployer autour de nous en rigolant à gorge déployée, amusés de voir une femme raser un homme.

Un turban luisant d'apprêts autour de la tête, Bruno se morfond sur le seuil du bloc administratif. Il s'est lavé, décrassé, fait des amis parmi les magasiniers – ce qui explique le kamis et les tongs sahariennes fraîchement retirées de leur cellophane qu'il arbore – mais il n'a pas touché à un poil de sa barbe raspoutinienne. Un chapelet pirouettant autour du doigt et les yeux soulignés au khôl, il a l'air d'un cheikh s'apprêtant à haranguer les masses populaires. Il n'est pas content, Bruno ; ses narines palpitent dans sa mine maussade. Il a essayé à maintes reprises de joindre Djibouti par téléphone et, chaque fois que ça sonnait au bout du fil, la liaison s'interrompait. Bruno soupçonne le standardiste de l'empêcher de contacter l'*extérieur*. Il serait fort probable, selon lui, que la direction du camp ait reçu des instructions gouvernementales pour tenir au secret notre situation sinon, comment expliquer que ni l'ambassade de France ni celle d'Allemagne n'aient réagi au fax qui leur a été adressé tôt le matin.

Le directeur atteste que le fax est bien arrivé et que sa tutelle à Khartoum est en train de faire le nécessaire auprès des institutions concernées.

Le lendemain, aucune nouvelle de Khartoum. Bruno et moi avons consumé la matinée dans le bureau de M. Pfer à guetter le crissement du fax ou la sonnerie du téléphone. Vers midi, le standardiste réussit à établir la liaison avec Djibouti et Bruno éclate en sanglots en reconnaissant la voix de sa compagne au bout du fil. Ses rires explosent au milieu de ses pleurs. Je ne comprends pas ce qu'il dit en arabe cependant il est clair que la ligne vibre d'un trop-plein d'émotion. Bruno se mouche dans son turban, hoquette, grimace, se tape le front avec le plat de la main, bondit dans son siège, lance des cris stridents en guise d'exclamations. Sa compagne lui passe, tour à tour, des proches, des voisins, le boutiquier d'en face, un vieil ami, que sais-je encore ? et j'imagine tous ces gens, ameutés par un formidable bouche-à-oreille, suspendre leurs faits et gestes et se précipiter sur le combiné pour dire combien ils sont heureux d'apprendre que *leur* cher Français est toujours de ce monde et combien il leur tarde de le revoir en chair et en os. La conversation perdure. Parfois, Bruno est contraint d'attendre son prochain interlocuteur qu'on a envoyé chercher à l'autre bout de la rue ou une vieille connaissance alitée qui tient coûte que coûte à lui parler et que l'on doit soustraire de son grabat et traîner jusqu'au téléphone. Aux silences succèdent des interpellations euphoriques, et de nouveau les larmes et les rires fusionnent. En raccrochant, Bruno s'est métamorphosé. Il est aux nues, les pupilles radieuses. Il me prend dans ses bras, ensuite il saute dans ceux du directeur et danse comme un orphelin rendu à sa famille.

M. Pfer nous invite à aller au « mess » fêter les joies du Français. En sortant du bureau, nous voyons deux infirmiers traverser la cour à toute vitesse en direction du portail principal du camp. Des enfants sont debout devant leurs guitounes et montrent du doigt quelque chose. Je porte ma main en visière à cause du soleil et j'aperçois une silhouette tituber au loin, un fardeau sur le dos. Le directeur, qui a tout de suite compris de quoi il retourne, envoie un secrétaire alerter l'infirmerie. Nous renonçons à la cantine et nous nous dépêchons de rattraper les deux infirmiers. La silhouette ne s'arrête pas en voyant arriver les secours. Elle continue sa marche chancelante en direction du camp. Les deux infirmiers tentent de la soulager de son fardeau, elle refuse et poursuit son chemin, tel un automate. Bruno l'identifie le premier : c'est le jeune homme au chariot qu'on avait abandonné avec sa mère dans le désert !... Il est là, devant nous, chavirant mais debout, sa mère sur le dos. Il entre dans le camp, le pas vacillant et le regard vide, sourd aux recommandations des infirmiers qui tentent de prendre en charge la vieille femme. On dirait qu'il veut aller jusqu'au bout de son exploit, jaloux de son parcours et repoussant toute aide qu'il juge prématurée. Les enfants, qui l'ont reconnu, se ruent sur lui, incrédules. Ils ne crient pas, ne s'approchent pas trop de lui ; ils se contentent de l'escorter jusqu'à l'infirmerie où un médecin et deux de ses assistants attendent. La vieille femme est immédiatement allongée sur un brancard et conduite dans la salle de soins.

Les lèvres blanchâtres et les yeux sur le point de basculer, le fils prodige se laisse choir contre le mur, esquinté, les bras ballants, les mollets cisaillés, le dos fumant, à moitié mort mais vaillant, incroyablement vaillant, souverainement vaillant.

Bruno se tourne vers moi et me dit, revanchard et fier :

— L'Afrique, *c'est ça*, monsieur Krausmann !

2

Le directeur nous convoque dans l'après-midi, Bruno et moi. Il nous apprend que des représentants de nos chancelleries respectives arriveront demain et nous avertit qu'il y aura probablement des journalistes dans la délégation et, peut-être, des militaires soudanais. Il nous brosse un tableau de ce genre de rencontres auquel il lui est arrivé d'assister, le choc émotionnel que cela provoque et qui, parfois, tourne mal. Bruno se borne à opiner du chef. Quand M. Pfer finit son briefing, le Français lui précise qu'il n'a pas l'intention de rentrer à Bordeaux mais à Djibouti. Le directeur lui promet de voir ce qu'il peut faire et nous libère.

Bruno me conduit auprès d'un vieillard alité sous une guitoune. Ce dernier n'est pas malade mais trop âgé pour tenir sur ses jambes. La figure fondue et le geste parcimonieux, il ne fait que sourire d'un air ébahi. Bruno me confie qu'il s'agit d'un marabout-guerrier et d'un sourcier hors pair capable de flairer la nappe d'eau à des lieues à la ronde et de la localiser sans avoir recours à un rameau ou un pendule. Selon le Français, le vieillard d'origine éthiopienne fut une figure emblématique de la Corne d'Afrique. Son aura s'étendait des Bédouins yéménites aux fabuleux Masaïs du Kenya. Il avait été l'instigateur et un meneur intrépide de l'insurrection armée contre l'invasion italienne de 1935 – Mussolini aurait réclamé sa tête à prix d'or. Après la reconquête nationale au début des années 1940, il fut l'un des soucis majeurs de l'empereur Hailé Sélassié. Puis, l'avènement du communisme en Éthiopie chamboula de fond en comble les structures traditionnelles de la nation et le vieillard passa une décennie à moisir dans les basses-fosses du régime d'inspiration marxiste-léniniste pendant que les sbires de Mengitsu Haile Mariam assassinaient, faisaient disparaître et forçaient à l'exil les membres influents de sa tribu. Déchu et traqué, il a fini par se dissoudre dans la foule des réfugiés et a erré d'une contrée à l'autre jusqu'à ce que l'âge ait raison de ses forces. Recueilli au camp, il attend de mourir comme meurent les légendes dans les pays où les mémoires s'effacent avec les générations. Je me demande pourquoi Bruno me raconte tout ça et m'aperçois qu'il n'a pas d'arrière-pensées, qu'il est simplement fier du charisme des *siens*. Pendant que le Français parle, le vieillard garde ses yeux rivés sur moi. Il doit avoir plus de cent ans et rappelle un doyen apache sur son catafalque de plumes. Il porte un collier talismanique et un chapelet d'ambre en guise de bracelet. Une bague à l'effigie d'une déité antédiluvienne lui ronge le doigt telle une grosse verrue. Bruno me certifie que le bijou avait appartenu au Négus en personne, que ce dernier l'avait offert au marabout-guerrier en gage de bonne intelligence. Le vieillard balbutie ; ses paroles sortent de sa bouche édentée comme d'un abîme, sépulcrales et hachées, et s'évanouissent dans l'air pareilles à des volutes de vapeur. Il tend le bras vers moi et pose sa main ouverte sur mon front. Une onde d'énergie traverse mon cerveau, et une sensation bizarre, semblable à une lévitation, m'oblige à reculer. Il me dit quelque chose dans son dialecte que Bruno me traduit ainsi : « Pourquoi es-tu triste ? Tu ne devrais pas. Seuls les morts sont tristes de ne pouvoir se relever… » Je me dépêche de prendre congé de lui et prie Bruno de m'accompagner jusqu'au village pilote.

C'est la fin des classes, et les écoliers virevoltant dans leur tablier se ruent vers le stade dans une clameur cristalline. Nous assistons au match de foot que les deux équipes disputent avec âpreté, tacles en règle et marquages stricts.

Elena, Orfane et Lotta tardant à nous rejoindre, nous dînons, Bruno et moi, à la cantine. Bien que son grief contre moi semble dépassé, Bruno montre des signes d'anxiété. Partagé entre la crainte de décevoir les envoyés de son ambassade et l'idée de retrouver sa compagne et ses amis de Djibouti, il ne sait où donner de la tête. Lorsqu'il se rend compte qu'il est en train de mimer ses pensées, il se ressaisit. Il fait tinter sa cuillère sur le rebord de son bol, touille sa soupe, y trempe un bout de pain, l'y oublie.

— J'admets que c'est une superbe créature, déclare-t-il soudain.

— Qui ?

— Elena Juarez.

Bruno me surprendra toujours. On le voit arriver, mais on ne devine jamais si c'est en hôte ou en intrus. Le petit sourire qu'il esquisse est plein de malice. Il sait qu'il vient de me prendre de court et ma confusion exalte son ego.

— Je vous ai bien observé au stade. Vous n'avez

pas arrêté de sursauter chaque fois que vous avez cru la reconnaître dans la cohue.

— Vous dites n'importe quoi, bafouillé-je, irrité par ses indiscrétions.

— C'est ça...

— Je suppose qu'il s'agit encore de cette fâcheuse curiosité africaine.

— Je vous ai vu la regarder hier, avant-hier et le jour d'avant. Vos yeux étaient pleins d'elle.

— S'il vous plaît, Bruno... Le moment est mal choisi.

— L'amour n'en a cure. Quand il débarque, le monde peut attendre et le reste des questions est relégué d'office au rang de l'anecdotique.

Il plonge sa cuillère dans la soupe, repêche le bout de pain et le porte à sa bouche, le regard déjà parti loin dans ses replis secrets. Nous mangeons en silence, sans plus nous intéresser l'un à l'autre puis, nous nous séparons. Je regagne la loge d'Orfane, prends une douche et m'étends sur le banc matelassé. J'essaye de ne penser à rien, foutaises ! Je suis un tourbillon de pensées. Le fantôme de Jessica d'un côté, de l'autre celui de Joma, je suis pris dans leur feu croisé. J'éteins la lumière afin de me rendre invisible. Orfane rentre tard. Je feins de dormir. Prie pour qu'il n'allume pas. Orfane n'allume pas. Il se déshabille dans le noir, se glisse sous ses draps et se met aussitôt à ronfler. Je me rhabille et sors dans la nuit. Le groupe électrogène s'est tu. La lune jette une lumière anémique sur le camp. On veille du côté des guitounes. Je crois reconnaître la voix de Bruno, mais je n'en suis pas sûr. Je marche le long du grillage, les bras croisés sur la poitrine, la nuque basse. Deux chiots viennent renifler mes mollets. Je m'accroupis pour les caresser. Ils gémissent d'aise et filent vers le portail où un veilleur de nuit somnole, un minuscule transistor contre l'oreille… Un bout de cigarette brasille par intermittence dans l'obscurité. C'est Elena. Elle est assise sur le marchepied de sa loge, en short et en gilet de corps, et fume en fixant ses pieds. Au moment où je m'apprête à rebrousser chemin, elle m'aperçoit et m'adresse un petit signe de la main.

— Je n'arrive pas à fermer l'œil, lui dis-je en guise d'excuse.

— Moi non plus.

— Des soucis ?

— Pas vraiment.

Elle se pousse pour me laisser de la place sur le marchepied. Je m'installe à côté d'elle. Le contact avec son corps me trouble. Je sens la chaleur de sa chair contre ma peau, son parfum discret. Je crois qu'elle tremble, ou peut-être est-ce moi.

— Vous devriez arrêter la cigarette, lui recommandé-je pour surmonter la bouffée d'émotion en train de me gagner.

Elle sourit, donne une tape sur la cendre pour la chasser.

— Une à deux cigarettes par jour, ce n'est pas bien méchant.

— Si vous n'êtes pas accro, décrochez une fois pour toutes.

— J'aime bien m'en griller une le soir avant de dormir. Ça me détend un peu. Et puis, ça me tient compagnie.

— Vous vous sentez seule ?

— Ça m'arrive. Mais je n'en fais pas un plat. Je gamberge souvent, ce qui m'isole un peu. Alors, quand j'adjoins à mon aparté une cigarette, ça me fait comme un interlocuteur entre mes pensées et moi. Un interlocuteur qui m'appuie, si vous voyez ce que je veux dire.

Je n'insiste pas. Elle me dévisage. Je la contemple. La lumière de la lune l'éclaire avec douceur. Elle est très belle, Elena ; je ne me lasserai pas de me le répéter. Son tricot moule la volupté de son torse, ses bras soyeux n'en finissent pas d'étendre leur majesté. Son odeur musquée me grise, ses prunelles rappellent deux rubis enveloppés dans du velours.

— Je ne vous ai pas vue de toute la journée.

— J'étais au chevet de la vieille femme, dit-elle en faisant allusion à la mère du jeune homme au chariot.

— Comment va-t-elle ?

— Elle s'en sortira.

Elle se débarrasse de sa cigarette d'une chiquenaude et se tourne complètement vers moi.

— Êtes-vous croyant, docteur Krausmann ?

— Kurt...

— Êtes-vous croyant, Kurt ?

— Ma mère l'était pour l'ensemble de la famille. Elle avait tout pris sur elle... Pourquoi ?

— À propos de la vieille femme... Nous l'avions laissée pour morte, n'est-ce pas ? Pour nous tous, elle était en train de rendre l'âme. Si nous avons cédé au refus de son fils, c'est parce que nous pensions qu'il voulait l'enterrer dans l'intimité. Je n'arrive pas à croire qu'elle ait survécu. Cela fait six ans que je me trimballe en Afrique. J'ai été au Congo et au Rwanda avant. Et ce que j'ai vu dépasse l'entendement. Il y a des épiphénomènes, dans ces pays, que je n'arrive ni à situer ni à m'expliquer. C'est extraordinaire.

— Qu'est-ce qui est extraordinaire ?

— Les miracles, dit-elle en me regardant droit dans les yeux à l'affût de je ne sais quoi. J'ai été témoin de pas mal d'événements surnaturels. J'ai vu des gens revenir de très loin, des malades condamnés se relever le lendemain, et des choses tellement invraisemblables que je suis incapable de les relater sans me couvrir de ridicule.

Sa main étreint la mienne. Elena a ce geste chaque fois qu'elle a le sentiment de s'égarer. C'est beaucoup plus une façon de s'accrocher à quelque chose qu'un élan réfléchi.

— Ce continent est une terre sainte, Kurt. Je ne sais pas comment dire. Les gens sont... je ne trouve pas de mots.

— Étranges ?

— Pas dans le sens conventionnel du terme. Ils portent en eux une espèce d'allégorie, ou bien une vérité qui me dépasse. Et cela m'interpelle avec une force telle que j'en frémis. Il y a un souffle biblique chez ces gens. Quelque chose qui renforce ma foi, mais j'ignore quoi exactement.

— Peut-être parce que vous vous dépensez trop.

— Ça n'a rien à voir. À la Croix-Rouge, on n'a pas de répit. Il y a tellement de priorités que tout devient urgent. Mais là, c'est une autre dimension, vous comprenez ?... Lorsque la vieille femme a ouvert les yeux, ce matin, j'ai vu dans son regard une sorte de révélation qui m'a bouleversée. Comme si un mort revenait parmi nous. Je... j'en suis encore sous le choc.

Terre sainte, pensé-je. Ma culture étant incompatible avec ce que je considère comme relevant du folklore surréaliste, ce genre d'affirmation me dérange. Depuis le malentendu qui a failli compromettre mon amitié avec Bruno, toute référence à l'Afrique chimérique m'indispose. J'ai horreur de débattre de sujets sans issue. Je dirais même que je les subis avec une patience qui me déplaît. Mon embarras n'échappe pas à Elena qui fronce les sourcils et me demande si elle m'embête.

— Pourquoi dites-vous ça ?

— J'ai l'impression que je vous ennuie avec mes élucubrations...

— Non, non, je vous écoute. Je ne connais pas grand-chose à l'Afrique. Je viens d'un continent où les miracles ne sont que de stupéfiants coups de chance.

Elle retrousse le nez sur une vague contrariété et soupire :

— Vous avez raison... Je suppose que c'est très compliqué d'accéder à ce genre d'histoires lorsqu'on n'a pas la foi... Je vous offre une bière ?

J'accepte volontiers. Elle rentre dans son préfabriqué, laisse la porte ouverte pour que je la suive à l'intérieur. Je tergiverse. Elle revient me chercher en s'excusant du désordre. Son logement est une copie conforme de celui d'Orfane, équipé lui aussi de deux bancs matelassés, d'une penderie encastrée et d'une salle de bains aux murs carrelés. J'occupe une chaise près du bureau et croise les jambes. Elena m'apporte une canette et un verre.

— Qui est-ce ? lui demandé-je en montrant une photo signée épinglée au mur représentant une dame noire au milieu d'une marmaille enthousiaste.

— Marguerite Barankitse.

— Une cantatrice africaine ?

— Une icône de l'humanitaire.

— Elle est très jolie.

— De cœur et d'esprit. C'est une dame d'exception. Une grande battante. Elle a recueilli des dizaines de milliers d'orphelins et d'enfants soldats, construit un hôpital, une école, des fermes pour aider les veuves et leurs progénitures. Je donnerais n'importe quoi pour entreprendre au Darfour ce qu'elle a réalisé au Burundi.

— Vous avez déjà accompli pas mal d'exploits.

— Nous pourrons faire mieux. Nous manquons de personnel soignant.

Elle s'assoit en tailleur sur le banc matelassé et, malgré ma correction, je ne peux m'empêcher d'admirer le galbe de ses jambes que le short protège à peine.

— Je ne vois pas d'autres photos, lui fais-je remarquer.

Elle éclate de rire, de ce rire spontané et chantant comme un gazouillis.

— Je n'ai pas d'amoureux, si c'est ce que vous voulez savoir.

— Je ne me le permettrais pas.

Elle soulève un sourcil sceptique et me laisse goûter à ma bière.

— J'ai été mariée à mes vingt ans, raconte-t-elle. Avec un bel Andalou, intelligent et généreux. Mais il était possessif, et moi indépendante. Il me voulait pour lui tout seul et omettait qu'il n'était *que* mon époux… On s'aimait depuis le lycée. On a continué de s'aimer à la fac et on s'est mariés dès qu'il a obtenu son diplôme. Deux ans après notre lune de miel à Cap Town, nous avons rompu, conclut-elle d'un ton navré.

— Ce sont les choses de la vie, bredouillé-je bêtement.

— J'adore mon travail, docteur Krausmann, reprend-elle en rejetant ses cheveux en arrière.

— Kurt…

— Pardon… Quand j'étais adolescente, j'avais deux idoles. Robert Redford pour mes fantasmes de gamine. Et mère Teresa. Mon mari a pris la place du premier et a cherché à occulter la deuxième. On ne peut pas tout avoir dans la vie, n'est-ce pas, Kurt ?

— Ça dépend de ce qu'on veut.

— Je voulais soigner les gens. Depuis mon jeune âge, j'en rêvais. Dans mes contes de fées, je ne me voyais ni princesse ni Cendrillon, mais infirmière dévouée aux démunis. Je m'imaginais porter secours aux blessés sur les champs de bataille. Et quand j'ai vu ce qu'entreprenait mère Teresa parmi les « intouchables » et les lépreux, j'ai été fixée. C'était exactement ce qui me convenait. C'est donc naturellement que j'ai opté pour la Croix-Rouge… Vous exercez dans quel hôpital à Frankfurt ?

— Je travaille à mon compte.

— Et votre femme ?

Ma respiration s'emballe quand je lui apprends que mon épouse est morte. Je m'attendais à ce qu'elle se confonde en excuses comme font d'habitude les gens indiscrets, mais non. Elena me couve d'un regard solidaire et ne dit rien. Je présume que sa longue expérience de la mort l'a aguerrie et qu'elle appréhende ce genre de situation avec plus de philosophie. Ses yeux fouillent les miens, se déportent sur mes lèvres, ensuite, dans un mouvement quasi mystique, sa main enveloppe ma main et la garde longtemps.

— Il faut que je m'en aille, lui dis-je à contrecœur.

Lotta vient me chercher tôt le matin. Trois véhicules militaires, portant l'insigne de l'Unité africaine, sont garés devant le siège administratif du camp. Des soldats harnachés comme des chevaux de trait, le fusil au repos, sont assis sur les banquettes arrière, roides et silencieux. Un jeune officier à la peau claire, sanglé dans une parka bariolée, s'entretient un peu à l'écart avec M. Pfer. Ce dernier se contente d'acquiescer de la tête, les mains derrière le dos. Bruno est déjà là, dans son déguisement de notable musulman. Il poireaute devant le bureau du directeur.

L'officier commence par me saluer militairement avant de me tendre la main.

— Capitaine Wadi, se présente-t-il. Je commande le détachement Omega, à trente kilomètres au sud. J'ai reçu l'ordre d'assurer votre sécurité et celle de la délégation qui va arriver par avion dans deux heures.

— Docteur Kurt Krausmann, ravi de vous connaître.

— Je suis content de vous savoir sain et sauf, docteur Krausmann. M. le directeur m'a fait part de votre mésaventure.

— Mésaventure, dites-vous ?

L'officier ne fait pas cas de ma réserve quant à sa définition des choses et m'invite à le suivre à l'intérieur du bureau. Bruno s'installe sur le canapé, l'air morose. Pas une fois il ne lève les yeux sur l'officier. Il semble allergique aux militaires et la proximité du jeune capitaine le met mal à l'aise. Je prends une chaise tandis que M. Pfer passe derrière son bureau. L'officier préfère rester debout, sans doute pour dominer son monde. Il est plutôt malingre, le visage en lame de couteau rasé de frais, les cheveux coupés en brosse et les yeux d'un vert étincelant qui tranche net avec son teint bronzé. Il doit être arabe ou berbère.

— Le capitaine nous a signalé que l'avion a bien décollé de Khartoum, confirme M. Pfer pour détendre l'atmosphère car une gêne incompréhensible a pris possession des lieux.

Bruno hausse les épaules. Il s'adresse au directeur pour éviter de poser la question à l'officier :

— Dans ce cas, pourquoi nous avoir convoqués maintenant ?

— J'ai besoin de recueillir quelques informations, dit le capitaine.

— Quelles informations ? grogne Bruno en toisant le directeur. Nous n'avons de comptes à rendre à personne. Il y a des représentants de nos ambassades qui vont débarquer et mon ami et moi estimons qu'ils sont nos seuls interlocuteurs.

— Monsieur…, tente le capitaine.

— Monsieur Pfer, l'interrompt Bruno en se levant, nous demandons la permission de nous retirer immédiatement. Nous ne sommes ni des suspects ni des clandestins. Et nous n'avons rien à dire à des étrangers. Kurt et moi allons retourner dans nos quartiers jusqu'à l'arrivée de nos officiels.

L'officier pose sa chemise bourrée de feuillets sur le bureau du directeur et croise les bras sur sa poitrine, les narines dilatées de colère.

— Il ne s'agit pas d'un interrogatoire, monsieur, mais d'une procédure courante qui fait partie de mes prérogatives. Je suis responsable de la sécurité de cette zone et toute information susceptible d'améliorer les conditions de vie dans mon secteur opérationnel…

— Est-ce qu'on peut disposer ? demande Bruno à M. Pfer, sourd aux injonctions de l'officier.

Le directeur est embarrassé. Il se prend les tempes à deux mains et fixe un calendrier étalé sous ses yeux. Bruno me somme de le suivre. Désarçonné par l'attitude du directeur, j'opte pour la décision du Français. L'officier ne tente pas de nous retenir. Il écarte les bras et les rabat contre ses flancs dans un claquement dépité.

Bruno ne me donne aucune explication quant à son

refus de coopérer avec l'officier. Nous traversons la cour, lui d'un pas furibond, moi clopinant derrière. Il a dû s'arrêter pour me permettre de le rattraper. Elena et les autres étant mobilisés autour de leurs patients, le Français me conduit auprès de ses *frères*. Ces derniers occupent une tente près de l'infirmerie. Ils sont une demi-douzaine de convalescents ; un vieux briscard aux yeux railleurs, deux adolescents et trois hommes plus ou moins amochés dont le trentenaire plâtré qui racontait des grivoiseries loufoques à la cantine, avant-hier. Ils sont en train de rigoler comme des fous et notre intrusion ne pondère guère leurs plaisanteries. Un garçon avec un pansement sur la hanche raconte :

— Je ne remettrai pas les pieds de sitôt dans un souk.

— Ça va leur faire une belle jambe, aux boutiquiers, ironise un blessé.

— C'est mon droit, dit l'adolescent. C'est moi qui choisis où claquer mon fric, non ?

— Laissez-le parler ! implore un garçon à la figure brûlée. Sinon, il va perdre le fil de l'histoire.

On se tait.

Le narrateur toussote dans son poing, ravi d'attirer l'attention générale. Il reprend son récit :

— Je venais de toucher ma paie et, avec mes anciennes économies, je comptais m'acheter de belles baskets à la mode, avec la griffe sur la languette et de superbes lacets blancs. Toute ma vie, je n'ai porté que de vieilles tongs trouées. J'ai voulu m'offrir quelque chose de nickel pour aller frimer du côté de ma voisine qui me snobait. Je me suis tapé tous les bazars et ça m'a pris la journée. Finalement, par hasard, je tombe sur un vendeur à la sauvette. Il m'a sorti d'une boîte des Nike à couper le souffle. Je les ai essayées et elles m'allaient comme un gant. Elles coûtaient la peau des fesses, mais je n'ai pas marchandé. Quand on veut se faire plaisir, on ne compte pas, pas vrai Oncle Mambo ?

— Tu as entièrement raison, fiston, renchérit doctement le vieux briscard. Personnellement, quand je me donne du plaisir, je ne regarde jamais le prix du savon.

Une grosse hilarité ébranle la tente. Le garçon attend que le calme revienne pour poursuivre, nullement perturbé par les ricanements tardifs qui fusent autour de lui :

— J'ai pris les Nike, les ai vérifiées sous tous les angles. Elles étaient si jolies que j'en salivais. Je m'imaginais déjà roulant des mécaniques sous la fenêtre de ma voisine. Seulement voilà, au moment où j'ai porté la main à la poche arrière de mon pantalon pour payer, je me suis aperçu que quelqu'un m'avait dépouillé de la moitié de mon fric.

— La vache ! s'exclame un garçonnet captivé par le récit de son camarade.

— J'espère que tu as réussi à mettre le grappin sur le voleur, lance le trentenaire plâtré.

— Comment le retrouver dans la mêlée ? Il y avait un monde fou au marché ce jour-là.

— C'était facile, lui dit le vieux briscard. Il te suffisait de chercher un borgne. Seul un borgne est capable de faire le boulot à moitié.

La salve de rires repart de plus belle. Bruno rit pour la forme. Son esprit est ailleurs. Plus tard, il m'avouera que, n'ayant pas de papiers, il redoutait que les autorités soudanaises le refoulent en France, raison pour laquelle il ne tenait pas à s'entretenir avec l'officier chargé de notre sécurité.

Nous restons parmi les convalescents jusqu'à midi.

Je découvre ainsi des gens étonnants. Ces rescapés ont-ils oublié le malheur qui les a foudroyés ou bien lui ont-ils découvert un antidote ? Je les observe et je me demande de quelles cendres ils renaissent. Il y a, en eux, une stupéfiante propension à banaliser l'adversité. Leur force est dans leur mentalité, une mentalité singulière, antique, forgée dans le magma même de cette bonne vieille terre des Hommes. Une mentalité surgie du premier cri de la vie et qui aura survécu avec brio aux ères farouches et aux dérives de la modernité. Bruno n'avait pas tout à fait tort. Il réside, au tréfonds de ces êtres, une flamme immarcescible qui les éclaire et les ravive chaque fois que les ténèbres tentent de les dissoudre. De toute évidence, ils ont assimilé d'instinct ce que je ne saurais appréhender sans me lancer dans des probabilités mathématiques interminables et souvent vaines. Ces êtres sont un enseignement. Ils rient de leurs déconvenues comme d'une farce ratée. Ils sont là, heureux d'être ensemble, solidaires et complices, et s'ils se moquent de leur naïveté, c'est pour s'éveiller à la fragilité des choses afin de mieux l'apprivoiser. Je les envie, envie leur maturité que sédimentent tant de souffrance et d'épreuves cauchemardesques, leur recul philosophique qui supplante les traumatismes et les désastres, et leur humour qui semble tenir crânement tête à un sort injuste et traître dont ils ont, quelque part, décrypté le mécanisme.

Midi. L'avion ne s'est pas encore manifesté. La nouvelle de son imminent atterrissage s'est répandue dans le camp à la vitesse d'un éclair. Les nuques se sont engourdies à force de scruter le ciel. Un oiseau en vue, et tout le monde est debout. Les enfants accourent en piaillant, les femmes portent leur main en visière et les hommes, poings sur les hanches, suspendent leurs activités. Mais pas d'avion à l'horizon. La délégation accuse un retard d'une heure. A-t-il vraiment décollé de Khartoum ? Si l'officier est formel là-dessus, on craint le pire. M. Pfer consulte sa montre toutes les cinq minutes, creusant un peu plus la ride qui lui barre le front. Ses multiples appels téléphoniques ont sonné dans le vide. Quelque chose de grave serait arrivé. Las de se ronger les ongles, Bruno est retourné parmi ses *frères*. Elena est venue à deux reprises s'enquérir de la situation avant de s'éclipser. L'officier est collé à sa radio dont le bruit de fritures s'entend à des centaines de mètres. Ses soldats se dérouillent les jambes autour de leurs véhicules en tétant des bouts de cigarettes. Une atmosphère angoissante comprime le camp. Vers 3 heures de l'après-midi, un fax grésille sur le bureau du directeur : l'avion a regagné Khartoum. Son arrivée est reportée au lendemain. En apprenant la nouvelle, Bruno sombre dans une paranoïa cafardeuse. Pour lui, il s'agit d'un coup fourré. L'avion n'aurait jamais quitté Khartoum et le gouvernement soudanais chercherait à gagner du temps. Je n'en vois pas la raison. Bruno me prend à part et s'élance dans un luxe de théories saugrenues qui trahit un état d'esprit au plus bas.

— Si ça se trouve, crachote-t-il, le fax annonçant notre arrivée au camp a été intercepté par les services soudanais et gardé à leur niveau. Nos ambassades n'ont pas été saisies. La présence des militaires ne me dit rien qui vaille. Ça sent la machination.

— Ça n'a pas de sens, votre histoire.

— Nous sommes en Afrique, monsieur Krausmann. Rien ne prouve que les pirates qui nous ont enlevés ne soient pas de mèche avec le gouvernement. Avons-nous été joints au téléphone par nos ambassades ? Que dalle ! Personne ne nous a contactés. Vous ne trouvez pas ça bizarre ? La moindre des corrections aurait conduit un officiel à nous téléphoner pour nous rassurer et demander après l'accueil qui nous est fait. Or, c'est le black-out.

Bruno exagérait. Sans doute était-il fortement perturbé par l'éventualité d'être reconduit aux frontières et refoulé vers la France. Le lendemain, vers 15 heures, un petit avion à hélice atterrit sans encombre sur un terrain vague non loin du camp. À son bord, les deux administrateurs généraux de nos ambassades, un officier des services allemands, le correspondant d'une importante chaîne de télévision et son cameraman, deux journalistes de la presse écrite et trois gradés de l'armée soudanaise. On nous explique qu'une panne technique avait contraint le pilote à regagner sa base et que la délégation a dû affréter un deuxième appareil pour accomplir sa mission, ce qui a apaisé les soupçons délirants de Bruno. M. Pfer nous cède son bureau dont l'étroitesse oblige le cameraman à se contorsionner dans tous les sens pour filmer l'événement. Après l'échange de poignées de main et les présentations, l'administrateur général m'annonce que des dispositions ont été prises quant à mon rapatriement et que je peux rentrer chez moi à la date qui me conviendra. Je lui demande s'il a des nouvelles de Hans Makkenroth. Il m'apprend, à mon grand désarroi, que les recherches engagées pour le retrouver n'ont rien donné.

— Ce n'est pas possible, s'écrie Bruno. On a bien demandé une rançon.

— Aucune demande de rançon ne nous est parvenue, dit Gerd Bechter, l'administrateur allemand.

Nous savions que le voilier avait été intercepté entre Djibouti et la Somalie. Et depuis, nous avions perdu toutes traces de vous, de M. Makkenroth et de votre compagnon philippin.

— Tao a été jeté à la mer par les pirates, dis-je.

Les journalistes griffonnent nerveusement l'information dans leurs calepins.

— Qui vous a signalé l'agression contre le voilier ? demande Bruno soupçonneux.

— Les bureaux chypriotes de M. Makkenroth... M. Makkentroth les appelait deux fois par jour, à 9 heures du matin et à 22 heures pour leur donner ses coordonnées et les conditions de la traversée. Puis, silence radio. Aucun fax, aucun mail. De Nicosie, on a tenté de joindre le voilier. Sans succès. Quarante-huit heures après la rupture de contact, la famille de M. Makkenroth à Frankfurt a alerté la Chancellerie et nous avons tout de suite entrepris des recherches. Le voilier a été localisé dans une crique au nord des côtes somaliennes et récupéré par les unités spéciales françaises dépêchées à partir de Djibouti. Aucune arrestation n'a été faite, et nous nous sommes retrouvés dans le noir, sans piste ni témoin.

— Je ne rentrerai pas en Allemagne sans Hans Makkenroth, dis-je.

— Docteur Krausmann, vous êtes attendu aujourd'hui à Khartoum.

— Il n'en est pas question, martèlé-je. Mon ami est quelque part dans la région, et je refuse de l'abandonner à son sort.

— Les recherches vont se poursuivre.

— Eh bien, j'attendrai qu'elles aboutissent.

— Votre présence ici ne nous sera pas utile. Rentrons à Khartoum pour faire le point.

— N'insistez pas. Je ne bougerai pas du camp avant de savoir ce qu'il est advenu de mon ami.

L'administrateur allemand demande qu'on nous laisse seuls. Tout le monde quitte le bureau. Le représentant français en profite pour s'entretenir en privé avec Bruno.

La gêne de l'administrateur allemand me déplaît. Il arpente la pièce, va se planter devant la fenêtre pour discipliner ses idées puis, il revient vers moi. Il m'exhorte de le suivre à Khartoum. Ses arguments ne me font pas changer d'avis. En désespoir de cause, il sort son cellulaire et appelle l'ambassadeur à la rescousse. Quand il l'obtient au bout du fil, il me tend le téléphone que je repousse d'une main catégorique.

— Vous ne pouvez pas rester ici, docteur, me dit l'administrateur après s'être excusé auprès de son chef de poste.

— Y aurait-il quelque chose que je suis censé ignorer ?

— Nous n'avons aucune preuve que M. Makkenroth soit en vie, lâche-t-il brutalement.

Mon cœur accuse le coup. Une transpiration subite se déclare sur mon front et dans mon dos.

— Pourriez-vous être plus explicite ?

L'administrateur va chercher un gradé soudanais et le prie de m'expliquer la situation. Le militaire, un colonel aux tempes grisonnantes, m'apprend que des informations à son niveau font état d'une probable mort de Hans Makkenroth. Il me raconte qu'un berger isolé avait accueilli nuitamment, il y a quatre semaines environ, des hommes armés en déroute. Ils avaient des blessés dans leur rang, et parmi eux un Européen dont la description correspond à Hans. Ce dernier était dans un état critique.

— Rien ne prouve que ce soit lui. Des otages avec une barbe sont légion. Moi-même j'avais une toison sur la figure à mon arrivée dans ce camp. Nous n'étions pas dans un club de remise en forme, colonel.

— Les hommes armés parlaient d'un Allemand en désignant leur prisonnier, docteur, me signale l'administrateur. Nous n'avons pas d'autres ressortissants portés disparus dans cette région.

— Hans avait reçu un coup de sabre dans le dos lors de l'agression du voilier. Il s'en était remis avant son transfert.

— Il ne s'agit pas d'un coup de sabre, docteur, précise le colonel. L'otage était atteint à la tête et à la poitrine et avait perdu beaucoup de sang. Le berger est formel. C'étaient des blessures par armes à feu.

Je sens le plafond s'écrouler sur moi. Tremblant de tout mon corps, je m'escrime à réguler mon souffle. Je suis en apesanteur, incapable de conserver un semblant d'aplomb. Le colonel tente de poser sa main sur mon épaule, je m'en écarte avec répulsion. J'ai horreur que l'on me touche lorsque les choses m'échappent.

— Non, bredouillé-je au bout d'un long silence, il y a sûrement méprise. Hans a été cédé à un groupe criminel contre de l'argent. Si on n'a pas encore demandé de rançon, c'est que mon ami est mis aux enchères. Son dernier acquéreur ne va pas tarder à se manifester. Ce berger dit n'importe quoi. Ou peut-être est-il le complice des ravisseurs. Il a menti pour faire diversion et permettre à ses acolytes de gagner du temps. C'est un coup de frein destiné à stopper les recherches.

— Docteur...

— Je vous interdis de me manipuler, colonel. Je refuse de vous écouter et refuse de vous suivre à Khartoum. Je ne bougerai pas d'ici tant que je n'aurai pas la réponse à ma question : où est Hans Makkenroth ?

— Je vous comprends, me dit l'administrateur, mais je n'approuve pas votre décision. Je vous assure que vous nous seriez plus utile ailleurs.

— Nous sommes contraints de rentrer aujourd'hui, m'avoue le colonel. Nous avons affrété l'avion pour la journée, et le soir ne va pas tarder.

— Je suis désolé, colonel. Vos impératifs ne sont pas les miens.

Pour moi, il est inconcevable que je rentre en Allemagne sans Hans. Je voudrais quitter l'Afrique sans rien y laisser et sans rien en emporter, faire l'impasse sur tout ce qui risquerait de gâcher mon retour à une vie normale. Ce sera dur, très dur, mais je compte y parvenir car c'est l'unique façon, pour un survivant, de réapprendre à vivre. Je saurai tourner le dos aux souvenirs odieux qui tenteraient de s'accrocher à mon ombre jusqu'à s'y confondre et semer les voix ordurières et les horribles détonations qui résonnent encore à mes tempes. J'arriverai à me persuader que mon séjour africain n'aura été qu'un mauvais rêve et je me réveillerai avec les bruits qui me sont chers chaque matin que le monde aura à m'offrir.

La délégation échoue à me convaincre de quitter le camp. Bruno se range de mon côté. Lui aussi refuse de m'abandonner, persuadé que Hans est toujours en vie et qu'il est en train de passer d'un acquéreur à l'autre quelque part dans le désert. Le soleil se couchant, les deux administrateurs se résignent à nous accorder quelques jours de réflexion, à condition pour nous de coopérer avec un gradé laissé sur place en étroite collaboration avec les forces de l'Unité africaine déployées dans le secteur.

Lorsque l'avion prend son envol, un sentiment d'effroi et de solitude me terrasse. Et si le berger disait vrai ? Si Hans avait succombé à ses blessures ? Cette éventualité me porte le coup de grâce. Mes genoux se ramollissent et une souffrance atroce s'empare de ma chair et de mon esprit.

À la cantine, je fixe mon assiette sans y toucher. J'avalerais ma propre salive de travers. Le cliquetis des fourchettes résonne en moi avec la furie d'une pluie de grêle pilant mes pensées en une multitude de bris de verre. Bruno remarque que je suis de moins en moins bien. Il me prend la main ; son geste me fait l'effet d'une morsure. Je le prie de m'excuser et je sors prendre l'air.

Je marche dans le noir sans savoir où aller. Les images de Hans tournoient dans ma tête. Je le revois aux commandes de son voilier, claudiquant dans le thalweg sa chemise collée à sa blessure, ne trouvant pas ses mots à l'enterrement de Jessica, s'éventant avec son chapeau sous le soleil de Charm el-Cheikh. J'ai l'impression qu'un pan de mon univers manque à l'appel, que l'absence de Hans creuse un cratère infranchissable entre moi et le monde. J'ai beau chasser l'hypothèse de sa mort, elle revient à la charge, aussi rageuse qu'un frelon.

Elena me trouve de l'autre côté du grillage, recroquevillé sous un arbre solitaire, ivre d'inquiétude. Elle se penche sur moi, me parle sans m'atteindre. N'obtenant ni réponse ni réaction, elle me prend dans ses bras et je m'abandonne à elle comme un enfant.

3

J'avais besoin de quelqu'un.

Et Elena était là.

Lorsque la mort tente de vampiriser jusqu'au dernier recoin de l'esprit, la vie se doit de réagir. Il y va de sa crédibilité. C'est peut-être ce qui s'est opéré en moi. La mort probable de Hans a réactivé mon instinct de survie. En *aimant* Elena, je me suis prouvé que j'étais vivant. Je suis surpris en me réveillant dans son lit. Surpris mais rassuré. L'intimité d'Elena a été plus qu'un refuge pour moi, elle m'a réconcilié avec la mienne. Elena est confuse. Se reproche-t-elle d'avoir abusé de la situation ? Elle aurait tort de le penser. J'avais besoin d'un support, et elle a été un mur de soutènement. Et puis, comment repousser ses lèvres tandis qu'elles m'insufflaient une âme ?... Ne m'avait-elle pas avoué qu'elle se sentait seule ? En faisant l'amour, nous avons fait front commun contre ce qui appauvrissait nos repères.

Elle a préparé du café, posé le plateau sur la table de chevet et s'est retirée dans la salle de bains pour se rhabiller. Son regard a tourné plusieurs fois autour du lit avant de m'affronter. « Maintenant que vous avez décidé de rester dans le camp, que comptez-vous faire de vos journées ? » me demande-t-elle. Je lui dis que, si elle n'y voyait pas d'inconvénients, je souhaiterais reprendre du service. Elle m'assure que les patients seraient heureux de se faire soigner par moi. Je lui promets de la rejoindre à la salle de soins dès que j'aurai pris ma douche.

Elena a ausculté la moitié des malades lorsque je la rejoins à l'infirmerie. Je la trouve au chevet de la vieille miraculée soumise aux soins intensifs. Son fils, le jeune homme au chariot, occupe le lit voisin. Lui aussi est sous perfusion. Il ne quitte pas sa mère des yeux… Elena me présente à ses patients. Ils sont une trentaine de grabataires de différents horizons ; des vieillards, des femmes et des enfants, en majorité des rescapés de razzia. Orfane m'apporte une blouse blanche et un stéthoscope et me charge de m'occuper d'une rangée. Dix minutes plus tard, je recouvre mes réflexes de médecin. Un garçonnet m'attrape par le poignet. Apparemment, son cas est désespéré. Le crâne poli, les sourcils effacés et le teint jaunâtre, il n'est plus qu'une énorme trogne posée sur un squelette. La peau de son visage se froisse comme une feuille de papier quand il me sourit :

— C'est vrai qu'en Allemagne, il y a des maisons en verre si hautes qu'elles atteignent les nuages ?

— C'est vrai, lui dis-je en lui prenant la main dans les miennes et en m'asseyant sur le bord de son lit.

— Et les gens vivent dedans ?

— Oui.

— Ils font comment pour monter ?

— Ils prennent l'ascenseur.

— C'est quoi l'ascenseur ?

— Une cage. On rentre dedans, on appuie sur un bouton numéroté et la cage monte toute seule.

— C'est magique… Quand je serai guéri, j'irai dans vos pays voir les maisons en verre.

Sans se départir de son sourire, il se recouche et ferme les yeux.

Orfane m'informe que M. Pfer m'attend dans son bureau. Je termine d'abord mes auscultations avant de m'exécuter.

Bruno m'a devancé. Il est répandu sur le canapé, les genoux croisés et les bras déployés le long du dossier. Le gradé soudanais nous reçoit sans le capitaine et sans le directeur du camp. Nous lui racontons notre rapt depuis le début, le traquenard au sortir de Mogadiscio pour Bruno, l'attaque du voilier pour moi, le périple ahurissant à travers la brousse et le désert, le poste d'observation désaffecté où le capitaine Gerima nous séquestrait, le chef Moussa, Joma le poète-pirate, le transfert de Hans, le duel final qui nous a permis de nous enfuir, notre rencontre avec Elena Juarez et ses réfugiés. Pendant notre récit détaillé, le gradé ne nous interrompt pas ; je suppose qu'il enregistre nos déclarations à l'aide du magnétophone activé sur le bureau de M. Pfer. Satisfait, il nous prie de lui accorder notre attention et passe à une carte de la région accrochée sur le mur. Avec un stylo périscopique, il nous indique trois points qu'il entoure d'un petit triangle bleu : l'endroit où Jibreel le guide-chauffeur du Camp nous a trouvés, Bruno et moi ; l'endroit où le berger dit avoir accueilli des pirates avec Hans blessé ; l'endroit où nous avons été retenus captifs du capitaine Gerima (d'après nos descriptions du poste avancé et du relief alentour). Le gradé avoue ne pas comprendre pourquoi les ravisseurs ont choisi un secteur dénudé et hostile au lieu de rester en Somalie où la traite des otages se pratique sans trop d'écueils. Il nous explique

que les rebelles préfèrent manœuvrer sur les frontières pour pouvoir, en cas de débandade, se rabattre sur le pays voisin et éviter ainsi d'être poursuivis par les forces gouvernementales de part et d'autre. Bruno lui rappelle que nous ne sommes pas là pour suivre un cours de tactique militaire, mais pour essayer de retrouver Hans Makkenroth. Le gradé poursuit son exposé sans prendre en compte les remarques du Français. Après nous avoir présenté la situation sur la carte, il passe à ses fichiers. Il commence par nous dire que les services n'ont rien sur le pseudo-capitaine Gerima et qu'aucun sous-officier déserteur ne correspond à son signalement.

— Gerima était bel et bien dans l'armée, persiste Bruno. Il n'est pas soudanais ni somali. Il est djiboutien et parle français couramment. Il était dans l'armée régulière avant d'être condamné par le tribunal militaire pour détournement.

Le gradé est horripilé par l'intervention de Bruno. Il ne semble pas habitué à être interrompu et perçoit l'attitude du Français comme une insubordination et un outrage à autorité. Il attend que Bruno se taise avant de reprendre :

— Quant au chef Moussa, il est connu des services aussi bien chez nous qu'en Somalie. Il est activement recherché dans nos deux pays. Maintenant, avec votre permission, nous allons voir si quelques visages pourraient nous orienter. (Il tourne son ordinateur vers nous et laisse défiler sur l'écran des photos d'hommes et d'adolescents.) Attention, ils ne sont pas tous des criminels. La seule chose qu'ils ont en commun est la blessure par armes à feu. Les hôpitaux, les cliniques, les dispensaires, enfin les centres de soins sans exception sont tenus de signaler à la police les admissions de cette nature. Tout individu blessé par arme à feu est déclaré à nos services dans la minute qui suit. Vous avez, ici, des bergers agressés par des voleurs de bétail, des routiers interceptés par des brigands de grand chemin, des gens atteints par des balles perdues, des blessés au cours de règlements de comptes tribaux, mais aussi des dealers et bandits neutralisés lors de descentes de police, des contrebandiers, des rebelles et des terroristes... Je vous saurais gré de bien les regarder et de me dire si un visage vous est familier.

Nous reconnaissons Ewana et un deuxième pirate, le conducteur du side-car. Le gradé tripatouille ses fiches et nous précise que les deux suspects ont été admis dans un même dispensaire rural la même nuit ; que le premier, qui s'appelle Babaker Ohid – trente et un ans, marié, quatre enfants, négociant en bétail de son état –, avait reçu deux balles, dans la cuisse et dans la fesse ; et le second, Hamad Tool – vingt-six ans, marié, deux enfants, ancien champion de course à pied reconverti en ferrailleur – avait été atteint à la hanche. Il nous demande si nous sommes absolument certains de nos déclarations. Nous lui confirmons que nous n'avons pas le moindre doute là-dessus. Il éteint son ordinateur, range ses fiches, nous pose encore une dizaine de questions en notant nos réponses dans un registre et nous libère.

Bruno s'en va retrouver ses *frères*, et moi mes patients.

Le soir, Elena propose de me montrer un coin tranquille situé à quelques centaines de mètres à l'est du camp. Nous nous y rendons à pied. Le soleil ne s'est pas encore couché, et une lumière rasante étire les ombres sur le sol. Il ne fait pas très chaud. Une brise entreprend de rafraîchir l'air. Elena dénoue ses cheveux et, d'une secousse, les répand sur ses épaules. Sa main attrape la mienne et nous marchons côte à côte comme des amoureux. Elle me parle d'une ancienne camarade de lycée, mais je ne l'écoute pas. Sa voix me suffit. Elle berce mon silence. Bientôt, le camp n'est qu'une tache ondoyante derrière nous. Nous atteignons un affaissement brutal de terrain et nous nous arrêtons au bord du précipice. En bas, au fond d'une vaste cuve, des arbustes échevelés coudoient les herbes folles et les plantes sauvages assiégées de moucherons. La végétation est verte et luxuriante, inimaginable dans cette partie du désert. Une senteur printanière embaume le lieu saturé de stridulations. Elena me prend en photo sous plusieurs angles, s'assoit en tailleur et m'invite à en faire autant.

— L'autre jour, me raconte-t-elle, j'ai vu paître un groupe d'antilopes là-bas, avec les petits. C'était féerique.

— C'est un vrai havre de paix, admets-je.

— Je viens souvent par ici décompresser. Je mets un chapeau pour ne pas attraper d'insolation, une gourde pleine d'eau fraîche à portée de la main, et je reste là pendant des heures à espérer le retour des antilopes. J'ai vu un chacal aussi. Il était terré là-bas. Quand il m'a surprise en face de lui, il m'a dévisagée avec méfiance, et j'ai cru qu'il me scannait.

— Il aurait pu vous attaquer.

— Je ne crois pas. Le chacal est une bête secrète et poltronne. Il ne prend presque jamais de risque. S'il n'est pas sûr de son coup, il jette l'éponge. Par contre, les chiens sauvages n'ont pas besoin de se sentir menacés pour attaquer. Un vieux veilleur de nuit l'a appris à ses dépens. Il s'était égaré dans la nuit et on l'a retrouvé déchiqueté non loin du camp.

— Il ne se passe rien de beau par ici ?

Elle rit.

— Vous ne trouvez pas cet endroit beau, Kurt ?

J'ai envie de lui dire que je la trouve, elle, très belle, mais je n'ose pas. Elle me prend le menton entre ses jolis doigts, plonge son regard dans le mien. Mon cœur canonne dans ma poitrine. Elena le perçoit. Elle approche son visage, cherche mes lèvres, mais son baiser est freiné par le rire de deux mioches qui viennent de gicler de la broussaille sous nos pieds. Ils escaladent à toute allure le talus, s'arrêtent pour se moquer de nous en mimant des embrassades langoureuses et s'élancent vers le camp dans un rire triomphant.

— D'où sortent-ils ? fais-je.

Elena s'esclaffe à son tour, attendrie par la fuite éperdue des deux mioches.

— En Afrique, dit-elle, s'il arrive au bon Dieu de se détourner par pudeur lorsque deux êtres s'apprêtent à faire l'amour, dites-vous qu'il y a toujours quelque part un gamin qui les observe.

Une semaine a passé depuis la visite de la délégation. J'ai « emménagé » chez Elena. Le jour, je m'occupe de mes patients. Le soir, nous flânons, Elena et moi, autour du camp pour ne rentrer qu'à la nuit tombée. De temps à autre, Bruno nous rejoint avec un ou deux *frères* mythiques. Pour le Français, chaque Africain est un roman. Mais c'est lui, Bruno, qui l'écrit. C'est ainsi qu'il nous a présenté Bongo, un adolescent qui a parcouru trois mille kilomètres à pied, sans guide et sans le sou, pour aller voir la mer. L'adolescent a quitté sa bourgade nigérienne afin de gagner l'Europe. Un passeur lui avait promis de l'y conduire contre les bijoux de sa mère avant de lui fausser compagnie dans le Ténéré. Le garçon a erré des mois et des mois dans le désert, en végétant n'importe comment, jusqu'au camp où il a échoué par hasard. Le lendemain des présentations, le garçon a disparu. Il a volé des vivres dans les cuisines, un sac, des chaussures de marche et il est reparti à la recherche de la mer. Bruno n'a aucun doute : ce sacré petit bonhomme finira tôt ou tard par réaliser son rêve. Il était *écrit* sur son front de jeune Titan que rien ne l'arrêterait.

Un soir, Bruno déboule à la cantine, surexcité. Il demande le silence, écarte les bras dans un geste grand-guignolesque et, la gorge contractée, il déclame :

> *Je suis de chair comme toi*
> *Et du sang que j'ai versé*
> *Comme on verse du vin*
> *Dans la coupe de l'infamie*
> *J'ai des rêves comme les tiens*
> *De ces rêves interdits*
> *Que je garde en moi*
> *De peur qu'ils meurent à l'air libre*
> *Je suis la somme de tes crimes*
> *L'urne funéraire de tes prières*
> *L'âme expulsée de ton corps*
> *Le frère jumeau que tu renies*
> *Je ne suis qu'un vieux miroir*
> *Taillé à ta démesure*
> *Où tu espères un jour*
> *Te voir grand en étant petit*

Il exécute une génuflexion révérencieuse, le bras majestueux, et se relève pour savourer quelques applaudissements.

— *Black Moon*, de Joma Baba-Sy, dit-il en s'avançant au milieu de la salle où nous sommes une douzaine en train de dîner.

Il demande de nouveau notre attention et nous déclare d'un ton goguenard :

— Mes chers amis, je vous quitte. Je vous laisse à vos combats, à vos souffrances et à vos misères et je m'en vais. Je vous laisse la bravoure, le sacrifice, la noblesse des grandes causes... Oui, je vous les cède gracieusement. Et si vous voulez, je vous lègue mes mérites car ils ne font plus frémir mon âme. Pour moi, l'épopée s'arrête ce soir. Car dès demain, je cours rejoindre ma bonne grasse compagne et réinventer le monde sous la moustiquaire...

Quelques rires complaisants se font entendre. Bruno fonce sur la table que je partage avec Elena, Lotta et Orfane, s'empare dans la foulée d'une chaise libre et s'assoit dessus à califourchon entre la gynécologue et le virologue. Ses yeux exorbités de joie roulent comme des billes chauffées à blanc.

— Je sors à l'instant de chez M. Pfer. Devinez qui j'ai eu au bout du fil ? L'ambassadeur de France en personne !... Il m'a déclaré, officiellement, que mon cas a été examiné avec le plus grand soin et que désormais je n'ai plus de soucis à me faire. On va m'établir un passeport neuf et m'obtenir un visa d'entrée à Djibouti. Demain, je rentrerai à Khartoum par le cargo de ravitaillement. Le pilote a reçu les instructions dans ce sens.

— Félicitations, lui dit Lotta.

— J'ai annoncé la bonne nouvelle à ma compagne. Elle était si heureuse que nous avons chialé comme deux mômes. J'en ai encore la barbe toute trempée.

Il se tourne vers moi :

— Vous allez me manquer, monsieur Krausmann.
J'ai la gorge trop nouée pour libérer un son.
Il hoche la tête et s'adresse aux autres :
— Vous aussi.
— Vous êtes quelqu'un d'attachant, Bruno, lui
avoue Lotta. Un peu écervelé, mais attachant.
— C'est le soleil de l'Afrique qui a fait fondre
mon cerveau. Et c'est tant mieux. Moins on gamberge,
plus on a des chances de faire de vieux os… Dieu
de Dieu ! que je suis content. Je ne vais pas fermer
l'œil cette nuit et demain mettra un siècle à arriver.
Je me vois déjà chez moi, dans ma petite piaule de
paumé où il fait bon vivre… Si, par hasard, vous êtes
de passage à Djibouti, venez me voir. Nul besoin de
vous annoncer. Chez nous, pas de protocole. Vous
allez au souk, vous demandez après Bruno l'Africain
– c'est comme ça qu'on m'appelle – et n'importe quel
marmot vous conduira jusque chez moi. Vous n'aurez
même pas besoin de sonner. On n'a pas de carillon,
chez nous. Vous poussez la porte et vous êtes aussitôt chez vous… N'est-ce pas, Kurt ?
Je me contente d'opiner du chef.
— Vous viendrez ?
— Je ne pense pas, Bruno, je ne pense pas.
— Vous savez ce que m'a dit un marabout ?…
Celui qui ne voit l'Afrique qu'une seule fois dans sa
vie mourra borgne.
Après le dîner, Bruno me prend à part derrière la
cantine et me confie :
— Si vous voulez que je reste encore quelques
jours, aucun problème.
— Pour quelle raison ?
— Je ne sais pas. Les militaires pourraient revenir
exiger d'autres informations.

— Ils ont enregistré nos déclarations. Non, partez. Vous n'avez plus rien à faire ici. Allez retrouver les vôtres. Vous leur avez suffisamment manqué comme ça.

— M. Pfer m'a dit que le camp a reçu plusieurs dons et qu'une autre rotation aérienne est prévue la semaine prochaine. Je m'arrangerai avec le pilote.

— Ce ne serait pas une bonne idée, Bruno.

— Vous êtes sûr ?

— Sûr et certain.

Il m'enlace fortement et s'enfuit dans le noir.

L'avion-cargo atterrit à 10 heures dans une bourrasque de poussière et de rugissements. Monstre de zinc et de combustion, il roule lourdement jusqu'au bout du terrain vague, pivote sur lui-même et revient vers le camp en cahotant. Une vingtaine d'hommes l'attendent pour décharger les centaines de cartons et de caisses amarrés dans sa soute.

Pour moi, l'avion est venu me confisquer un ami.

Bruno a mis une robe satinée et s'est soigneusement taillé la barbe chez Lotta. Ses cheveux coupés en brosse et calamistrés rutilent par-dessus ses yeux soulignés au khôl. Il me gratifie d'un large sourire et m'ouvre ses bras.

— Vous me trouvez comment ?

— À part votre crâne qui se dégarnit, vous êtes beau.

Il lisse sa tonsure et s'écrie :

— Baudelaire disait que lorsque c'est beau, l'imperfection devient un accessoire de charme.

Bruno embrasse M. Pfer, puis Lotta dont il pince le postérieur au passage. Il doit se dresser sur la pointe des pieds pour enlacer Orfane, ensuite, comprimant un sanglot, il serre contre lui Elena. Devant moi, il craque, et de grosses larmes lui roulent des paupières. Nous nous regardons un moment, hypnotisés, avant de nous jeter dans les bras l'un de l'autre. Nous restons longtemps ainsi, entremêlés et silencieux.

— N'oubliez pas ce que je vous ai dit, Kurt. Qui voit l'Afrique une seule fois dans sa vie mourra borgne.

— Je n'oublie pas.

Il dodeline de la tête, ramasse un gros sac rempli de présents et se dirige vers l'avion. Le pilote lui montre la soute et l'invite à monter à bord. Bruno se retourne une dernière fois et nous adresse un large signe d'adieu. Le déchargement terminé, le pont-levis de la soute se referme et le monstre ailé, dans un gros vacarme d'hélices, se pousse sur la piste. Nous le suivons de loin, en agitant nos bras. Bruno apparaît à un hublot et nous envoie des baisers jusqu'à ce que la poussière emmitoufle l'avion qui file à la conquête du ciel.

Je suis content pour Bruno, mais triste de le voir partir. Notre amitié a été scellée dans la douleur et ne se résiliera jamais. Ni les distances ni le temps ne pourront l'amoindrir. Je sais que partout où j'irai, quelles que soient ma vie, mes futures joies et mes futures peines, il y aura toujours, dans un coin de mon cœur aussi sacré qu'une cité interdite, la trace indélébile de ces semaines engorgées de larmes et de peur partagées avec mon inimitable compagnon français. Je garderai de Bruno le souvenir d'un homme formidable, construit d'une seule et même fibre sensible, brave jusque dans ses simagrées, constamment disponible et généreux, plus proche des démunis que les saints et les prophètes, et heureux d'être vivant malgré tant de revers et d'ingratitude. J'ignore ce qu'il représentera désormais pour moi, mais il m'aura initié aux gestes les plus pauvres pour leur déceler un sens et une force, une richesse autre que celle que l'on réclame, et une beauté toute simple comme sont beaux les signes fraternels que les inconnus se renvoient au sortir d'une tragédie ou d'une mobilisation spontanée autour d'une détresse humaine superbement négociée. Va-t-il me manquer ? De plusieurs façons, assurément. Il me sera un peu ce « jumeau » de Joma, sauf que je ne le renierai pas. Où que j'aille, je suis persuadé qu'il sera tapi dans mon ombre telle une bonne étoile au fond de la nuit, et je me surprendrai à sourire chaque fois qu'un bruit, une lumière, une musique me rappellera l'Afrique où un monde aspire à s'éteindre pour qu'un autre s'éveille aux chants des enfants.

Bruno s'est envolé depuis à peine cinq jours et déjà il me semble que je l'ai rêvé. En passant devant la guitoune où il avait choisi d'attendre, parmi les *siens*, la régularisation de sa situation – il avait renoncé à la loge que M. Pfer lui avait octroyée –, je crois entendre son rire africain qui partait d'une contraction gutturale avant de s'effranger dans un glapissement homérique. Bruno riait de tout, de ses déveines comme de ses exploits… Étrange personnage ! Jamais rancune n'aura égratigné sa foi indéfectible en les hommes. Il ne voyait dans la bêtise de ces derniers qu'une consternante immaturité qui leur infligeait plus de tort qu'ils n'en faisaient. La nuit, pour meubler mes insomnies, je teste plusieurs clés pour accéder à sa mentalité et comprendre comment elle fonctionne, mais la serrure change de combinaison à chacune de mes tentatives. Quel secret a-t-il percé dans ce continent ? Quelle philosophie a-t-il acquise durant ses décennies de transhumance ? La réponse, il l'a emportée avec lui. Le reverrai-je un jour ? Je ne le pense pas. Je retournerai dans ma *bulle* de nanti et mourrai *borgne* conformément à la prophétie... S'il y avait une morale à l'existence, elle se résumerait ainsi : *nous ne sommes que des souvenirs !* Un matin, on est là ; un soir, on n'est plus. La seule empreinte que nous laisserons derrière nous est une évocation de moins en moins précise que la mémoire fourguera sans vergogne à l'oubli. Que me restera-t-il de Bruno ? Que me restera-t-il de Hans ? Tout ce que je n'aurai pas su garder : le timbre d'une voix, un sourire évanescent, des circonstances déformées par le prisme des ans, des absences aux allures de gueule de bois. Maintenant qu'ils ne sont plus là, j'évalue l'inconsistance des vérités en ce monde capricieux... Et après ?... Après, la boucle sera bouclée ; on reprendra tout depuis le début et on réapprendra à vivre avec ce que l'on ne possède plus. La nature ayant horreur du vide, on se crée de nouveaux repères. Par pur égoïsme... Elena sait notre liaison sans lendemain. Moi aussi, je le sais. Cela ne nous empêche pas de profiter de l'instant présent... Je me suis fait des amis parmi les réfugiés. Malik, le garçonnet qui voulait ma torche électrique. Il vient me voir régulièrement et se débrouille pour ne pas repartir les mains vides ; Bidan, un contorsionniste phénoménal capable de se glisser en entier dans un caisson à peine assez grand pour un chiot ; le vieux Hadji qui lit l'avenir sur le sable en tétant sa pipe à longueur de journée ; Forha le manchot qui enfile ses habits plus vite qu'un matelot un jour de branle-bas ; et l'intarissable Oncle Mambo, mythomane à ses heures, qui croit dur comme fer que Neil Armstrong n'a jamais mis les pieds sur la Lune... Mais le provisoire n'est qu'un prêteur lunatique qui réclame son dû quand ça lui chante. Et ce que j'appréhendais finit par me rattraper. La veille, trois ouvriers sont tombés d'un échafaudage et se sont gravement blessés. J'ai passé la nuit à assister le chirurgien qui les opérait. Ce matin, en entendant le bourdonnement saccadé d'un hélicoptère, j'ai cru qu'il s'agissait de l'évacuation des accidentés sur un hôpital mieux équipé et j'ai enfoui ma tête sous l'oreiller. Je me suis trompé. L'hélicoptère est pour moi... C'est le gradé soudanais en personne qui est venu me demander de me rhabiller et de le suivre. À sa mine déconfite, j'ai compris. J'ai dû me cramponner à la poignée de la porte pour me maintenir debout. « Non, ne me dites pas que... ? » ai-je balbutié. Il m'a regardé sans rien dire. Il est des silences qui se passent de tribune. Je me suis effondré sur mon lit et j'ai lutté de toutes mes forces pour garder un minimum de dignité. « On nous attend, monsieur », m'a rappelé le colonel. Je me suis rhabillé et je l'ai suivi...

La matinée est d'une clarté éblouissante. La petite bruine nocturne a dépoussiéré l'air et le soleil se veut artiste. Mais qui se prête à son talent ? Sa lumière est criarde, la limpidité de ses horizons surfaite. C'est un jour qui en fait des tonnes. Il cherche à se démarquer des autres. Pour qu'on le voie. Pour qu'il s'imprime à jamais dans mon subconscient.

Je marche jusqu'à l'hélicoptère, sourd aux appels d'Elena. Je suis dans un monde parallèle. L'odeur du carburant empeste l'intérieur de l'engin. Les moteurs se mettent à siffler de plus en plus fort, ensuite, lourde libellule, l'hélicoptère se soulève dans une tornade. Le colonel me tape sur le genou. J'ai envie de lui hurler de retenir sa main le plus loin possible de moi. Je n'en fais rien. Mon être s'est voûté tel un saule pleureur.

Le roulis de l'hélicoptère me vrille les tympans. Sur le banc d'en face, cinq soldats armés contemplent le désert par les hublots. Il s'agit de l'escorte du colonel. Des voltigeurs triés sur le volet. Des tireurs d'élite sans doute. Ils sont jeunes, certains imberbes, mais aguerris. Leur calme rappelle celui qui précède la tempête.

— Que s'est-il passé ? demandé-je au colonel.

— Accrochage entre un détachement de l'armée régulière et les rebelles. Nos soldats ignoraient qu'il y avait un otage.

— Une bavure, quoi ?

— Certainement pas, s'écrie-t-il outragé. Notre détachement n'était pas en opérations, mais en mission d'approvisionnement. Il est tombé par hasard sur le groupe de rebelles qui a aussitôt ouvert le feu pour couvrir sa retraite. Notre riposte était légitime. Nos soldats, je vous le répète, n'étaient pas au courant de la présence d'un otage dans les rangs des criminels. Et nous sommes les premiers à déplorer cet… cet accident.

— Accident ?

— Tout à fait, monsieur.

— Vous êtes sûr qu'il s'agit de Hans Makkenroth.

— D'après les deux suspects que vous avez identifiés sur photos, c'est bien lui. Les deux criminels ont avoué. Et ils nous ont conduits sur les lieux où ils l'ont enterré.

— Quand ?

— Hier après-midi.

— L'ambassade est au courant ?

— Nous l'avons saisie immédiatement après la découverte de la dépouille. Un avion est allé chercher Son Excellence très tôt, ce matin (il consulte sa montre). Il sera sur place en même temps que nous.

— C'est loin ?

— À environ deux heures de vol d'ici.

— Je suppose que vous comptez sur moi pour identifier le corps ?

— Je ne vois pas qui d'autre serait habilité à le faire.

Je m'adosse contre le zinc et ne dis plus rien.

En bas, de piètres collines, lasses de s'enliser dans le sable, s'imbriquent les unes dans les autres pour contenir la progression hunnique du désert ; d'autres taches anthracite, pareilles à des cicatrices, racontent les âges antédiluviens et leurs forêts giboyeuses qu'un cataclysme aurait décimées en un tournemain. Et l'Homme dans tout ça ? Que représente-t-il dans le souffle cosmique ? Se rend-il compte de ce qui le dénude et l'isole ? Le désert est-il autour de lui ou bien en lui ?... Je me ressaisis. Je dois faire le vide dans ma tête. Je suis trop fragilisé pour m'aventurer sur des territoires inconnus.

Après deux heures de tintamarre et de relents de kérosène, l'hélicoptère se penche sur le flanc dans la furie de ses pales, se redresse et se met à perdre de l'altitude. Le colonel rejoint le cockpit et indique aux deux pilotes une direction. Par le hublot, je vois une colonne de véhicules de combat en stationnement le long d'une piste, des soldats et, plus loin, un petit avion à hélice au pied duquel une délégation de civils nous regarde atterrir.

L'ambassadeur allemand m'accueille à ma descente d'hélicoptère. Il me présente ses accompagnateurs dont Gerd Bechter. Tous sont accablés. Il n'y a pas de journalistes ni de cameraman. Un haut gradé soudanais me murmure quelque chose que je ne saisis pas. Son obséquiosité m'exaspère. Je suis soulagé de le voir rentrer dans le rang. Je demande à être conduit auprès de mon ami. L'ambassadeur et son staff emboîtent le pas à un jeune officier. Je me traîne derrière. J'ai l'impression que mes chaussures collent au sol. Un peloton de soldats monte la garde autour d'un amas de pierres, les fusils braqués sur deux prisonniers : Ewana le paludéen et le conducteur du side-car. Menottés et enchaînés, ils sont dans un état indescriptible ; des traces de sévices recouvrent leur visage, leurs membres et zèbrent leurs habits ; ils ont été torturés. Je passe devant eux, les toise. Ewana baisse la tête ; son complice me défie ouvertement.

Six tombes sommaires boursoufflent l'endroit. Certaines ont été profanées par des chacals ou des hyènes. Les soldats ont fini le reste. Les cadavres en décomposition avancée sont pour la plupart méconnaissables… Le chef Moussa a la bouche ouverte sur sa dent en or, un trou au milieu du front… Hans, mon ami Hans, est étendu dans la même fosse que son ravisseur. La tempe défoncée. Deux taches noirâtres sur la poitrine. Sa barbe blanche frissonne sous la brise, les paupières closes sur ses ultimes pensées. Je me demande à quoi il a pensé juste avant de mourir, quel dernier cri a-t-il emporté avec lui, s'il est mort sur le coup ou si son agonie a été longue et cruelle… Mon Dieu ! Quel gâchis. Que dire devant une telle incongruité ? À qui me vouer ? Tous les mots de la terre me paraissent dérisoires, tristes à crever. Je peux considérer le ciel, ou mes mains qui tremblent, ou les mines impénétrables des militaires ou celles des officiels ; je peux crier jusqu'à extinction de ma voix, ou me taire jusqu'à faire corps avec le silence, cela ne servirait à rien. Et puis, quel pouvoir me reste-t-il encore, hormis la force de fixer la dépouille de mon ami, le courage d'admettre que j'arrive trop tard ?

— Il était venu équiper un hôpital pour nécessiteux, dis-je aux deux pirates.

Ewana ploie un peu plus la nuque en fixant le sol.

Je lui relève le menton pour qu'il me regarde dans les yeux et lui répète :

— Il était venu apporter son aide désintéressée aux pauvres et aux démunis... Est-ce que vous comprenez ce que ça signifie ? L'homme qui gît là consacrait sa fortune et son temps pour mériter d'être un être humain.

— Personne ne lui a rien demandé, maugrée le conducteur du side-car.

— Pardon ? lui fais-je, révulsé.

— Tu as très bien entendu.

Un officier le gifle. Le pirate vacille sous la violence du coup, sans fléchir. Il grogne :

— Ton pote est mort. Ewana et moi allons le rejoindre bientôt. On va nous fusiller. C'est le prix à payer et nous ne marchandons pas. Toi, tu t'en tires pas mal, alors arrête de faire chier le monde.

Un geyser de colère et d'indignation explose en moi et je me jette sur lui. Je cherche à l'éborgner, à lui arracher la langue, à l'écrabouiller de mes mains ; je cherche et ne rencontre que le vide. Des soldats me ceinturent ; d'autres sautent sur le pirate et l'éloignent de moi. Le pirate se laisse neutraliser sans résistance en continuant de me narguer : « Si vous étiez restés chez vous, dans vos beaux draps soyeux, personne ne serait venu vous chercher, me crie-t-il. Tu te croyais où, mec ? Dans un safari cinq étoiles ? Qui a choisi de marcher dans la merde ne doit pas se plaindre de sentir mauvais. Ton pote connaissait les risques, poursuit-il pendant qu'on l'emmène vers un engin blindé. Et nous aussi. Il est mort, et on va nous exécuter. Pourquoi est-ce toi qui chiales ? » Sa froideur me brûle comme les flammes de l'enfer. Je me débats pour l'atteindre, pour l'éveiller à sa perfidie, à l'affront qu'il fait au jour qui se lève, au vent, aux bruits et aux accalmies, à tout ce qui fait la vie. Mes bras sont de fumée, ma fureur me consume de l'intérieur. Je suis ma propre crémation. Je sais qu'il n'y a plus grand-chose à faire, que le merveilleux ami qui se démaille au fond de son trou ne voit rien de mon chagrin − peut-être ne serait-il même pas d'accord avec ma conduite, mais que faire ?... J'ai envie d'être ailleurs, loin, très loin, réintégrer mon deuil de veuf précoce, m'emmurer dans ma maison à Frankfurt. Je voudrais n'être jamais monté sur ce voilier de malheur ni avoir rencontré qui que ce soit sur ma route. Je voudrais tant de choses futiles et laides, tant d'invisibilité aussi, tant d'océans entre moi et le charnier qui gangrène le sol sous mes pieds, mais mes exigences ne sont que l'expression de mon refus de regarder la réalité en face : les hommes sont ce que la nature a engendré de pire et de meilleur ; les uns meurent pour un idéal, d'autres pour des prunes ; certains périssent de leur générosité, d'autres de leur ingratitude ; ils s'entredéchirent pour les mêmes raisons, chacun dans son camp, et dans cette ignoble mise en scène, l'ironie du sort joue aux bons auspices jusqu'à réconcilier, dans une même fosse putride, l'éclairé et l'enténébré, le vertueux et le pervers, le martyr et le tortionnaire rendus à la mort éternelle comme des siamois au ventre de leur mère.

4

J'espérais ne rien emporter d'Afrique et ne rien y laisser ; je me rends compte combien j'étais naïf. Dans le petit avion qui me ramène en Allemagne, je sais que je ne rentre pas entier. Une partie de moi est restée captive du désert, et dans la soute repose le cercueil de Hans. J'ai baissé le store du hublot pour ne pas regarder s'éloigner la terre qui m'aura dépouillé de mes illusions, et j'ai essayé de dormir. Mais quel sommeil prêterait-on à celui qui n'a plus de rêves. Je n'ai qu'à fermer les yeux pour me retrouver nez à nez avec mes hantises. Mes tempes sont remplies de fracas, l'odeur du charnier colle à mes narines, mes poumons sont pleins de sable. À Khartoum, j'avais passé plus d'une heure sous la douche. Je m'étais savonné une dizaine de fois sans parvenir à me débarrasser de cette écorce rebutante qui s'était substituée à ma chair. Mes habits neufs me dévorent avec une voracité d'orties. Ma cravate a un nœud de corde, sauf que je suis le gibet. En face de moi, l'administrateur Gerd Bechter s'oublie dans un magazine. Il tourne les pages d'une main machinale. Son esprit est ailleurs, là où les interrogations n'ont que faire des réponses puisque tout a été dit. Il ne m'a pas quitté d'une semelle depuis Khartoum. Il venait sans arrêt dans ma chambre, à l'hôtel, prétextant n'importe quoi pour m'avoir à l'œil. Il craignait qu'un malaise me terrasse. C'est vrai, je n'étais qu'un spectre perdu dans la brume de son émoi, mais les épreuves que j'avais traversées me tenaient en éveil. Agacé par ses intrusions, je lui avais demandé s'il ne voulait pas partager mon lit. Il s'était excusé de m'importuner et il était parti me chercher à boire. Nous avions bu jusqu'au matin et dormi sur le même canapé…

L'écran d'un téléviseur indique la trajectoire de l'avion : nous avons quitté le Soudan, puis le nord de l'Égypte pour longer la Méditerranée. Une hôtesse me propose un plateau ; je décline son offre et m'enfonce dans mon siège. Derrière moi, deux journalistes somnolent. Une jeune femme, qu'on m'a présentée et dont je n'ai pas retenu le nom, contemple la mer, penchée sur le hublot. À côté d'elle, un cameraman dort d'un sommeil de juste. Nous sommes huit passagers dans le petit avion venu spécialement de Berlin pour nous rapatrier – un archipel de huit îles séparées par des fleuves de silence.

J'imagine le monde qui nous attend à Frankfurt. La famille Makkenroth ensevelie sous le deuil. Les amis du défunt. Les voisins. Le personnel. L'aréopage d'officiels sanglés dans une gravité rigide. Les chaînes de télé. Tout un folklore ensaché de grisaille. Les visages fermés. Les regards vides… Nulle part je ne trouve une place où me caser. Je n'ai rien prévu. Je ne dirai rien. Je marcherai dans l'ombre du défunt et suivrai le cortège funèbre sans me poser de questions. Je suis en état de choc. Ce que je perçois n'est pas probant. J'attendrai sagement que les choses se tassent. Ensuite, je franchirai le pas. Hans m'en voudrait si je ne lui survivais pas. La vie est une succession d'ambiguïtés et de bravades. On y apprend tous les jours, et tous les jours on efface son ardoise pour un nouvel exercice. En réalité, il n'y a pas de vérité irréfutable, il n'y a que des certitudes. Lorsque l'une s'avère être infondée, on s'en forge une autre et on s'y verrouille contre vents et marées. La survivance est un naufrage dont le salut repose sur l'entêtement et non sur la providence. Il y a ceux qui abandonnent, et ceux-là sont morts, et d'autres qui revoient leur copie... Me vient à l'esprit l'image du marabout-guerrier agonisant sur son lit de camp, le faciès taillé dans un parchemin. Sa voix chevrotante m'atteint dans un soupir d'outre-tombe. Que me disait-il ? Ça me revient ; il disait : « Pour qu'un cœur continue de battre la mesure des défis, il lui faut pomper dans l'échec la sève de sa survivance. » Pourquoi avais-je fui ce vieillard ? Peut-être parce qu'il lisait en moi comme dans un livre ouvert. Peut-être parce qu'il m'effeuillait de son seul regard. J'ai toujours eu horreur d'exposer ma nudité aux inconnus. À Maspalomas, il y avait au bout de la plage une aire réservée aux nudistes. Je n'ai jamais réussi à m'y aventurer. Dans quelques heures, lorsque l'avion me jettera en pâture sur le tarmac grouillant de notables et de journalistes, j'aurai le sentiment d'être aussi nu et misérable qu'un ver, et j'en voudrai à la terre entière... Puis, l'intérêt se portera sur le cercueil et la famille Makkenroth, et là encore, je me surprendrai à en vouloir à ces dos qui m'ignorent déjà en me livrant poings et pieds liés à la plus pernicieuse des solitudes... J'ai hâte d'en finir, d'affronter les lendemains que je devine aux antipodes de mes jours d'antan, réfractaires aux idées que je m'en fais car un autre chapitre, un autre épisode, une autre histoire fera de l'homme que je suis un personnage différent que j'aurai du mal à cerner et à domestiquer. Hans me confiait : « Qu'a-t-on vraiment appris de ce que nous croyons savoir ? Des habitudes ? Des automatismes ? Le travail pendant la semaine, et la trêve les jours de congé ? Que connaît-on des gens que nous saluons le matin et qui sortent de notre quotidien dès qu'ils disparaissent au coin de la rue ? Si vivre se limitait à exister pour soi, qu'aurais-je de plus que les arbres qui se dénudent en hiver et se couvrent au printemps tandis que je fais l'inverse ? » Il n'avait pas tort, Hans. Qu'a-t-on vraiment appris de ce que nous croyons savoir ? Je croyais Jessica le centre de ma vie ; Jessica est partie, et la terre n'a pas vacillé d'un millimètre. Je croyais ma carrière tracée, mon avenir acquis, et je me rends compte combien un rien défait ce tissu de mensonges. Il y a des règles que l'on observe pour ne pas s'attarder sur les autres ; on les adopte parce qu'elles nous conviennent et nous font croire que l'on peut se passer du reste. On se persuade que ce qui nous arrange annule systématiquement ce qui nous dérange. Toute ma vie, j'ai cru dur comme fer à des choix mûrement réfléchis, des choix que j'ai assumés et qui m'ont consumé comme l'ardeur consume l'effort manifeste et tellement inutile. Or, tout choix est un risque, avec ou sans arguments… Alors pourquoi anticiper ? Pourquoi me préparer à en vouloir à la terre entière avant même d'atterrir ? Laissons venir les choses au lieu d'aller les chercher, souvent elles ne sont pas là où nous *croyons*.

Nous atteignons Frankfurt vers 16 heures. Le jet s'est posé sur le tarmac comme sur du velours. Par le hublot, je vois défiler des façades vitrées, des avions

branchés à des sas, des véhicules de service, des cha-
riots débordant de bagages, des bus évasés… et le
soleil. Il fait beau sur ma ville. Je m'attendais à un ciel
couvert, avec de la bruine et un vent de circonstance,
et c'est un flamboyant après-midi qui nous déroule le
tapis. Comment définir le sentiment qui m'a gagné à
l'instant où les roues du jet ont touché le sol natal ?
Impossible de le décrire. Impossible de le contenir.
Une formidable alchimie a pris possession de mes
fibres, de chaque goutte de mon sang. Je suis des millions d'émotions… Le jet roule sur une piste secondaire, contourne plusieurs petits blocs, et s'arrête enfin
devant une bâtisse qui a l'air d'être un salon d'honneur. Des journalistes piaffent derrière une barrière.
Des flashes se mettent à crépiter ; ils fulminent de plus
belle à ma descente d'avion. La chancelière et quelques
membres de son gouvernement m'accueillent au pied
de l'échelle. N'ayant rien mangé depuis Khartoum, je
me sens patraque. Je peine à assimiler ce que l'on me
susurre. Puisque tout le monde sourit, j'en fais autant.
Le bonheur est contagieux. Des poitrines compriment
ma respiration, des bras m'oppressent le corps, des
mains engloutissent les miennes. La chancelière a les
yeux qui miroitent. Elle est bouleversée. Elle me dit
quelque chose que les cris des journalistes couvrent.
Je la remercie. Je m'entends remercier n'importe qui à
propos de n'importe quoi. Derrière le staff officiel, la
famille Makkenroth prend son mal en patience ; visiblement, cette agitation médiatique, ces ministres, cette
mise en scène chahute son deuil. Plus tard, j'apprendrai qu'elle avait souhaité que les choses se fassent
dans la plus stricte intimité, mais le protocole obéit à
d'autres impératifs. Je m'approche de Bertram, le fils
aîné de Hans. Je le connais depuis des années. Nous

nous jetons dans les bras l'un de l'autre. L'accolade est brève. Son épouse effleure le bout de mes doigts, retranchée derrière son voile noir. Mathias, le cadet, me tape sur l'épaule. Je l'ai rencontré deux ou trois fois, mais je suis incapable de me rappeler où. C'est un garçon taciturne, mystérieux. Profondément affecté par la perte de son père, il évite de me regarder dans les yeux. Une vieille dame, sans doute la doyenne, se penche sur moi et me chuchote : « Nous ne voulons rien savoir de ce qui s'est passé, monsieur Krausmann. Hans est mort, et il n'y a que cela de vrai. » Il y a dans sa voix basse la fermeté d'un cri de sommation. Des pompiers extirpent le cercueil de Hans de la soute et le posent sur un catafalque tapissé de fleurs. De nouveau, une averse de flashes. Un remous subreptice se déclare au sein de la famille Makkenroth, vite surmonté. La chancelière fait une touchante déclaration à la presse avant de me céder le micro. Je fais non de la main, au grand dam des journalistes qui réclament une intervention. Qu'ai-je à dire, à ajouter ? Nos services m'ont épuisé à Khartoum ; il me tarde de rentrer chez moi. Bertram accepte de s'adresser aux journalistes. Concis et juste : « Pour mon père, c'est par le partage que l'on accède à la maturité. Il a partagé sa fortune, son temps et son humanité avec les démunis aux quatre coins de la planète, et il a partagé leurs souffrances et leurs tragédies aussi. Hans Makkenroth ne faisait pas les choses à moitié. Il était généreux et sincère, et ne promettait que ce qu'il était en mesure de réaliser. Il aimait les gens, et beaucoup le lui rendaient bien. C'était un homme d'exception. Il se donnait tellement aux autres qu'ils l'ont gardé à jamais. »

Un corbillard investit la place, suivi d'une colonne de voitures officielles et de limousines noires. Les journalistes se mettent à courir vers la sortie. La cohue s'éclaircit derrière la barrière, et Klaudia Reinhardt m'apparaît. Elle est debout à proximité d'un groupe de cameramen en train d'emballer fiévreusement son attirail afin de ne rien rater de la fin du spectacle. Enserrée dans un tailleur sobre, elle me sourit du bout des lèvres. Gerd Bechter m'invite à prendre place sur la banquette arrière de sa voiture. Je lui annonce que je rentre directement chez moi. Il tente de m'en dissuader ; je ne l'écoute pas et me dirige sur l'amie de mon épouse qui, à cet instant où le monde se dépeuple autour de moi, représente toute ma famille.

Une grappe de journalistes poireaute devant ma maison. Je prie Klaudia de ne pas s'arrêter. Elle s'exécute et bifurque par le premier tournant. Elle conduit très mal. L'émotion, peut-être. Tout à l'heure, lorsqu'elle m'a pris dans ses bras, elle a fondu en larmes. Les mots lui ont manqué. Elle a ri en sanglotant, grimacé en souriant, et elle a tremblé de la tête aux pieds. Son corps contre le mien m'a rassuré. J'étais là, bien là, en chair et en os. J'étais dans mon pays, dans ma ville, dans mon élément. Le soleil de Frankfurt me réconciliait avec la totalité de mes sensations. Je me suis senti libre, rendu à *ma* vie, et mon costume a cessé de m'écorcher. J'ai baissé la vitre de la portière et je n'ai pas arrêté de humer l'air, d'y puiser une à une mes forces et mes certitudes. J'ai regardé tous les immeubles, toutes les voitures qui nous croisaient, les espaces gazonnés, les panneaux publicitaires, les lampadaires, le bitume qui nous aspirait et, pour la première fois, le chuintement des roues sur l'asphalte a fait taire les voix ordurières et les détonations qui prenaient mes tempes pour des joutes oratoires.

Klaudia me propose de m'emmener chez elle. J'acquiesce. Les journalistes finiront bien par me lâcher du lest, et je rentrerai chez moi réapprendre à vivre.

Klaudia habite au troisième étage d'un petit immeuble à Frank Walter von Stenbene Siedlung, dans l'Eckenheim où j'avais loué mon premier cabinet deux ans avant mon mariage. J'ai beaucoup apprécié les gens du quartier, mais Jessica voulait que j'emménage non loin du siège de son entreprise, dans le Sachsenhausen, pour que nous puissions déjeuner ensemble. Nous étions très proches au début de notre idylle. Fusionnels. Nous nous téléphonions à tout bout de champ, à propos de broutilles, et nous étions heureux de nous savoir au bout du fil qui constituait notre cordon ombilical.

Klaudia me précède dans le hall. Il n'y a pas d'ascenseur. Nous prenons l'escalier en nous dépêchant car je ne tiens pas à être reconnu par un voisin. Ma photo et celle de Hans ont fait la une des journaux et des télévisions durant des mois.

— J'ai envoyé quelqu'un faire le ménage chez toi, m'informe Klaudia en tripotant la serrure de sa porte.

— Merci.

Elle me débarrasse de mon sac et de ma veste dans le vestibule.

— Tu peux rester ici autant que tu voudras, me dit-elle. Ma mère m'hébergera bien quelques jours.

— C'est très gentil, mais je ne voudrais pas abuser de ton hospitalité. Je dois rentrer chez moi. La nuit va bientôt tomber, et les journalistes vont devoir regagner leurs foyers.

— Détrompe-toi. Au petit matin, ils seront de nouveau devant ta porte.

— Dans ce cas, j'irai dans ma résidence secondaire, à la campagne.

— Ce serait une mauvaise idée. Tu as été longtemps absent. Tu as besoin d'être entouré.

Je la prie de me conduire dans la salle de bains.

Je la retrouve dans le salon. Elle s'est changée pendant que je me douchais, troquant son tailleur contre un pantalon en flanelle et un chandail. Elle s'est maquillée et a défait son chignon.

— Je t'invite au resto, me dit-elle. J'en connais un qui est tranquille, non loin d'ici.

— Je n'ai pas envie de sortir.

— Je n'ai rien dans le frigo.

Elle consulte sa montre, réfléchit et décide d'aller nous chercher à manger.

C'est la première fois que je découvre l'appartement de Klaudia. Ses meubles sont anciens, mais bien entretenus. Chaque chose tient la stricte place qui lui revient, sans une once d'artifice. Le salon est petit, agencé avec rigueur. Pas de tableaux aux murs, juste une brochette de photographies sur une commode pansue, un tapis décoloré par terre et un vieux canapé en cuir au milieu. La fenêtre, qu'encadrent des rideaux vaporeux, donne sur un square triste où un arbre géant s'embusque sous ses feuillages. Des voitures sont garées de part et d'autre, sans personne autour. Pas un enfant ne traîne dans la cour, pas un bruit ne trahit âme qui vive. Je prends place sur le canapé et allume la télé. Il me semble que la dernière fois où j'ai actionné une télécommande remonte à des années. Ce sont les rentrées tardives de Jessica qui m'ont rendu accro à la télé. Son absence m'empêchait de me concentrer sur un livre ou sur du bricolage, aussi préférais-je attendre le retour de ma femme, gentiment rencogné au fond de mon fauteuil, une canette à la main et, petite gorgée de bière après l'autre, j'égrenais les instants comme un pope son chapelet.

L'écran s'illumine sur le JT. Le speaker s'efface, et la caméra me propulse sur le tarmac où je me vois descendre de l'avion. Je constate que je flotte dans mon costume, que j'ai trébuché sur la dernière marche de l'échelle. On extirpe le cercueil de Hans de la soute et on le transporte sur le catafalque autour duquel la famille Makkenroth attend de récupérer le corps de son mort. Une jeune femme pleure contre l'épaule d'un parent. Les deux fils de Hans se tiennent dignement, leurs épouses de noir vêtues à leurs côtés. Je baisse le son pour ne rien entendre du commentaire. On ne se recueille que dans le silence…

Je me suis assoupi, ou peut-être me suis-je évanoui. Je trouve que c'est mieux ainsi.

Cinq jours après notre retour, la chapelle ardente est dressée sous les voûtes de Katharinenkriche, une église protestante dans le Hauptwache. Le sanctuaire est plein à craquer. Aux premiers rangs, aux côtés des Makkenroth, la chancelière et des membres de son gouvernement. On est venu des quatre coins de la planète rendre un dernier hommage à Hans. En plus des officiels et des notables nationaux, on voit des personnalités enturbannées, des chefs indiens d'Amazonie, des émirs dans leurs robes d'apparat, des ambassadeurs et des nababs. Hans n'était pas qu'un gros industriel, il était surtout un grand homme et un humaniste révéré. Dehors, la rue est noire de monde. Des milliers de gens anonymes ont tenu à célébrer la mémoire d'un généreux qui aura consacré son temps et sa fortune aux damnés de la terre. La cérémonie est empreinte d'une profonde solennité. Après le discours de la chancelière qui s'est employée à vanter le courage et l'abnégation du défunt, Bertram nous lit un poème de Goethe dont son père avait été un lecteur assidu, nous rappelle les principes et les convictions du cher regretté et rejoint les siens, le visage exsangue. Le cercueil quitte la chapelle sous les applaudissements. Ensuite le cortège se dirige sur le crématorium. Je ne suis pas convié à cet ultime adieu qui se déroulera dans la stricte intimité familiale. Les cendres de mon ami seront confiées à la mer… cette mer qu'il avait tant aimée et qui fut sa délivrance et son monde intérieur.

J'ai remercié Klaudia pour son hospitalité et l'ai priée de me conduire chez moi. Les journalistes ont compris que je ne souhaitais pas les rencontrer et ont regagné leurs rédactions. Klaudia m'offre de rester, le temps pour moi de récupérer mes forces. J'entends par *forces* mes esprits et en déduis que je ne paie pas de mine. Je lui demande si j'ai changé ; elle commence par bredouiller des excuses avant de se rattraper en attestant que j'ai besoin d'être entouré, de prendre du recul par rapport aux *événements*. N'a-t-elle pas sollicité un congé pour s'occuper de ma personne ? C'est vrai qu'elle est aux petits soins avec moi, qu'elle me couve à m'étouffer, cependant, il faut que je m'en aille. Jusque-là, j'avais peur de sortir, d'être reconnu dans la rue. Toute ma vie, j'ai été discret. Devenir du jour au lendemain un objet de curiosité me terrifie. Mais me calfeutrer dans l'appartement de Klaudia me lamine. Une semaine d'enfermement m'a usé et les cauchemars qui minaient mon sommeil dans la geôle de Germina se sont remis à écumer mes nuits.

J'ai laissé pousser ma barbe dans l'espoir de passer inaperçu et, barricadé derrière des lunettes de soleil, je pense être en mesure d'affronter les badauds.

J'insiste pour rentrer chez moi.

Nous arrivons devant ma villa vers 15 heures. Par bonheur, hormis un plombier rangeant son attirail dans une fourgonnette, la rue est déserte. Je n'ose pas descendre de la voiture. Il me tardait de réintégrer mon univers ; maintenant que je suis devant ma maison, je m'embrouille. Une serre glaciale me broie le cœur. J'ai l'impression de me déboîter la glotte en déglutissant. Klaudia devine que je suis en train de paniquer. Dans un élan d'empathie, elle commet la maladresse de me saisir par le poignet. Mon sursaut est d'une rare brutalité. Je pousse la portière et mets pied à terre. Je n'ose pas aller plus loin. Je demeure planté sur le trottoir, à fixer cette belle maison blanche que j'ai construite de mes mains pour en faire un mausolée érigé à l'amour éternel et à la vie. Klaudia comprend que je ne bougerai pas sans escorte. Elle me rejoint, puis elle me précède et je la suis, aspiré par son sillage. Elle me prend les clés. Une couche verglacée me cimente le dos. Les battements de mon cœur résonnent dans ma tête. Je respire un bon coup avant de me hasarder dans le vestibule. Klaudia court tirer les rideaux et ouvrir les fenêtres. Une lumière aveuglante submerge le salon. La femme de ménage a passé au peigne fin le moindre espace. Il y a des fleurs éclatantes dans le vase. Je retrouve mes meubles, les traces de mes habitudes, mais le gouffre laissé par Jessica est sans appel.

Klaudia me tient compagnie un petit quart d'heure durant lequel je reste indécis, figé, groggy.

— Tu veux que je te prépare du café ?

— Non, lui dis-je dans un souffle fiévreux.

— Je n'ai pas grand-chose à faire, cet après-midi.

— Merci, mais j'ai besoin d'être seul.

— On dîne ensemble, ce soir ?

— Si tu veux.

— Bon, je reviendrai te chercher vers 19 heures.

— D'accord.

Elle s'en va. On dirait qu'elle s'est évanouie dans la nature.

Après son départ, j'occupe le canapé et fixe la pointe de mes chaussures. Une chape de plomb sur la nuque. Je fais exprès de tourner le dos aux choses qui furent miennes et qui, aujourd'hui, me paraissent insaisissables, voire litigieuses.

À son retour, Klaudia trouvera le salon plongé dans l'obscurité, et moi, prostré sur le canapé. Le soir est tombé et je ne m'en suis pas aperçu.

J'ai passé une nuit agitée. Empêtré dans mes draps. Suant à grosses gouttes. Suffoquant. J'ai dû me battre contre chaque pensée pour la tenir à distance. Le matin me ramasse avec le dos de la cuillère. N'osant pas aller me doucher dans la salle de bains de peur d'y découvrir le corps de Jessica, je me suis lavé la figure dans l'évier de la cuisine.

Le téléphone a sonné à maintes reprises ; je n'ai pas décroché.

J'appelle Emma et la prie de m'attendre au cabinet après le départ du dernier patient et du docteur Regina Hölm, ma remplaçante. À 19 h 15, Emma me reçoit sur le palier. Elle porte un beau tailleur bleuté et elle s'est poudrée de frais. Une sensation déplaisante me froisse lorsqu'elle m'invite à entrer. Mon bureau m'accueille avec froideur. Les murs sont toujours peints en laqué crème, la même table basse siège au milieu de la salle d'attente, les mêmes magazines sont empilés dessus, les mêmes chaises rembourrées, mais je n'ai pas la conviction de retrouvrer un cadre familier. Une impression bizarre m'enchevêtre les tripes. Mon bureau est d'une mélancolie ! Jessica posant sur le rocher assailli de vagues laiteuses occupe le même cadre mais plus le même souvenir. J'ouvre l'armoire métallique où se coudoient les dossiers de mes patients, prends au hasard une fiche, la survole avec le sentiment de profaner des douleurs secrètes. Emma m'apprend que la misère affective a eu raison de Mme Biribauer, que cette dernière s'est donné la mort un mois plus tôt. Comme par hasard, c'est précisément sa fiche que je tiens dans les mains ; je la range aussitôt, d'un geste aussi dénué de courage qu'une défection.

J'ai pris des somnifères pour dormir. À 4 heures du matin, j'ai bondi hors de mon lit et j'ai tourné en rond dans le noir. J'ai allumé la télé puis je l'ai éteinte aussitôt avant de me planter devant la fenêtre. Dehors, le vent moleste les arbres. Une voiture passe, puis vient le silence, blanc comme une trêve. Je vais chercher une bière dans le frigo et m'installe devant mon ordinateur. Ma boîte mail est saturée. Des spams, des condoléances qui remontent au décès de Jessica et auxquelles je n'ai pas répondu, une centaine de courriers en suspens. Un message d'Elena avec fichier joint m'interpelle. Je dirige le curseur dessus, mais je ne l'actionne pas – je crains d'ouvrir la boîte de Pandore ; je ne suis pas prêt. Je retourne dans ma chambre et attends que le jour se lève. Après un petit déjeuner improvisé, je réalise la nécessité pour moi de sortir. Je ne peux pas rester prisonnier entre quatre murs à m'inventer des portes dérobées qui ne mènent nulle part. J'ai besoin de respirer, de me changer les idées. D'ailleurs, je n'ai pas d'idées. Mes pensées reposent dans mon esprit comme des galets au fond de la rivière... ou comme des agents dormants, c'est selon. Je suis dans une sorte d'expectative diffuse. J'ai peur de ce que je suis en train de refouler et de taire... Je décide de tenter une diversion, de me rendre en ville et de me dissoudre dans la foule. Je finirai bien par renouer avec ma cité, retrouver mes repères et les coins qui ont compté pour moi. Il est urgent que je récupère ce que l'aventure africaine m'a confisqué, que je colmate les failles que les absences ont creusées autour de moi...

J'ai vite déchanté.

Frankfurt est plein comme un œuf, de Jessica. Le fantôme ubiquitaire de mon épouse peuple la ville. Il marche à côté de moi sur les boulevards de Hauptwache, se projette sur les vitrines de l'avenue Zeil, joue à cache-cache sur le parc de Palmengarden, se substitue aux promeneurs du Römer, se donne en spectacle à Opernplatz ; il s'approprie les espaces, les ombres et les lumières, se veut le pouls de chaque quartier qui ne sue, ne sent, ne frémit plus que par lui. Jessica est la chair et la mémoire de Frankfurt. Dans le restaurant français d'Erno's Bistro, elle est déjà à table, les mains jointes sous le menton, le regard aussi azuré qu'un ciel d'été. Elle me sourit, refuse de s'estomper lorsque je cille. Son parfum m'embaume, me momifie. Je bats en retraite, flâne, remonte dans ma voiture, me gare quelque part, arpente les trottoirs, entre dans un bar... Jessica est au comptoir, à moitié ombragée dans l'éclairage tamisé des appliques, rappelant la blonde de mon cœur que je courais rejoindre après le travail pour aller au cinéma. Je n'ai pas le temps de commander un verre que je suis de nouveau sur l'avenue, à presser le pas pour m'éloigner de ces files d'attente devant les salles de projection où chaque spectateur porte quelque chose de Jessica...

Je n'en peux plus.

Je rentre chez moi.

Pour semer les voix qui me persécutent, je fais mon lit au carré, mets de l'ordre dans ma garde-robe, cire mes souliers, encaustique les jalousies, lustre l'acajou de ma table de chevet et, sans quitter ma chambre, paradant devant la glace, j'enfile mes costumes les uns après les autres, vérifie mes cravates, les plis de mes pantalons, la rigidité de mes cols de chemise avant de me jeter sur mes pyjamas avec un enthousiasme si peu évident que j'ai failli en pleurer. Une fois mon cirque terminé, je me laisse choir sur le bord du lit et prends mes tempes à deux mains, conscient que je suis en train de perdre le fil d'une histoire décousue à laquelle je suis totalement étranger.

J'ai commandé une pizza et j'ai fait face à la télé. J'esquive les infos avec leurs lots de drames et de chaos, élimine une émission de reality-show, m'attarde sur des top models qui se pavanent en boucle, semblables à des fragments d'artifices. Je veux zapper, mais je n'y arrive pas. Je focalise sur le défilé. Une colère incongrue me gagne. Je me sens agressé, cependant impossible de passer à une autre chaîne. Une force inconnue me bloque sur les mannequins scintillant sous les feux de la rampe. La théologie de l'image raconte que les flashes des photographes font étinceler les paillettes plus fort que le soleil les étoiles du ciel. Le clinquant illusoire s'exhibe sans vergogne, fier de son panache et de son exubérance. Quelques pas sur la piste, et l'univers se jette aux pieds des égéries fardées, redessinées, siliconées. Je cherche une morale à leur narcissisme et ne lui trouve aucun réel mérite, sinon la pratique sidérante de l'anorexie, cette faim volontaire qui se veut le critère majeur de la perfection. J'ai vu en Afrique des êtres squelettiques, des ventres sous vide, des poitrines sans souffle, des bouches ouvertes sur des gémissements qui mouraient à ras les lèvres ; je suppose que, là-bas, la piste est moins attrayante avec les contingents de damnés qui l'empruntent – une piste truffée de traquenards meurtriers, jalonnée de cadavres sans sépultures pourrissant à l'air libre, si amochés que les rapaces répugnent à les honorer. Ici, les choses sont autres : la beauté y est un talent confirmé, le déhanchement un art, la photo de clôture un instant magique qui dédie à la postérité les faiseurs de compromis... Quelques pas de danse, un regard de braise, une pirouette lascive en guise de tour d'honneur, et d'un coup vous êtes au faîte de l'idolâtrie. Nul besoin de perdre son temps dans des académies ; il suffit de lever ses beaux yeux soulignés au mascara pour supplanter les novae. Ce que l'argent décide, les dieux le valident ; ces mêmes dieux qui, en Afrique, s'inscrivent aux abonnés absents, qui font ceux qui ne sont pas là lorsque les pauvres bougres prient, qui regardent ailleurs pour se disculper des guerres décimant les contrées... Ces dieux-là, au défilé de mode, applaudissent des pieds et des mains. Telle star perçoit de quoi nourrir mille tribus pour un simple acte de présence dans une boîte de nuit huppée ; telle diva monnaie son sourire à coups de millions l'espace d'un spot publicitaire aussi fugace qu'une présence d'esprit – quant à la décence, elle n'est plus de mise lorsque les puissants s'en préservent ; la morale, désormais, ne concerne que les nonnes et les ingénues… Je me ressaisis. Je suis en train de divaguer… Kurt, Kurt, qu'est-ce qui t'arrive ? Pourquoi cette colère et depuis quand t'ériges-tu en juge ?… Je me dépêche d'éteindre la télé… Bientôt, dans le silence de Frankfurt rendu à son répit, en tendant l'oreille, j'entendrai le jour se plaindre de devoir encore s'immoler dans ses propres flammes… Non, me dis-je, non et non, tu dois te reprendre, Kurt, et tout de suite !

À minuit, j'arrive à cette conclusion : je dois quitter Frankfurt pour un certain temps. J'ai pensé à mes amis de la fac que j'ai perdus de vue. Puis, j'ai pensé à ma mère dont je n'ai pas fleuri la tombe depuis son enterrement. Je me rends compte combien le temps a passé trop vite, combien j'ai été ingrat et égoïste. Ma mère, ma douce mère morte à quarante-quatre ans de prières bredouilles et d'infâmes solitudes. Je la revois encore dans sa robe pâle, à moitié folle, errant dans le pavillon des cancéreux. Ses cheveux prématurément blanchis absorbaient la lumière que la porte-fenêtre, derrière elle, daignait concéder au dortoir.

À 5 heures du matin, je prends ma voiture et fonce sur Essen.

J'ai parcouru le cimetière de long en large sans parvenir à retrouver la tombe de ma mère. C'est le gardien qui l'a *dénichée* pour moi. J'ai posé une couronne sur la dalle de granit et je me suis recueilli dessus. J'ai pensé raviver ma mémoire, convoquer de lointains souvenirs – étrangement, pas une image ne m'a traversé l'esprit. Comment est-ce possible ?… Je ne suis pas resté longtemps au cimetière. À quoi bon insister ? Je suis allé déjeuner dans un restaurant surplombant le lac, ensuite, j'ai appelé Toma Knitel, un ami d'enfance. Il a dû sauter au plafond en reconnaissant ma voix au bout du fil. Ses rires interfèrent ses paroles. Il me donne sa nouvelle adresse à Munich et me prie de passer le prendre à l'université où il enseigne les mathématiques. J'arrive à Munich avec une heure de retard à cause d'un accident sur l'autoroute. Toma m'attend sous le fronton de l'université. Il est heureux de me revoir. Son étreinte me fait du bien. Il m'indique le chemin jusque chez lui, une petite maison dans un modeste quartier périphérique. La femme de Toma est rousse comme une feuille d'érable, un tantinet potelée, mais d'une grande beauté. Elle s'appelle Brigitte, et elle est française de Strasbourg. Son accueil me met d'emblée à l'aise. Elle est ravie de me connaître et de me présenter ses deux bouts de chou, des jumelles effarouchées, visiblement peu habituées aux inconnus. Nous avons dîné à la maison car Toma tenait à me faire découvrir les talents culinaires de son épouse. Ensuite, nous avons parlé du bon vieux temps. Au bout de quelques heures, nous avions épuisé tous les sujets et nous avons passé le reste de la soirée à cuver notre vin. Toma ayant cours le lendemain, j'ai pris congé de lui. Il a insisté pour que je dorme dans la chambre d'ami, mais j'avais réservé une chambre à l'hôtel. Nous nous sommes quittés vers 23 heures ; Brigitte était déjà couchée.

À l'hôtel, je n'ai pas pris de somnifères. Mes retrouvailles avec Toma m'ont remis d'aplomb. Je me sens en phase avec moi-même et je me dis pourquoi ne pas renouveler l'expérience avec Willie Adler, un autre camarade de fac qui réside à Stuttgart. Je chercherai ses coordonnées et je lui téléphonerai demain.

Willie est content de me recevoir chez lui. Il a

réussi dans la vie. Patron d'une entreprise florissante, il s'est offert une belle résidence dans le plus chic quartier de la ville et une femme adorable. Il confie ses deux enfants à une baby-sitter et nous emmène, son épouse et moi, dans un superbe restaurant au bord de la rivière Neckar. Durant la soirée, il n'a pas cessé de parler de son parcours professionnel, des contrats faramineux qu'il négocie, de ses projets ambitieux. Je remarque qu'il a pris un coup de vieux ; des cernes olivâtres lui plombent la figure ; une calvitie précoce l'a dépouillé de la belle crinière qu'il aimait arborer à l'université du temps où il jouait de la guitare dans un groupe pop amateur. Ce n'est pas le Willie de nos vingt ans. Il n'écoute presque plus personne, et ses rires sonnent comme les clairons de la charge. Sa femme nous observe en silence. Elle paraît s'ennuyer et n'arrête pas de regarder autour d'elle pour voir si la grosse voix de son mari dérange la quiétude de nos voisins de table. Lorsque le vin commence à faire son effet, Willie se met à crever les abcès. Il m'avoue que c'était lui qui avait souillé mon tiroir de cambouis et uriné dans mon lit le soir du bal de fin d'études. Ses prunelles se sont mises à me jeter des flammèches incendiaires. Je suis étonné de m'apercevoir que le garçon que je prenais pour mon meilleur ami ne m'avait guère porté dans son cœur, qu'il avait été secrètement amoureux de la fille qui sortait avec moi à l'époque et qu'il m'en voulait à mort pour l'ombre que je lui faisais. Quand il s'est rendu compte que ses remontrances troublaient jusqu'aux couples qui dînaient autour de nous, il a redoublé d'aigreur et s'est montré plus agressif encore. Sa femme me supplie des yeux de mettre l'inconvenance de son époux sur le compte de l'alcool. Willie a toujours eu le vin mauvais, mais ce soir il est allé trop loin. Je l'écoute sans broncher, par respect pour sa femme, en souhaitant qu'il se taise. Après le dîner, nous sommes sortis dans la fraîcheur de la nuit. Willie est ivre mort. Il tient à peine sur ses jambes. Il engueule le voiturier qui a tardé à lui ramener sa grosse cylindrée, ensuite, avant de me congédier, il se penche sur mon oreille et balbutie : « Sans rancune, Kurt. J'ai toujours été cartes sur table. » Sa femme l'aide à s'installer sur le siège droit et, avant de prendre le volant, elle me dit, désolée et confuse : « Je suis sincèrement navrée. Willie se conduit ainsi avec la majorité des gens. »

Je referme sa portière et je les laisse partir.

Puis, j'ai erré dans la ville jusqu'à ce que la pluie m'oblige à regagner mon hôtel

Le lendemain, je me suis rendu à Nuremberg où je suis resté deux jours à flâner, puis à Dresde visiter la ville. La nuit, j'ai pensé à mon père. Je croyais l'avoir définitivement effacé de ma mémoire tant je le haïssais. Il n'avait été qu'un ivrogne et une brute qui passait le plus clair de son temps à glander dans les bars interlopes et le soir à nous terroriser… Il y a une année, le téléphone a sonné dans mon bureau. C'était la direction d'un hospice à Leipzig. La dame au bout du fil m'a signalé qu'un certain Georg Krausmann venait d'être admis dans ses services, qu'il nécessitait une cure de désintoxication et qu'il me demandait si j'acceptais de prendre à ma charge les frais de son hospitalisation. Un coup de massue sur la tête ne m'aurait pas assommé de cette façon. J'étais resté sans voix pendant de longues minutes, ensuite, j'ai dit « oui » et j'ai raccroché.

Je suis incapable d'expliquer ce qui s'est passé dans mon esprit. C'est comme si une attraction irrésistible m'avait plaqué dans ma voiture et lancé droit sur Leipzig. En cours de route, je me suis demandé ce que j'aurais à dire à mon père, quelle motivation rationnelle accorder à la visite. Ça n'a pas de sens, me répété-je, mon père ne me reconnaîtrait même pas. J'avais quatorze ans quand il a coupé les ponts. Déjà, à l'époque, il ne me regardait presque jamais. Il rentrait tard la nuit, disparaissait au matin. Les jours de fête, il n'était pas à la maison, ne se rappelait ni la date de mon anniversaire ni celle de ma mère. Souvent, il s'éclipsait des semaines sans un mot et sans une adresse où le joindre en cas d'urgence. Lorsqu'il revenait, il ramenait l'orage avec lui. Je le revois chancelant dans le vestibule, la bouche salivante, la main prête à gifler. C'étaient des retours tumultueux ; les voisins tapaient contre le mur, parfois appelaient la police. Reclus dans ma chambre, je priais pour qu'il s'en aille et ne revienne jamais… Un soir, trouvant son paquet de cigarettes vide, il a mis la maison sens dessus dessous à la recherche d'un mégot. On aurait dit un drogué en manque. Après avoir malmené ma mère – qu'il tenait pour responsable de chaque malheur qui nous frappait – il était sorti et n'était plus revenu. Dieu a dû exister cette nuit-là puisque ma prière fut exaucée.

J'arrive à l'hospice vers 11 heures du matin. Par chance, le ciel est immaculé et un soleil gros comme une citrouille illumine l'établissement. La directrice me reçoit dans son bureau austère, me rassure quant à l'état de santé de mon géniteur, me pose un tas de questions sur mes rapports avec lui, me demande si je compte le lui confier car, atteste-t-elle, il ne saurait se débrouiller seul et serait mieux suivi à l'hospice qui dispose d'employés compétents et pleinement dévoués à leurs tâches. Je la prie de me conduire auprès de mon père. Elle sonne une infirmière et m'invite à la suivre.

Nous traversons un parc verdoyant où les patients s'approvisionnent en soleil et en air pur. Il y a des vieillards cloués dans des chaises en osier, une couverture sur les jambes ; des silhouettes valétudinaires arpentant les allées ; du personnel s'affairant çà et là. Une sombre mélancolie voile la lumière du jour. L'infirmière m'introduit dans un dortoir aux allures de mouroir. Quelques spectres traînassent dans les couloirs exigus, certains branchés à des appareils mobiles. La chambre de mon père se trouve au bout du corridor, à proximité de l'escalier. L'infirmière pousse la porte sans frapper et s'écarte pour me laisser entrer. Un vieillard ramolli est tassé sur une chaise roulante. C'est mon père, ou bien ce qu'il en reste : un fagot d'os emballé dans un paletot gris. Je n'aperçois que son crâne dépeigné, sa nuque vergetée aussi blanche que la craie et son bras maigrichon pendouillant pardessus l'accoudoir. Il ne se retourne pas en entendant le bruit de nos pas dans son dos. Jamais personne n'est venu le voir depuis son hospitalisation, m'a-t-on certifié à la direction. Lorsqu'on lui avait annoncé ma visite imminente, il n'avait dit ni oui ni non ; il était resté aussi impénétrable que le Sphinx… L'infirmière se retire. Ses talons claquent dans le corridor. Je referme la porte. Mon père fixe obstinément le dehors à travers la porte-fenêtre. Je sais qu'il ne se retournera pas. Il n'a jamais eu le courage de faire face. Lorsqu'il rentrait de ses beuveries, je me réfugiais dans ma chambre et me bouchais les oreilles pour ne pas l'entendre déblatérer et renverser les meubles. L'avais-je aimé n'était-ce qu'un instant ? Sûrement. Tout enfant voit en son géniteur une déité. Mais j'ai dû me désillusionner très tôt en constatant que l'on n'est pas obligé d'être un héros pour procréer, qu'il suffit d'un rien, parfois d'un accident. Mon père m'avait-il aimé ? Il n'en donnait pas l'impression... À l'instant où je suis entré dans sa chambre, il a opté pour la défection ; il ne regarde pas le parc, il fuit en avant. Il m'avait envoyé une lettre. Une seule. Elle datait du jour de son admission à l'hospice. Une sorte de *mea culpa*. Sans doute avait-il craint que je refuse de payer ses factures. *Ta mère était quelqu'un de bien*, écrivait-il. *Je suis parti parce que je ne lui arrivais pas à la cheville.* Il ne m'apprenait rien. Il n'était qu'un pauvre type crevotant aux crochets d'une épouse dévouée, d'une martyre du serment conjugal qui croyait au meilleur en s'acquittant du pire. *Je ne vous ai pas abandonnés, je vous ai laissés en paix.* Je n'étais pas allé au bout de sa lettre. Elle m'était tombée des mains tant elle sonnait aussi faux que les cloches du paradis.

J'ai attendu qu'il frémisse, qu'il donne signe de vie. Mon père ne bronche pas. Il me cache son visage. Je hoche la tête et m'apprête à m'en aller lorsque sa voix en charpie roule jusqu'à moi dans le chuintement d'une vague mourante :

— Merci, me dit-il.

Et il continue de contempler le parc.

Je sors, referme la porte derrière moi, attends encore dans le couloir, ensuite, certain que nous nous sommes tout dit même si je n'ai rien dit du tout, je rejoins l'infirmière au bas de l'escalier.

Je roule dans un état second.

Je traverse des villes et des villages sans me situer,

l'image d'un moribond coincé dans sa chaise roulante étalée sur le pare-brise.

Où vais-je ainsi ?

Je prends la première sortie qui se présente et quitte l'autoroute. Un lacet bitumé me promène au milieu d'une campagne enguirlandée de vergers et de fermes et me fausse compagnie à l'entrée d'une bourgade que la brume tente de cacher au regard tel un fruit défendu. Un clocher veille sur ses maisonnettes aux toitures ardoisées, sobre et digne. Les rues se recueillent dans un silence engorgé de froidure. Je cherche un panneau indicateur, n'en rencontre aucun ; me range devant un troquet et coupe le contact. On dirait que la fatigue n'attendait que l'arrêt du moteur pour me sauter dessus. Mes épaules s'affaissent sous le poids des kilomètres avalés et mes membres se contractent. Arc-bouté contre le volant, j'essaye de reprendre quelques forces et un peu de mes esprits… Essen, Munich, Stuttgart, Nuremberg, Dresde, Leipzig… Que signifie ce périple ? Pourquoi, soudain, mon père auquel je croyais avoir renoncé est-il devenu un jalon incontournable sur ma feuille de route ? Que suis-je allé me faire pardonner sur la tombe de ma mère que je n'avais pas fleurie depuis des années ? Et mes camarades de fac, quelles savantes recettes auraient-ils gardé pour me permettre de rebondir lorsque l'adversité me jetait à terre ?… La monotonie du village me rappelle à l'ordre. Il faut que je sache où je suis et comment rentrer à Frankfurt. Je me penche sur la boîte à gants en quête d'une carte, tombe sur un paquet de cigarettes oublié par je ne sais qui. Sans que je puisse m'en empêcher, je me mets à fumer. La première bouffée m'enivre. J'avais arrêté la cigarette le soir où j'avais décroché mon diplôme de médecin, il y a une éternité… La buée sur le pare-brise me chagrine autant que mes pensées. L'enseigne d'un apothicaire clignote sur la façade d'une boutique trapue. Une fillette encapuchonnée traverse la chaussée en coup de vent. Quelques gouttes de pluie s'écrasent sur la toiture… Essen, Munich, Stuttgart, Nuremberg, Dresde, Leipzig, et puis quoi encore ?… Admettons que je fasse toutes les villes d'Allemagne, cela m'avancerait à quoi ? Je sais que je ne sèmerai ni mon chagrin ni mon ombre. Le mal que je fuis est en moi. Où que j'aille, il sera là, bien ancré dans ma chair, se jouant de mes faiblesses et déjouant mes diversions. Il va me falloir le conjurer, le vieux démon, le débusquer, le déloger, le bannir de mon corps. À mains nues ou bien au forceps. Car il est impératif que l'un de nous deux abdique.

J'écrase ma cigarette sur le trottoir et entre dans le troquet. Une dame se morfond derrière le comptoir, la joue dans la paume et l'œil dans le vague, inattentive aux deux garçons attablés au fond de la salle. Elle sursaute quand je commande une bière et un sandwich au fromage. Après m'avoir servi sans entrain, elle retourne dans son coin et reprend ses rêveries depuis le début.

— Y a-t-il un hôtel dans les parages ? lui demandé-je.

Elle fait non de la tête.

Je laisse un billet sur le comptoir et regagne ma voiture. Le ciel s'est assombri ; un réverbère défaillant clignote au bout de la rue. Le souvenir de mon père revient me provoquer. Je me cale dans mon siège pour réfléchir à ce que je dois faire : trouver un hôtel pour la nuit ou poursuivre ma route. Un vieillard, le journal sous le bras, passe devant moi en traînant la jambe. Il me rappelle Wolfgang s'en allant sous la pluie, ployé sous le fardeau du deuil. Wolfgang !... Pourquoi ne figure-t-il pas sur ma liste ? Est-ce une omission ou bien l'ai-je éliminé exprès ?... Ce voyage ne rime à rien. Toutes ces retrouvailles improbables, tout ce cheminement laborieux censé m'amener à une certaine hygiène mentale n'est qu'une manœuvre désespérée pour déserter ce que je n'arrive pas à accepter. Inutile de chercher un hôtel. La réponse à mes questions est certainement enfouie quelque part dans ma maison.

On sonne à ma porte. Le carillon me vrille les tempes. Je peine à me lever avec ma gueule de bois La lumière du jour m'agresse les yeux. Le soleil est à son zénith. Je ne sais pas combien d'heures ou de jours j'ai dormi. Le geste approximatif, la bouche pâteuse, je glisse hors du lit, cherche mes pantoufles, ne les trouve pas et vais ouvrir pieds nus. C'est le facteur. Il est étonné de me découvrir en caleçon, le tricot de peau débraillé, me tend un paquet recommandé. Je signe l'accusé de réception et lui claque la porte au nez. Je ne l'ai pas fait exprès. Un geste malencontreux, dû à mon ébriété, mais dont je réalise aussitôt la malséance. Je rouvre la porte pour présenter au facteur mes excuses ; ce dernier a disparu. Je titube jusqu'à la cuisine – je n'ose toujours pas me rendre dans la salle de bains –, plonge ma tête sous l'évier et laisse l'eau du robinet me fouetter, ensuite, je retourne dans ma chambre et déchire l'emballage du paquet. À l'intérieur, je trouve un petit livre et une lettre dedans. Il s'agit de *Black Moon*, le recueil de

Joma, dédié à sa « rose des sables, Fatamou ». Dans la lettre, Bruno a écrit :

Très cher Kurt,
Je pense tous les jours à vous. J'espère que vous allez bien. De mon côté, ça se stabilise. J'ai retrouvé ma bonne compagne et je vis chez elle, à Djibouti. Elle s'appelle Souad, comme l'autre, sauf qu'elle est trop énorme pour faire danseuse et elle ronfle comme un moteur Diesel. Mais quand elle se lève, au petit matin, elle éclaire ma vie de jours nouveaux. J'ai beaucoup hésité avant de vous envoyer le livre de Joma. Je m'en voudrais si vous ne gardiez de l'Afrique que le souvenir d'une geôle et d'une bande d'abrutis. On n'est jamais aguerri, et je sais combien ce concept est erroné. Souvent, ce sont ceux qui ont triomphé du malheur qui sont les moins prédisposés à l'affronter une deuxième fois. Je croyais tout connaître de l'Afrique, de ses galères et de ses volte-face pourtant, à chaque faux pas, au lieu de trébucher, je tombe comme un enfant qui apprend à tenir sur ses jambes. Cependant, malgré les vacheries qui m'attendent au tournant, je refuse de croire que l'Afrique n'est que violence et misère comme je refuse de croire que Joma Baba-Sy n'était qu'une brute étroite de cœur et d'esprit. Je serais en paix avec vous si vous lisiez ses poèmes. Ils disent ce que nous n'avons pas daigné entendre ; peut-être nous rendraient-ils, un jour, un peu plus durs d'oreille à l'appel des torts que l'on nous a fait subir.
Pour vous, je conserverai jusqu'à la fin de ma vie, au nom des peines que nous avons partagées, la foi de ceux qui ont traversé les mêmes épreuves en y puisant plus de sagesse que de colère.

Bien fraternellement (en Afrique, nous sommes tous frères).
Bruno

Au bas de la feuille, il y a une adresse mail et un numéro de téléphone.

Klaudia a insisté pour que je sorte de *ma tanière*. « Tu as l'air d'un ours mal léché », m'a-t-elle reproché. N'ayant pas la force de lui résister, j'ai cédé. Elle m'a conduit dans un restaurant, au sortir de la ville. La pénombre des lieux m'a apaisé. Nous avons pris place au fond de la salle. Trois couples dînent çà et là. Personne ne m'a reconnu. Klaudia a commandé pour nous deux le plat du jour. Nous avons mangé en silence. Je la sens hésitante. À chaque fois qu'elle s'apprête à me parler, le souffle lui manque, et elle laisse tomber. Nous sommes au milieu du repas quand un homme fringant vient nous saluer. C'est un monsieur d'un certain âge, au visage replet. Il porte des lunettes en écaille et une montre-bracelet en or. Je ne le connais pas. Klaudia l'invite à s'attabler avec nous. Il feint de tergiverser avant d'accepter. Le sourire qu'il m'adresse me traverse de part et d'autre. Je n'apprécie pas la liberté prise par Klaudia de m'imposer un inconnu.

— Je te présente le docteur Brandt, un éminent psychologue.

Le monsieur s'empresse de me tendre la main.

— Je suis ravi, docteur Krausmann. Klaudia m'a assuré que vous réagissez très bien après ce qui vous est arrivé.

Elle lui a donc parlé de moi.

Je fais signe au serveur et demande l'addition.

Rester une minute de plus en compagnie d'une personne qui bénéficie d'une longueur d'avance sur moi m'insupporte.

Klaudia comprend qu'elle m'a lésé. Dans la voiture, elle se tait en trépignant des doigts. Je conduis sans nervosité, mais je bouillonne à l'intérieur. Arrivé devant son immeuble, je coupe le contact et me tourne d'un bloc vers elle.

— Il n'était pas là par hasard, ton psy.

Elle s'éponge dans un bout de mouchoir, avale convulsivement sa salive.

— Tu reviens de loin, Kurt. Tu as traversé des épreuves épouvantables. Tu es médecin et donc mieux placé que moi pour reconnaître qu'il n'y a rien d'humiliant à consulter un psychologue.

— Ce que je trouve humiliant est que tu t'arroges le droit de décider à ma place. Tu aurais pu m'en toucher deux mots. Tu me connais, je suis plutôt natation que football : je n'aime pas les dribbles, les tacles par-derrière et les simulations. J'ai toujours nagé dans mon couloir en veillant à ne pas déborder sur celui des autres.

Elle est sur le point de fondre en larmes. Son visage tressaute de spasmes.

— Tu n'es plus le même, Kurt. Et tous les jours, tu donnes l'impression de devenir quelqu'un d'autre. Tu me reproches de rester longtemps sous la douche, de gaspiller inutilement l'eau. Tu en veux aux gens qui laissent de la nourriture dans leurs assiettes. Tu as manqué de piquer une crise lorsque tu as vu l'affiche géante de cette star de la pop engoncée dans une robe à base de viande. Tu es rentré depuis un mois, et tu ne fais qu'aggraver ton cas…

— Mon *cas*, Klaudia ?

— Oui, Kurt... Tu m'inquiètes. Je ne cherche qu'à t'aider. Le docteur Brandt est un ami de longue date. C'est quelqu'un de bien, je t'assure... Je t'en prie, dis-moi ce qui ne va pas, Kurt ?

— Parce que tu trouves que quelque chose va ?...

— Pas toi ?...

Elle crispe les poings et lâche :

— Tu as terriblement changé, Kurt.

— Tu crois ?

— Je le vois.

— Et qu'est-ce que tu vois ?

Elle pèse le pour et le contre, et avoue :

— Un homme qui revient de loin et qui refuse d'avancer.

— Et il est comment, cet homme qui revient de loin et qui refuse d'avancer ?

Mes questions la désarçonnent ; elle subit leur insistance comme un harcèlement auquel elle ne s'est pas préparée. Prise au dépourvu, elle essaie de réfléchir très vite pour éviter d'envenimer la situation. Elle ne s'attendait sûrement pas à me trouver sur mes gardes, prêt à en découdre. Ce matin, lorsqu'elle m'a téléphoné pour m'inviter au restaurant, j'ai attendu sagement qu'elle raccroche pour retourner à mes vieux démons. La solitude me convenait. Je soliloquais, faisais et défaisais mon aparté à ma guise, sans interlocuteurs pour me contrarier. Depuis quelques semaines, retranché dans ma maison, je passe mon temps à me tailler en pièces, et cet exercice sans règles contraignantes sied parfaitement à mon état d'esprit. Je gère mon procès avec une liberté souveraine, étant le juge et l'accusé les mieux adaptés à ce genre de thérapie. Dans un sens, je ne supporte plus d'écouter les autres ; leur proximité envahissante et sans gêne disqualifie l'essentiel de ma personne. Seul, je peux tout me dire et tout rejeter sans avoir à peser mes mots ou à en pâtir ; je suis dans mon élément et je ne souhaite le partager ni le dévoiler à personne.

Klaudia fait le tour de ma question et revient quinaude.

— Je ne sais pas quoi dire, laisse-t-elle échapper dans un soupir.

— Alors, tais-toi.

Elle doit se demander pourquoi j'affiche une attitude aussi excessive. Ne voyant pas ce qui m'autorise à lui tenir un langage discourtois que rien à son sens ne justifie, elle rétorque :

— Tu as laissé l'Afrique à ses guerres, et tu as apporté ses malheurs avec toi.

— Tu n'as pas été en Afrique, Klaudia. Qu'est-ce que tu en sais ?

— Je sais ce qu'elle a fait d'un homme.

— Cet homme a vu ce que tu ne verras jamais.

— Je ne suis pas aveugle, se défend-elle. C'est toi qui l'es devenu... Tu te rappelles l'autre jour, sur la terrasse du restaurant, ce clochard soûl qui nous regardait manger avec ses yeux d'affamé et qui était resté planté devant nous jusqu'à ce qu'un serveur le chasse ? Tu as reposé ta fourchette sur la table, tu t'es essuyé la bouche dans une serviette, ensuite, qu'as-tu fait ? Tu as secoué la tête d'un air contrarié, tu as commandé une bière et tu as repris ton déjeuner comme si de rien n'était.

— Ce n'est pas la même chose.

— C'est tout à fait la même chose, Kurt. Sauf que dans ce restaurant le monde était réduit à nous quatre : toi, le mendiant, le serveur et moi. Et ça se passe de la même façon sur la planète. Sur un plan plus large.

Le monde est ainsi fait, et personne ne peut le modifier ou l'ajuster. Il y a des peuples qui souffrent, et des peuples qui se débrouillent comme ils peuvent. C'est dans la nature des choses. Nul n'est censé prendre sur lui le malheur des autres puisque chacun, riche ou pauvre, y a sa part. La fortune, comme l'infortune, est une épreuve, et notre vocation est de la surmonter. La nature a ses dogmes : on ne reproche pas au mille-pattes d'avoir des pattes à ne savoir où les ranger tandis que le ver n'a même pas une griffe pour se gratter. Et la dinde ne peut accuser d'irrégularité la perdrix qui s'envole à l'approche du prédateur alors qu'elle reste plantée là comme une idiote. Ce que nous considérons comme une injustice a une morale, Kurt. La vraie question est de savoir s'il faut vivre avec ou l'ignorer. Ton problème, c'est que tu crois incarner cette morale alors que tu n'en as ni l'envergure ni le poids. Tu n'es qu'une personne parmi sept milliards d'individus, pas plus habilitée à exiger une équité que la nature elle-même refuse de concevoir.

— Un proverbe africain dit : « Celui qui ne sait pas qu'il ne sait pas est une calamité... »

— C'est-à-dire ?

— Exactement ce que ça veut dire, mais je présume que tu n'as pas la tête aux charades. Vois-tu, Klaudia ? Mon expérience africaine m'a servi au moins à quelque chose, une chose infime pour toi, mais capitale pour moi.

— J'aimerais que tu éclaires ma lanterne.

— Mes batteries sont à plat.

Je me penche par-dessus ses cuisses et lui ouvre la portière.

Elle se pince les lèvres, renifle fortement et descend.

Je remets le moteur en marche et démarre.

Le vent s'amuse sur Schaumain Kai. Les enseignes au néon bigarrent les eaux du fleuve de traînées fluorescentes. De rares îlots de verdure font de la résistance sur les quais noirs comme de la suie. J'ai marché jusqu'à Theodor Stern, erré dans le Niederrad pour retourner sur les quais. Je n'arrive pas à digérer l'initiative de Klaudia, encore moins à la pardonner... Je me sens seul. Mes jambes sont de plomb, mon souffle de feu. Le fantôme de Jessica m'a pris en chasse. Il claudique derrière moi depuis que je suis descendu de ma voiture. Je suis abattu, pourtant j'avance, emporté par mon élan comme le jour où j'avais décidé d'affronter la vallée des ténèbres plutôt que de moisir dans la geôle de Gerima. J'ai le sentiment de muter...

Ramassé autour de ses soucis, un homme soliloque sur un banc en regardant son mégot se consumer à ses pieds comme on regarde mourir une chenille. Son manteau lacéré laisse s'échapper un pan de tricot au niveau des épaules. Il ne lève pas les yeux quand je passe à côté de lui et continue de maronner en boxant l'air. Comme lui, je désespère de trouver une cure à ma déprime. Je m'installe sur un banc, rejette la tête par-dessus le dossier et me laisse absorber par une pléthore de visions alternées qui, pareille à un film en accéléré, libère une salve d'instantanés flashant Jessica sur la plage, dans la forêt, sortant d'un hôtel, se prélassant sur une terrasse inondée de soleil, hélant un taxi jaune, assise dans un avion, m'embrassant sur les lèvres. Les images s'enchaînent, enclenchent sur d'autres rushes, se télescopent dans le grésillement d'une bobine folle. Mon crâne bouillonne de bruits, de voix, de rires, de fracas de verre, de claquements de talons aiguilles sur les dalles marbrées, de roulements de vagues sur le sable blanc. Je me sens gagné par le tournis. *Pourquoi ?...* L'homme, sur le banc d'à côté, sursaute. Je m'aperçois que je suis en train de crier.

Le lendemain, je quitte ma villa pour ma résidence secondaire. La quiétude de la campagne et la fraîcheur de ses bosquets me ragaillardiraient, ai-je pensé... J'ai eu tort. Mon « exil » n'a fait qu'empirer les choses.

Les jours se pourchassent dans une débauche de vacuité. Je n'ai envie de rien. Je ne sais quoi faire de mon temps. Il m'arrive de demeurer une journée entière casé dans un fauteuil, à fixer le mur contre lequel cossent mes silences. Je me sens largué, étranger à moi-même. Parfois, je me surprends le nez sur la vitre, observant sans le voir le bosquet ruisselant de pluie. Lorsqu'un randonneur traverse la clairière, je sors à sa rencontre. À peine dehors, le randonneur n'est plus là ; seule l'empreinte crénelée de ses semelles dans la boue me prouve que je n'ai pas rêvé. Ce matin, une voiture s'est arrêtée au bout du sentier. J'ai espéré le retour de Klaudia ; ce n'était pas Klaudia. Je mesure combien j'ai été injuste avec elle... La solitude est pire que le malentendu. La veille, j'étais allé marcher parmi les arbres. La grisaille m'a contaminé. Je suis rentré affligé. J'ai allumé le feu dans la cheminée et me suis installé si près de l'âtre que mes vêtements ont fumé. L'espace d'un flash, j'ai revu le vieillard endeuillé devant sa paillote en flammes tel un damné aux portes de l'enfer et j'ai eu peur de mes ombres que l'âtre projetait autour de moi dans une farandole de signes erratiques. Sur la table, en compagnie d'un trognon de pomme et d'une assiette souillée, j'ai aligné une dizaine de bières et je me suis mis à les descendre les unes après les autres, à intervalles réguliers, jusqu'à ne plus voir clair. Ensuite j'ai arpenté de long en large mon chalet. Un peigne qui traîne, une chemise de nuit, un bijou oublié sur la table de chevet, toute trace de Jessica est un tourment. Son absence m'a réduit à l'expression abrupte de mon veuvage, de mon deuil gâché, de mon chagrin – un chagrin sans théorie et sans retenue. Les jambes flageolantes et l'esprit engourdi, je me suis rendu dans ma chambre. Mon lit, si étroit jadis, m'a paru plus vaste et aride que le reg. Je me suis endormi pour me réveiller quelques minutes plus tard, certain de ne plus refermer l'œil avant le lever du jour. Une image récurrente passe et repasse devant moi : dans une urne funéraire débordante de cendres, un rapace hiératique se prenant pour le phénix pose au milieu d'un fatras de mégots. J'ai essayé de cerner la symbolique de cette image surréaliste, mais je n'y ai rien compris. J'ai serré contre moi l'oreiller, en quête d'un ersatz de présence, et je me suis laissé gagner par la douce torpeur de la dépression.

Au bout d'une semaine, je rentre à Frankfurt. Fripé comme un vieux linge. Malade. Les cheveux dressés sur la tête. Les joues ravinées recouvertes de barbe... Un voisin a dû alerter Klaudia car elle s'est pointée chez moi dans l'heure qui a suivi.

— Qu'es-tu en train de t'infliger, Kurt ?... Et en plus, tu fumes !... Ta maison empeste la cigarette. Regarde-toi, tu fendrais une pierre en deux.

Je vide d'une traite mon verre d'alcool et le lance contre le mur. Klaudia s'abrite derrière ses bras, effrayée par mon geste. Je ricane, amusé par sa perplexité, chavire au milieu du salon en défiant le portrait de Jessica que j'ose affronter pour la première fois depuis mon retour d'Afrique.

— Elle n'est pas belle, ma maison ? je lui demande. Ça m'a coûté la peau des fesses. Et ces rideaux, et ces canapés ? Même un prince m'envierait. Et moi, ne suis-je pas beau ? Qu'est-ce qui déplaît en moi ? J'ai une santé de fer, de l'allure et je suis sain d'esprit. N'importe quelle diva me tomberait dans les bras comme une mouche.

— Kurt, me supplie-t-elle, calme-toi, s'il te plaît.

Je shoote dans un pouf et manque de tomber à la renverse.

Je déclame :

> *Deux amants nous étions*
> *Nous étions deux volcans*
> *Qui brûlaient de mille feux*
> *De l'été au printemps*
> *Nous n'étions qu'une saison*
> *Nous étions amoureux*

— Kurt, pour l'amour du ciel...

— L'amour du ciel ?... L'amour, ça se passe ici-bas, sur cette saloperie de terre où tout se décompose... Rassure-moi, Klaudia. Suis-je encore beau ?

— Bien sûr que oui...

— Alors, pourquoi ai-je si peu d'estime pour moi ?

— Mais enfin, de quoi parles-tu ?

— Je parle d'elle, hurlé-je en balayant de la main le cadre de Jessica qui se brise au sol dans un fracas. Je parle de Jessica, de Jessie, de ma douce moitié, de mon songe parti en fumée... Comment a-t-elle pu me faire ça ? J'ai vu en Afrique des gens qui n'avaient que la peau sur les os, et rien à bouffer et rien à attendre, et qui se battaient pour chaque seconde de leur vie. Des gens spoliés, persécutés, réduits au rang de leurs propres bêtes de somme, chassés de leurs villages sordides et errant parmi les brigands et les maladies, eh bien, figure-toi : aussi pauvres et désarmés, ils ne cédaient pas une miette de leur lamentable existence. Et Jessica, qui avait tout pour être heureuse, *tout*, une superbe maison dans une ville magnifique, des amis à la pelle, un compte en banque garni, un bureau luxueux dans une entreprise prestigieuse, et un mari qui n'aurait pas laissé un grain de poussière se poser sur elle, que fait-elle, Jessica, qu'est-ce qu'elle nous fait ? Elle met délibérément fin à ses jours ! Et pourquoi ? Pour une promotion…

Klaudia ramasse le cadre, le remet à sa place, parcourt de son doigt la fissure étoilée sur le verre ; ensuite, elle contourne le fauteuil qui nous sépare, me prend la main et la serre contre sa poitrine. J'ai horreur que l'on s'attendrisse sur mon sort. Ce qu'elle suppose relever d'une dépression nerveuse n'est qu'une désapprobation légitime, lucide et juste ; et ce malentendu, loin de nous rapprocher, s'intercale entre elle et moi en un rempart aussi épais et révoltant qu'un dialogue de sourds. J'ai le sentiment de me donner en spectacle devant une aveugle.

Je récupère ma main ; elle me la reprend et la retient. Son souffle volette contre ma figure. Je la soupçonne de chercher à m'embrasser. Ses yeux interrogent les miens, traquent le frémissement de mes lèvres tandis que sa bouche entrouverte s'offre dans un imperceptible mouvement du menton.

Je recule.

Elle baisse ses paupières aux cils incurvés. À l'étreinte de ses doigts, je devine que ma réaction la déçoit.

— Ce sont des choses qui arrivent, Kurt. Nous

vivons une époque folle. Nous sommes dépassés et nous nous précipitons dans tous les sens en croyant rattraper le train en marche. Forcément, certains se trompent de quai.

De nouveau, ses yeux acculent les miens et sa bouche écarlate, aussi vive qu'une plaie, revient effleurer mes lèvres. Son souffle, maintenant, me brûle le visage.

— Rares sont ceux qui contrôlent leurs angoisses, poursuit-elle, et plus rares encore ceux qui savent ce qu'ils veulent vraiment.

Je la repousse. Sans brutalité, mais avec assez de fermeté pour lui faire relâcher ma main.

— Tu es une fille formidable, Klaudia… Pardonne-moi si je dérape. Je n'ai personne d'autre sur qui me défouler, mais je ne dois pas abuser… J'ai besoin d'être seul. J'ai un compte à régler avec moi-même. En tête à tête.

— Tu es sûr que c'est ce que tu veux ?

— Je t'en prie…

Elle opine du chef, un peu perdue, tente de dire quelque chose, y renonce. Après m'avoir dévisagé avec infiniment de tristesse, elle attrape son sac posé sur la table et sort de chez moi en laissant la porte ouverte.

Je me sens beaucoup mieux. J'ai percé l'abcès ; je n'ai plus qu'à attendre que ça cicatrise. Désormais, le coupable est identifié, et c'est Jessica. Comment peut-on se donner la mort pour une promotion ajournée ? Comment peut-on se croire indigne de survivre à l'échec lorsque l'échec n'est qu'un incident de parcours censé nous aguerrir ? Comment peut-on oser se situer en deçà de ses ambitions et penser, une seule seconde, qu'il existe un objectif plus fort que l'amour, plus important que sa propre vie ? Que de questions biaisées qui s'évertuent à nous dévier de la seule réponse qui nous importe : nous-mêmes. Depuis les temps reculés, se méfiant de ce qui ne le fait pas souffrir, l'Homme court après son ombre et cherche ailleurs ce qui est à portée de sa main, persuadé qu'aucune rédemption n'est possible sans martyre, que le revers est un déni de soi, alors que sa vocation première réside dans sa faculté de rebondir… Ah ! l'Homme, ce prodige réfractaire à ses chances et fasciné par l'échafaud de ses vanités, sans cesse écartelé entre ce qu'il croit être et ce qu'il voudrait être, oubliant que la plus saine façon d'exister est de demeurer soi-même, tout simplement.

Après le départ de Klaudia, je tire tous les rideaux, ouvre toutes les fenêtres et laisse la lumière du jour inonder ma maison. Jamais rayons de soleil ne m'ont paru aussi flamboyants. Il fait un temps magnifique, un temps pour se ressourcer et pour rattraper les rêves que l'on a boudés. Je me rends dans la salle de bains, dégrisé, le pas sûr. Il n'y a pas de cadavre dans la baignoire ! Ni de squelette dans l'armoire. Il n'y a que moi, Kurt Krausmann… Je me déshabille, me jette sous une douche brûlante ; ma peau est douce au toucher. Après m'être rasé et parfumé, j'enfile ma plus belle chemise, mon plus beau pantalon, mon plus beau veston et je me lance à la cueillette de ce que je m'étais promis de conquérir en regardant se coucher le soleil sur la vallée, là-bas, dans ma prison d'otage. Je dîne au Erno's Bistro, sans l'ombre d'un fantôme autour de moi. Tard dans la nuit, frais et repu, je rentre chez moi, prends une bière dans le frigo, allume mon ordinateur. Cette fois, le curseur clique sur le mail d'Elena… Pas de message, juste un fichier joint que j'ouvre sans hésiter. Je ne crains plus les boîtes de Pandore. Une vingtaine de photos s'alignent en chaîne. Des photos qu'Elena m'avait consacrées au camp. Je suis debout sur le chantier de Hodna-City, assis sur le marchepied d'une loge, souriant au fond de la cantine, allongé sur un lit défait, entourant de mon bras le cou de Bruno, auscultant un enfant à l'infirmerie, me livrant aux ciseaux de Lotta en train de me couper les cheveux au milieu d'une ribambelle de mioches hilares… Un flot de bonheur déferle à travers mon être.

Je lui écris, ému et à court d'idées : *Merci pour ces beaux souvenirs, Elena. Comment allez-vous ?*

Et j'envoie.

Au moment où je me lève pour aller me changer, un tintement résonne dans mon ordinateur. Elena vient de me répondre. À croire qu'elle attendait mon mail. Ma montre affiche 23 h 45. Il y a au moins une heure de décalage entre le Soudan et l'Allemagne. Je n'en reviens pas, me rassois, clique sur le message.

Elena : *Je vous mentirais si je vous disais que vous me manquez, que je pense à vous chaque instant. Vous ne représentez rien pour moi. Vous n'avez jamais existé… Je suis femme, voyez-vous ? La vérité lèserait ma pudeur.*

Je n'ai pas compris au début. À la deuxième lecture, je prends de plein fouet sa déclaration d'amour. D'un coup, je comprends que je m'étais trompé d'absence, que ce n'était pas Jessica qui me manquait, mais Elena, que mon strabisme traumatique m'imposait un angle de vue erroné. Je ne voyais que le blanc de mes passages à vide. Dans la rudesse de mon hiver intérieur, la forêt de mes soucis se ramassait en un vaste bûcher et attendait stoïquement qu'un soleil miséricordieux descende de son nuage pour y mettre le feu. Mais au soir, point de brasier. Mes angoisses resserraient leurs rangs pour subir la nuit, et le soleil, blême comme la lune, se rétractait sans bruit telle une fausse éclaircie. Si j'ai été malheureux depuis mon retour d'Afrique, c'était à cause de mon inaptitude à faire la part des choses. Je m'autoflagellais, culpabilisais, me reprochais un crime qui n'était pas le mien et dont j'étais la victime et la pièce à conviction. Je me trompais grossièrement de procès. Je tournais en rond dans un dédale factice, cherchant l'issue là où elle ne figurait pas. Or, il n'y a d'issue que pour celui qui sait où il va. Il me fallait m'accommoder de ce que je ne pouvais apprivoiser et chercher ailleurs ma propre voie. Mais j'ai manqué de présence d'esprit. Comment ai-je pu être aussi étourdi ?… Je relis le texte d'Elena, encore et encore, et chaque lecture résorbe l'infusion insidieuse qui s'était insinuée dans mon subconscient. Mes noires pensées s'éclaircissent les unes après les autres, ornent mon cerveau d'étincelles éblouissantes, et une netteté inouïe fait ressortir le moindre détail autour de moi. « Pourquoi es-tu triste ? m'apostrophait le guerrier-marabout. Tu ne devrais pas. Seuls les morts sont tristes de ne pouvoir se relever. » Et je suis vivant. Je respire, je m'émeus, je réagis, je rêve… Je suis aux anges. Non, je ne mourrai pas *borgne*. Et je saurai *partager pour accéder à la maturité*… Mes mains tremblent, mes doigts s'entremêlent sur le clavier. Je ne distingue plus les lettres sur les touches. Normal, je suis en larmes.

Je réponds à Elena : *J'arrive !*

Les démarches marathoniennes pour mon accréditation auprès de la Croix-Rouge m'ont usé. Il a fallu ensuite batailler pour obtenir le visa, les instances consulaires soudanaises ne voyant pas d'un bon œil mon retour dans leur pays. Mais tout ça est fini. Je suis dans l'avion, et l'avion a rejoint la piste de décollage. Au moment où le pilote met les gaz, je pense à Blackmoon. Je le revois avec son sabre et ses lunettes sans verres, tantôt assis sur une pierre, tantôt rasant les murs ; me souviens de notre premier entretien dans la caverne lorsqu'il me parlait de son père et de la vénération que vouait ce dernier à Franz Beckenbauer, de sa passion pour les livres qu'il ne lirait jamais, de l'instituteur qu'il aurait aimé être, de ses sautes d'humeur qui le faisaient passer sans crier gare de l'adolescent débonnaire au voyou impulsif. Quel étrange garçon ! L'espace d'une luminescence, son sourire ingénu supplante la froideur de son regard qui me mettait mal à l'aise et que je n'avais pas réussi à soutenir deux secondes d'affilée. Quel message avait-il cherché à me communiquer ? Était-ce un appel de détresse que je n'avais pas su décoder ? Je le revois, dans la prison de Gerima, attirant mon attention sur le bout de pain dans lequel il avait glissé le mot de Hans Makkenroth. *Tiens bon. Chaque jour est un miracle.* Ou encore, sur cette piste de tous les drames, appelant Joma à la raison. Joma qui avait le malheur de traquer ailleurs ce qui était à portée de sa main ; Joma, ce poète dénaturé qui pensait *qu'avec le Verbe on pourrait assujettir l'adversité* et qui, s'il s'était écouté, aurait compris qu'aucun fusil ne porte plus loin qu'une bonne parole… L'avion décolle. À côté de moi, une jeune femme feuillette son magazine, imperturbable. Un enfant se met à pleurer. Je ferme les yeux et me catapulte à travers le désert africain aussi incandescent et troublant qu'une forte fièvre. Sous l'arbre-marabout,

Bruno est nu ; il danse comme un djinn en me montrant ses fesses blafardes. *C'est ça, l'Afrique*, s'écrie-t-il en désignant le jeune homme au chariot portant sa mère sur le dos et qui, à cet instant, incarnait l'abnégation dans sa générosité et sa vaillance absolues. Ce brave Bruno, nul ne sait mieux que lui rendre sa noblesse à une terre déchue et déceler un relief aux choses qu'on ne voit qu'en surface. J'ai hâte de le retrouver, de retrouver son romantisme suranné, son chauvinisme exubérant et son indécrottable optimisme. Je le vois d'ici m'ouvrant ses bras plus vastes qu'une baie, le cœur sur la main et la source dans son poing, fier d'être ce qu'il est, avec ses longanimités d'ascète et ses rêveries opiacées. Nous irons nous asseoir près d'un feu de camp et pendant que je chercherai dans le ciel une constellation taillée sur mesure pour moi, il me racontera Aminata dont les yeux brûlaient de mille joyaux, Souad la danseuse qui n'avait pas hésité à sacrifier l'amour contre une promesse de maquereau, les tripots mal famés où il cuvait et son vin et son chagrin, les peuples indomptables nomadisant au gré de l'harmattan, les paillotes putrescentes où l'on avait le gîte et le couvert à n'importe quelle heure du jour ou de la nuit, les gens dont je ne voyais que les guenilles sans accéder à leur âme... Je pense à Lotta, à Orfane, à Bidan le contorsionniste, à Forha le manchot et à ce vieux briscard de Mambo avec son corps de géant encastré dans son lit de fortune, ses reparties déroutantes, son indolence de pachyderme et son refus catégorique d'admettre que les hommes puissent fouler au pied la Lune sans offenser les dieux et les loups... Au moment où l'avion s'extirpe des nuages pour conquérir un ciel aussi limpide et bleu qu'un songe de chérubin, je reçois de plein fouet le soleil sur le visage. Comme une grâce. Surgissant de la lumière vive, le visage d'Elena s'étale à l'horizon. Je cale ma tête contre le dossier et me laisse aller au gré des évocations. Défilent dans mon souvenir les repères et les gestes qui sauvent, une main qui se tend, une autre qui caresse, un visage qui sourit au beau milieu de la nuit, une lèvre qui se fond dans la lèvre aimée et le chant d'un griot transcendant les prières. Alors je pense à Elena, aux jours et aux soirs qui nous attendent, aux chemins flambant neufs qui s'offrent à nous, et je me dis que le désert est une virginité et non une finitude, que sa poussière est pure et ses mirages stimulants, que là où l'amour sème, on récolte sans compter car tout redevient possible lorsque le cœur et la raison fusionnent. Tandis que ma chair se rappelle chaque baiser d'Elena, tandis que je perçois ses doigts fuselés courir sur mon corps en une multitude de frissons heureux, et sa bouche sécréter dans la mienne son nectar grisant, et ses bras me porter plus haut qu'un trophée, et ses yeux absorber mes soucis, et son halètement hérisser mes sens de millions de serments, fulgurent dans ma mémoire en liesse ces vers rédempteurs de Joma que j'ai appris d'une traite :

Vis chaque matin comme s'il était le premier
Et laisse au passé ses remords et méfaits
Vis chaque soir comme s'il était le dernier
Car nul ne sait de quoi demain sera fait.